文創風 360

後妻

2

春月生 著

風 文創
360

目錄

第十五章　張家堡的危機

命令傳下去，不一會兒，張家堡的官員們三三兩兩來到議事廳。到得早一些的都是嚴炳、鄭仲寧這些年富力強的武將，他們穿著一身威嚴的武將服飾，腰挎朴刀，精神抖擻、器宇軒昂地走進來。看到他們，王遠不禁眼前一亮，覺得增添了信心，看到了希望。

可是，這樣的武將太少，大多是像劉青山這樣的半百老頭，他們彎著腰，踱著緩慢的步子，四平八穩地慢慢走進來，一個個官老爺派頭十足。他們都是世襲的官員，彼此之間盤根錯節，關係複雜，在張家堡大多擔任著不輕不重的職務，打不了仗，殺不了敵，卻偏偏還得好好供著。

官員們到了議事廳，都帶著滿腹疑惑，因為王遠從未召集過這樣的緊急會議。當他們看到王遠一語不發地端坐在官椅上，面色沈重，疑惑之心更重，紛紛將詢問的眼神投向官職僅次於王遠的嚴炳和劉青山；卻見嚴炳目不斜視，端立在前排，劉青山則微微垂首，一副老僧入定的模樣，眾人便越發有些摸不著頭腦。

王遠見人已經多數到齊，便清了清嗓子，正準備開口，卻見一個姓牛的百戶慌慌忙忙跑了進來，一邊跑還一邊整理著凌亂的官服。

王遠不禁大怒，喝道：「看看你像什麼樣子，一點軍人的樣子都沒有。牛百戶，找傳令下去已有半個多時辰，從你家裡到我這防守府，就算是爬也爬來了，你不但姍姍來遲，還衣冠不整，人人都像你這個樣子，我們張家堡還有什麼希望。」

那牛百戶本是個混吃混喝的主兒，最近剛納了個小妾，還正處在新鮮期，昨晚上鬧得晚了些，今天就一直摟著小妾在熱呼呼的被子裡睡大覺，下人通報了好幾次，都被他迷迷糊糊地呵斥了出去，後來清醒過來，才慌忙起床，官服都沒有穿好就急著往防守府跑。

其他的官員看到牛百戶衣冠不整的窘迫模樣，都交換著曖昧的眼神，低頭悶笑，有幾個忍不住的，還笑出聲來。

王遠見狀越發心煩又心憂，他猛地拍了一下身前的案板，大聲喝道：「笑什麼笑，一個、兩個的，都不知道死活，死到臨頭了，知不知道？」

眾官員均愣住，忙收斂笑容，垂頭肅立，那牛百戶更是傻愣愣站在議事廳中央，張著嘴，茫然地望著王遠。

王遠沒好氣地瞪了他一眼，怒罵道：「還不快給老子滾到一邊去，站在這裡現眼啊！」

牛百戶忙垂著頭退到一旁。眾官員見王遠少有的發起了如此大的脾氣，都有些怔住，議事廳裡一時十分安靜。

王遠皺著眉，將站在議事廳的幾十個副千戶、百戶、總旗們掃視一遍，只見大多數或年老、或體弱、或不堪大用，若真遇到危機，真正抵用的沒有幾個人。

王遠沈默了一會兒，緩緩開口。「今日召各位前來，是有要事相商。前幾日，我連夜被守備大人召入靖邊城，想必你們有些人已經知道了。」
一些平時和王遠來往密切，擔任著核心職務，時刻關注防守府動態的官員紛紛點頭，其他任閒職的邊緣人士則是一臉茫然。
王遠繼續道：「守備大人剛剛收到一個很不幸的消息，韃靼可汗只怕不行了。」
官員們聞言先是欣喜，隨後又是疑惑，已有大膽的官員出言問道：「大人，韃靼可汗凶殘，連年出兵侵犯我朝邊境，他死了豈不是咱們的幸事？」
王遠見這個官員和自己當時在守備府聽聞此事時一樣的反應，問出一樣的問題，不覺微微愣了下。記得當時自己發出此疑問時，劉守備狠狠呵斥了他一番，搞得他顏面大失，所以王遠此刻倒不好意思像那樣呵斥他。
他肅容道：「你們身為邊境將領，卻不關心邊境局勢。」說到這裡，自己卻先暗自慚愧了一下，接著道：「這韃靼可汗雖然凶殘，但野心並不大，往往只是搜刮一番就打道回府，你們想一想，這些年來韃子都只是以搶掠物資為主，並不占城，是也不是？」
眾官員回想了下，紛紛點頭。
王遠繼續說：「據我朝派在韃靼的哨探傳回消息，本來，韃靼可汗想傳位給嫡長子烏各奇。據說，他的個性比韃靼可汗仁厚，不好征戰，這些年我朝也有暗探在偷偷和他接觸，發現這烏各奇非但不好戰，還有著與我朝和平相處的想法。他常常私下裡說，邊境連連征戰，對百姓實在是大大的苦事，他即位後，想和我們梁國停戰，在邊境開設馬市，實行貿易互通。」

話音未落，已有官員面帶喜色，忍不住道：「大人，那韃靼可汗快些死，對我朝不就是大大的好事了？」

王遠瞪了他一眼。「若真是烏各奇即位，這韃靼可汗快點死，當然是一件大好的喜事。」

「但是。」王遠話鋒一轉，語氣變得沈重。「那韃靼可汗還有一個幼子阿魯克，比韃靼可汗更加嗜血凶殘，生性喜好征戰。前些年好幾個村莊被屠村都是他帶兵幹的，當時他才十七、八歲，便手段殘忍，現在只怕越發凶狠殘暴。」

眾官員也聽得心情沈重，已有機靈的官員問道：「莫非，這韃靼可汗要傳位給阿魯克？」

王遠嘆了一口氣。「這阿魯克因母親身分低賤，本沒有資格繼承王位，只是他勇猛善戰，短短幾年就征服了好幾個部落，有了自己的勢力。半個月前他趁韃靼可汗病重，韃靼大軍又被我軍攔截在定邊城，便發動兵變，軟禁了韃靼可汗。

「現在韃靼形成了兩股勢力，老臣們大多支持烏各奇，一些新興部落支持阿魯克，兩股勢力僵持不下，韃靼可汗無奈，只好下令，命兩人各率兵一萬，以一個月時間為限，誰攻下的城池最多，掠奪的物質最豐富，就傳位給誰。」

眾人均倒吸一口冷氣，在王位的誘惑下，只怕這兩個兒子都要拿出渾身解數，拚全力征戰，不知道在韃子強大的攻勢下，張家堡的會命運如何。

王遠見眾官員都面色沈重，心情反而輕鬆了些，似乎已將肩上的重擔轉壓了一些在他們身上。

他繼續說：「聽哨探們的消息，目前正被我們幾支游擊軍攔截在定邊城外的韃子軍隊，是烏各奇的舅父所率領，只怕烏各奇會與舅父會合，直攻定邊城而去。我們那日在守備府裡分析了一下，剩下的幾個衛城裡，靖邊城最為繁華，又離宣府城最近，若靖邊城淪陷，便可長驅直入宣府城，甚至連京城都有危機。阿魯克貪功，只怕會將主要目標放在靖邊城上，而咱們處在韃子通向靖邊城的咽喉之處，一旦阿魯克將目標鎖定靖邊城，只怕咱們張家堡就是首當其衝。」

眾官員臉色大變，似乎都看到了韃子的軍隊呼嘯而來，只覺得冷汗連連。

嚴炳沈思了一會兒，問道：「大人，阿魯克畢竟只有一萬人馬，若想對付我們自是毫無問題，若想打進靖邊城甚至宣府城，無疑是癡人說夢吧。」

王遠微微掃了他一眼，依然語氣沈重。「若是一般的將領，自是不敢有這樣的想法和舉動，可是阿魯克勇猛蠻橫、野心勃勃，又一心想奪位，只怕越發敢做出不尋常的舉動；不論他是否會進攻張家堡，我們都不可掉以輕心。」

嚴炳不語，只是重重地點了點頭，身子僵硬了片刻才緩緩放鬆，面色也變得極其凝重。

王遠重重嘆了一口氣，鄭重地說：「當日，劉守備將我們幾個子堡的防守官召到守備府，鄭重託付我們要牢牢守住城堡，切不可讓韃子攻破，城在人在，城亡人亡。今日，我也鄭重地拜託各位弟兄，張家堡的存亡，就靠各位了。」說罷，他站起身來，拱手對眾官員深深彎腰行禮。

眾官員忙紛紛下跪行禮，嚴炳更是大聲道：「請大人放心，屬下定誓死守衛張家堡。」其他的官員也七嘴八舌地表著衷心。

王遠只覺得信心又增添了大半，他肅然道：「不管韃子是否會進攻張家堡，我們都要做最壞的打算，做最充足的準備。從即日起，吩咐守城的將士，時刻注意城外動態，加強守衛，一旦有風吹草動，立即回報。嚴大人——」

嚴炳忙上前，回道：「屬下在。」

王遠看了看他，沈聲道：「你手下的戰兵要加強訓練，養精蓄銳，隨時準備迎戰。」

嚴炳單膝下跪，大聲回道：「屬下領命。」

王遠又看向劉青山。「劉大人，堡中糧倉還有多少存糧？」

劉青山忙上前回道：「回大人，因今年每戶少收了一石稅糧，故此今年收到的糧比往年要少。目前糧倉一共還有兩千五百多石小麥，一千七百多石粟米，兩千……」

王遠對這些數字實在沒有頭緒，忍不住打斷他。「你就說夠吃多長的時間？」

劉青山想了想，有些擔憂地說：「若只供將士們應該問題不大，就怕萬一被圍城，時間長了，堡裡的軍戶們存糧不夠。」說罷又憂心忡忡地說：「大人，屬下還記得二十多年前，曾經有軍堡被圍，存糧耗盡，發生過人吃人的事……」

王遠惱怒地皺起了眉頭，疑惑地問：「軍戶們剛剛秋收，我看今天田裡糧食的長勢也頗好，況且，我們還每戶少收了一石，怎麼會存糧不夠？」

劉青山本來開著張家堡內最大的糧鋪，這次軍戶們紛紛拖糧去靖邊城賣，害得他少掙了一大筆錢，正是怨恨不已，此刻便乘機告狀。「這些軍戶不知誰帶頭，都把糧食拖到靖邊城去賣了，也多掙不了幾個銀子，萬一真的被圍城，我看他們就抱著銀子喝西北風去吧。」說到這裡，他又想著自己到時可以乘機抬高糧價，再從軍戶手中大撈一筆，不覺又有些暗暗欣喜。

王遠氣得重重拍了一下案板。「吩咐守城的士兵，從即日起，凡有軍戶拖糧出城的，一律攔住。此外，軍中各色人等，不論是官員還是普通軍戶，沒有我的命令，一律不得擅自離堡，一經發現，嚴懲不貸。」

剛剛聽聞張家堡有危機，好些個任閒職的官員，如牛百戶等人，正在心裡謀劃要儘早離開張家堡，逃到安全一點的其他衛城或軍堡去，還在腦中搜尋哪裡有可以投靠之人，此時聽王遠下此命令，不禁都如喪考妣，面色蒼白，膽子小的，連腿都有些發軟。

王遠看著這些個臉色發白的軟腳蝦，不覺心中厭煩。這時，已有膽大的官員上前戰戰兢兢地問：「大人，屬下自是不能走，但是，屬下家中尚有妻妾、幼子，不知能不能……」

王遠靜靜看了他一會兒，又看到其他的官員也滿懷期望地看著自己，他不禁想到了自己的幾個妻妾，想到了乖巧的小女兒，便心頭一軟，鬆口道：「若你們在靖邊城有親戚朋友的，便讓家人前去投靠吧。這些老弱婦孺留在堡裡，不但毫無助力，反而還會令你們分心，不如就將他們安置好，也好讓你們無後顧之憂。」

眾官員一聽，都面露喜色，紛紛下跪叩謝。王遠擺擺手，話音一轉，又冷然道：「只是，老弱婦孺可以離開，青壯男子卻一個都不准走，否則張家堡靠誰來守住？」

官員們一聽，又面露苦色，王遠見之只覺一股怒火湧上心頭。

這時，蔣百戶上前請示。「大人，建子堡之事已經開工了好幾日，眼下不知是否繼續？」

王遠沒好氣地瞪了他一眼，斥道：「蔣百戶，你是不是年紀大了，人也有些糊塗了？這種時候還建子堡幹麼？韃子打來的時候，傻傻地待在堡外等著給他們砍嗎？」

王遠每說一句，蔣百戶的臉色就蒼白一分，腰更彎下一寸，頭恨不得快垂到地上，王遠看了看他兩鬢花白的頭髮，便又有些不忍，正色道：「建子堡的工程暫停，所有修城牆的軍戶全部跟隨嚴大人操練。此外──」

他看向鎮撫葉清。「葉大人，你統計一下，堡裡可以戰鬥的軍戶還有多少？全都召集起來，跟隨操練，咱們要全員備戰。」

此言一出，嚴炳等人也群情激憤，充滿了豪情壯志，看向王遠的目光也堅定而有神，王遠不覺也堅定了信心。

葉清問道：「大人，堡外還有三、四十家軍戶，該如何處理？此外，還有一、二十戶流民，卻又該如何？」

王遠想了想，道：「軍戶都是我張家堡的子弟，張家堡自然要為他們提供庇護。你去安排一下，令他們速速搬進堡內，他們在堡內有相熟人家的，可以自行去投靠；若沒有相熟的，暫時騰出幾間營房，讓他們棲身一下。他們家中也都有子弟正在軍中服役，若不安頓好他們，只怕士兵們有後顧之憂，無心征戰啊。」

葉清忙道：「大人仁德，考慮得周全，屬下這就去辦；只是這流民……」

王遠皺了皺眉。「流民的話，若是壯年男子，只要願意加入軍籍，為張家堡效力，我張家堡自然敞開大門接納；若是單身女子，同意嫁給堡中單身的軍戶，才可進堡，其他不願意入軍籍的，就讓他們從哪兒來，回哪兒去。」

眾官員忙領命，各自退下去準備迎敵事宜。

正在守城的蕭靖北當然絲毫沒有感受到張家堡的危機。此刻，他正站在高高的城牆上，眺望遠方，一邊欣賞塞外風光，一邊在心中回想和芸娘認識以來的一點一滴，回味昨晚那激動的、甜蜜的相會。

他想一會兒，笑一會兒，俊臉上洋溢著溫暖的、幸福的笑容。

「蕭……蕭小旗，蕭小旗？」有人在一旁怯怯地叫著他，蕭靖北猛然驚醒，見徐文軒一張年輕、青澀的臉湊在自己面前，雙眼帶著期盼之色，雙頰脹得通紅，不知已經站在旁邊喊了自己多久。

蕭靖北回過神來，忙收斂笑意，只是怎麼也掩飾不住由內心散發出來的由衷喜意。他看向徐文軒，面帶詢問之色，只是目光柔和，整個人不再像往日一樣有著清冷凜冽的氣勢，而是洋溢著一股溫和之氣。

徐文軒第一次看到這樣的蕭靖北，覺得心裡安定了許多，他大著膽子湊到蕭靖北身前，鼓起勇氣開口。「蕭……蕭小旗，屬下有……有一個問題，不知……能否開口？」

蕭靖北眉頭微微一挑。「徐兄弟有何事不明，只管開口。」

徐文軒期期艾艾地問：「蕭小旗，不知……不知令妹是否婚配？」

蕭靖北一愣，若有所思地看著徐文軒，心想，怪不得這小子這些日子天天往自己身前湊，一雙眼睛想看又不敢看自己，一副滿腹心事卻不敢說的樣子，害他還以為這徐文軒對自己有什麼特殊的想法，想不到原來是對自己的妹妹有想法。

想到這裡，蕭靖北覺得一陣輕鬆，又有些好笑，他忍不住露出淡淡笑意。「舍妹還未曾婚配。徐兄弟……何出此問？」

徐文軒猶豫了一下，終於鼓起勇氣。「我……我心悅令妹，不知能否……能否……」

蕭靖北有些奇怪，充軍路上，自己一家雖然和徐文軒同行了一段，但是連話都沒有多說幾句，倒是沒有看出這徐文軒對靖嫻有什麼特殊的想法。

他試探地問：「舍妹年幼無知，資質愚鈍，不知你……」

徐文軒面色更紅，他結結巴巴地說：「令妹……令妹端莊賢淑，氣質高貴，我……我很是……心悅……」

徐文軒自從那日在蕭靖嫻的及笄禮上見到了她貌美如花、氣質如蘭的一面，便深深印在了心裡。他本是膽小怯弱之人，一年前和幾個狐朋狗友在酒樓飲酒，因喝得高興了，叫嚷的聲音大了些，驚擾了正在隔壁房裡飲酒的知府公子等人。

一邊是權貴公子，一邊是富豪子弟，雙方爭執起來，互不相讓，又都帶著醉意，便鬥毆起來。打鬥間，不知誰塞給他一把匕首，他迷迷糊糊地就刺向朝著自己撲來的人，不巧正是洪洞縣令的小舅子。

他本是手無縛雞之力的文弱書生，生平第一次拿刀，就殺死了人，還不巧正是縣令老爺的小舅子。殺人後，徐文軒本被滿心仇恨的縣令判了斬首，徐文軒的父母幾乎散盡家財，上下疏通，這才改判充軍。充軍的路上，他一個文弱膽怯的少年被幾個如狼似虎的士兵押送著，若不是徐富貴一路相護，只怕早已命喪九泉。

來到這張家堡，徐文軒本是渾渾噩噩地混日子，只覺得生活失去了一切希望，那日見到令人驚豔的蕭靖嫻，卻激起了這個少年對美的嚮往，對生活的追求。他第一次沒有依賴神通廣大的徐富貴，而決定自己解決。他在心中猶豫了好幾天，終於鼓起勇氣對蕭靖北開口。

蕭靖北呵呵笑了，他見徐文軒誠惶誠恐的樣子，想起自己幾日前在宋思年面前也和他一樣，便不願太為難他，直言道：「這件事我不太好作主，還得回去後與我母親商量。」

徐文軒見蕭靖北一沒有呵斥自己，二沒有斷然拒絕，而是和顏悅色地答覆自己，心裡早已心花怒放，只覺得已經成功了一半。他激動地向蕭靖北行禮，感激地說：「如此就拜託蕭小旗了。」說罷，懷著雀躍的心情三步併作兩步地離開，腳步變得十分輕快。

蕭靖北望著徐文軒的背影，心想，這徐文軒雖然看上去文弱，但本性是一個單純的少年。他家境寬裕，聽徐富貴說，徐文軒父母已在靖邊城購置了住宅，準備在這裡長期生活下去。

他們做生意之人有著精明的頭腦，這短短一個多月，不但在靖邊城購買了幾家商鋪，開年還準備在周圍購置良田；若靖嫻能夠嫁給徐文軒，以後的日子倒是很滋潤，更何況，這徐文軒只是終身充軍，不會累及子女，看他個性溫和，定會對靖嫻極好。

蕭靖北想了想，便覺得這徐文軒的確是良配，只是不知道母親意下如何；若她也贊同，那自己家可真是要雙喜臨門了。蕭靖北想著想著，忍不住又露出了笑意。

「蕭小旗！」一個士兵急匆匆地跑上城牆，喘著氣報告。「萬總旗召集，有緊急事宜。」

蕭靖北匆忙走下城牆，只見萬總旗站在城牆之下，他面色沈重，滿臉嚴肅，他手下的兩個小旗已經筆直地站立在他身前，還有兩個小旗正匆匆忙忙往這邊跑過來。

王總旗見五個小旗全部到齊，他沈聲道：「現在召集你們前來，是有緊急事情。剛才，王大人召集堡內總旗以上的官員到議事廳，告訴了我們一個緊急軍情……」

萬總旗將方才在議事廳王遠所說的韃子即將進攻一事，擇重點講述給五個小旗，蕭靖北他們均聽得面色凝重。

萬總旗卻從容地笑了笑。「咱們在這邊境當兵，本就是提著腦袋過日子，不管遇到什麼樣的危機，都要鎮定，不能自亂陣腳。雖說邊境軍堡眾多，韃子不一定就會攻打張家堡，但咱們必得做好充分的準備。」

他瞪圓銅鈴般的眼睛，加重了語氣。「咱們守在張家堡的第一線，一旦韃子攻來，首當其衝的就是咱們這五十幾個弟兄。從今日起，重新部署守城的隊伍，由原來的一個小旗站一班崗改為兩個小旗站一班崗，就是說，原來是十一人守城，現在是二十二人守城，仍是四個時辰換崗。你們都嚴加防守，時刻注意堡外的動態，現在是非常時期，就有勞弟兄們多受累了。」

守城的幾個小旗都是精心挑選出來的勇猛之士，此刻雖然面色凝重，卻也並不慌張，都沈聲道：「請大人放心，屬下們定會盡全力防守，不辱使命。」

萬總旗滿意地點了點頭，又道：「此外，王大人吩咐了，堡內的軍戶不得拖糧出堡，除了老弱婦孺，其他男丁等不得擅自離開張家堡，一旦發現此等情況，你們務必攔截。還有，你們或你們手下的士兵若有住在堡外的，這兩日盡快要家人搬進堡裡，韃子說來就來，總不能傻呆呆地留在外面給他們殺。」

有一個姓李的小旗也和蕭靖北一樣住在堡外，他家人口眾多，祖孫三代近十口人擠在一個小院子裡。他皺著眉頭，為難地問：「這麼多人，堡裡怎麼住？」

萬總旗明白他的擔心，拍了拍他的肩，寬慰道：「這個王大人已有安排，若在堡內有相熟人家可以接納的，可去投靠；實在沒有，堡裡會騰出幾間營房，雖然環境艱苦，但總比留在堡外給韃子練刀好一些。」

李小旗想著自己那麼一大家子人，到哪裡尋人投靠，但更不能留在堡外，便只好無可奈何地點了點頭。

蕭靖北也很是心煩，他想著，雖然可以投靠芸娘家，但宋家住房也不寬鬆，到時候只能讓鈺哥兒住在宋家，靖嫻仍住許家，自己和母親、王姨娘一起住營房。只是，馬上要入冬，天氣即將轉寒，營房裡條件差，母親身體剛剛恢復，若再受了涼可如何是好？想到這裡，蕭靖北也面色沈重。

萬總旗沈默了一會兒，又說：「還有一件事情，你們除了注意攔截堡內的軍戶擅自離堡，還要防止堡外的流民隨意進堡。堡外的流民想要進堡的，男的必要同意加入軍籍，女的必要願意嫁給堡內的軍戶，否則，一律不得進入。」

蕭靖北有些吃驚，心道，這也太不近人情了，不覺皺起了眉頭，露出不贊同的神色。

萬總旗似乎看出了他的想法，繼續說：「戰時每一滴水、每一粒糧都十分矜貴，怎麼可以隨意養閒人。你們都給我把好關，不符合條件的一個都不能進，誰若一時心軟放進來一個，到時我可饒不了他。」

換崗的時候，天已經全黑，呼呼的寒風已經在空曠的原野上呼嘯，蕭靖北和徐文軒迎著寒風，一前一後地向家中走去。

徐文軒急著拉近和蕭靖北的關係，一路緊跟蕭靖北，他的步伐自然趕不上健步如飛的蕭靖北，只好加快腳步趕著。

此時寒氣已重，徐文軒走在寒風中不禁瑟瑟發抖，他一邊搓著手，一邊無話找話地套近乎。

蕭靖北一邊加快步伐，一邊不耐煩地打斷了他。「徐兄弟，方才我和你們交代的事情你都忘了嗎？近期韃子有可能打過來，我們所有的人都要進張家堡住。你家中財物較多，應趕快讓徐富貴收拾一下，徐富貴不是軍中之人，你乾脆讓他去靖邊城避一避。」

徐文軒滿臉的不以為然，說道：「韃子哪能說來就來啊，家裡住得好好的，幹麼進堡裡住營房，這萬一韃子真來了再去也可以啊。」

蕭靖北沒好氣地斥道：「真的等韃子打來了，就來不及了。我言盡於此，你自己好自為之吧，我還要回去準備搬家的事情，就不陪你慢慢聊了。」說罷，甩下徐文軒，疾步往家中走去。

蕭靖北走近家門，遠遠看見家裡的正屋裡面亮著昏黃的燈光，滿滿的燈光從窗子裡、門縫裡洩出來，在呼嘯著寒風的黑夜裡顯得格外溫暖和明亮。

蕭靖北快步走進正屋，只見屋子當中的桌子上已經擺了幾碗菜，雖然上面倒扣著菜碗保溫，但誘人的香味還是從碗的邊緣散發出來，直撲進蕭靖北的鼻子裡，勾起了饞意和饑餓感。

李氏正端坐在桌旁，見蕭靖北進來，臉上露出笑意。她看著披著冰冷的盔甲、一身寒氣的蕭靖北，心疼地說：「四郎，回來了。快去換身暖和的衣袍，過來咱們一起吃飯，你守了一日一夜的城，定是累壞了吧？」

蕭靖北搖搖頭，他看著笑意融融的李氏，實在不忍心此時將韃子即將進犯一事說出來，破壞這溫暖祥和的氣氛，便笑道：「母親，沒事。我不是說過你們以後不要等我吃飯嗎？現在天黑得早，你們早些用飯吧，我回來了隨便吃點什麼就可以了。」

李氏嗔怪道：「你一個大男人，我們這一家子老老小小可都要指望著你呢，中午你跟著守城的士兵們一起一定吃得不好，晚上回來再隨便湊合可怎麼行？」想了想，她又打趣道：「不過，馬上就要有新媳婦來操心你的事情，我這個老婆子也可以輕省一下了。」說罷便抑制不住地笑。

蕭靖北難得的面露羞赧之色，他回房換過了居家的棉袍，再回到正屋時，只見王姨娘正將一碗熱騰騰的湯碗放到桌上，蕭靖嫻正在擺放碗筷，鈺哥兒則坐在蕭靖北為他特製的加高凳子上。

他像往常一樣，應該已經先吃過了，現在跟著大人們湊熱鬧，再吃一點兒；可是此刻他一反常態，神情快快地趴在桌上，小臉擱在胳膊上，一雙大眼睛瞬也不瞬地盯著王姨娘的動作。

王姨娘注意到鈺哥兒的目光，笑咪咪地先給他盛了一碗湯，柔聲問：「鈺哥兒是不是餓了啊，你先喝點湯，這個雞湯可鮮呢。」

蕭靖北也在桌旁坐下，聞言皺了皺眉，問道：「母親，怎麼這麼破費，非年非節的，喝什麼雞湯？

李氏樂呵呵地說：「怎麼不能喝？家裡有這麼大的喜事，還不能慶祝一下？我已託隔壁家的徐富貴再去當幾顆珠寶，我尋思著，家裡馬上就要迎新人了，這又小又窄、破破爛爛的屋子可不行，就算來不及擴建，怎麼也要先把牆壁塗一下，屋頂也要加固。人家芸娘從堡裡嫁到咱們堡外，我們總不能太委屈她。」

蕭靖北想到韃子即將進犯一事，也不知到時和芸娘的婚事能否按期進行，不禁心中有些煩悶，眉頭也不自覺地皺了起來，悻悻地說：「還早著呢，您也別太慌了。」

李氏鳳目一瞪，怪道：「早什麼早，一、兩個月的日子一晃就過去了，不早些做準備怎麼行？」

王姨娘也小心地插話。「姊姊考慮得極是，是應該先準備好，還有家具、床帳、被褥什麼的現在都要開始準備了，免得到時候手忙腳亂。」

大人們正說得熱鬧，突然聽到一陣細細的抽泣聲。李氏幾人忙停下來，卻見鈺哥兒垂著頭，抽抽噎噎地哭著，小肩頭一聳一聳，似乎十分傷心。

李氏忙問：「鈺哥兒，你這是怎麼啦？好端端的怎麼哭起來了啊？」

鈺哥兒抬起頭，大大的黑眼睛眼淚汪汪，小小的臉上又是鼻涕、又是眼淚，他怯怯地看了一眼蕭靖北，邊哭邊說：「父親，我不要後娘，你別娶後娘好不好？」

李氏面色一沈。「鈺哥兒，什麼後娘，誰教你說這種話的？」

王姨娘也忙說：「鈺哥兒，那天我們不是都和你說好了嗎，你不是已經答應讓芸姑姑做你的母親嗎？」

蕭靖北不語，靜靜地看著鈺哥兒。

鈺哥兒小心翼翼地打量著蕭靖北的神色，見他面容平靜，便大著膽子繼續說：「我有母親，我的母親在京城。芸姑姑來的話就是後娘，後娘以後就會有自己的孩子，就不會疼我，還會打我、罵我……」說罷，越想越心傷，索性張開嘴大哭起來。

蕭靖北心頭湧上一陣怒火，他啪的一下放下筷子，鈺哥兒嚇得抖了抖，卻仍是放聲大哭。

李氏對蕭靖北搖搖手，輕聲問：「鈺哥兒，這樣的話是誰告訴你的啊？」

鈺哥兒停住哭聲，愣愣地看著李氏，他想起昨日蕭靖嫻告訴自己這一番話後，千囑咐、萬叮嚀，要自己千萬別說出她來，便照著昨日姑姑教的繼續說下去。「祖母，沒有人教我，是我自己想的。我見前頭柳家的大郎，他的後娘天天讓他做事，還打他，還經常不讓他吃飽飯。他後娘對親生的二郎卻十分好……」

他突然忘了下面該說什麼，張著嘴愣了一會兒，卻接著說：「二郎是個鼻涕蟲、愛哭鬼，還是個跟屁蟲，我和大郎都不喜歡和他玩。」

李氏哭笑不得地看著鈺哥兒，心中明白，剛才鈺哥兒那番話，除了最後一段，只怕前面的都是蕭靖嫺教的。她不動聲色地瞟了一眼蕭靖嫺，見她裝作沒事人似的，慢條斯理地吃著飯。李氏不禁在心中微微一嘆，她畢竟是在宅鬥中身經百戰之人，蕭靖嫺這麼一點小伎倆豈能瞞得過她。

她和顏悅色地說：「鈺哥兒，看你這張小花臉，讓姨奶奶帶你去洗一洗。」說罷，對王姨娘使了使眼色。王姨娘自然心知肚明，她恨恨地看了一眼蕭靖嫺，抱著鈺哥兒出了正屋。

李氏待王姨娘抱著鈺哥兒出了正屋，面色一沈，怒視蕭靖嫺，斥道：「靖嫺，妳是嫌這個家太安生了嗎？好端端的非要鬧點事情出來。」

蕭靖嫺心中一驚，她睜大了雙眼，裝作無辜地分辯。「母親，我不明白您在說什麼？」

李氏看著佯裝鎮定的蕭靖嫺，氣極反笑。「靖嫺，妳那點小把戲趁早在我面前收起來。鈺哥兒之前一直好好的，就是妳昨日和他在家裡單獨待了小半天，今日就變成這個樣子了。

「我還正在納悶呢，怎麼昨日早上我們去宋家提親的時候，鈺哥兒還歡天喜地的，要我們快快將芸姑姑娶回家來，回來的時候，鈺哥兒就變得悶悶不樂了，今天一整天都沒有精神，一直到現在四郎回來，才說出了憋在心裡的話。不是妳昨日教唆，鈺哥兒又怎麼會如此？他那小腦袋瓜裡，絕不會想出這樣的話。」

蕭靖嫻面色發白，卻仍在嘴硬。「母親，我並沒有說什麼，是鈺哥兒本就不喜歡宋芸娘……」

「是妳不喜歡芸娘吧？」蕭靖北冷冷打斷了她。「芸娘有哪裡對妳不好，妳要這樣背後害她？那日妳為何無端地告訴芸娘我的娘子在京城，害得她心生誤會？現在妳又挑撥鈺哥兒和芸娘的關係，妳為什麼要做這些事情，對妳又有什麼好處？」

蕭靖嫻張了張嘴，眼淚一下子湧了出來。「四哥，你……你怎麼能這麼狠心、這麼薄情，你一口一聲芸娘，你忘了四嫂還在京城苦苦等著你嗎？」

蕭靖北面色一寒，李氏已忍不住重重拍了一下桌子，喝道：「靖嫻，早就和妳說了，不准喊那個女人四嫂，她早已與四郎和離，跟我們家沒有半點關係。」

蕭靖嫻強嘴道：「誰說沒有關係，她不是鈺哥兒的娘嗎？她好歹也為我們蕭家生了兒子，我們不能對她太絕情……」

李氏放低了聲音，怒氣中帶了幾分哀意。「不是我們對她絕情，是她對我們絕情。人各有志，她捨不下榮華富貴，我們也不能強拉著她和我們一起受苦。」

蕭靖嫻神色軟了幾分，卻仍然嘴硬。「我不相信她是這樣的人，她一定有不得已的苦衷。」她看向蕭靖北，面帶哀求之色。「四哥，四嫂一定在京城等著你去接她。四哥，你知道嗎，你以前待在家裡的時間少，四嫂一個人很可憐，常常找我聊心事……四嫂對你一片真心，她成日把你掛在嘴邊，心心念念都是你……」

蕭靖北怔怔看著蕭靖嫻，心中湧上幾分愧疚。以前在京城之時，因家中微妙的氣氛，他與一幫侯門公子哥兒一起日日冶遊，恣情玩樂，很少在後宅逗留。他和孟嬌懿的婚姻，和眾多豪門貴族子弟的婚姻一樣，只是連絡兩個家族關係的紐帶，感情倒是次要，至少在蕭靖北看來是如此。

和孟嬌懿成親五、六年來，蕭靖北和她一直過著相敬如賓的日子，只覺得她過得怡然自得，出身高貴，成親後又一舉得男，做著風風光光的侯府四少奶奶，卻從未走進過她的內心世界，從未真正瞭解過她心中所想、所盼……

孟家逼著他與孟嬌懿和離之時，他見孟家派來接她的幾個婆子滿臉嫌棄鄙夷、言語尖刻，孟嬌懿又垂首默然不語，便認為她想著快些與蕭家了斷，二話不說便寫下了和離書，卻未曾想過問問她的意見，心中也沒有太多不捨。

蕭靖北眉頭緊緊蹙起，他有些心懼：莫非自己真如靖嫻所說，是一個薄情之人？

可他轉念又想到芸娘，只覺得心中充滿了甜蜜，他想起芸娘的一顰一笑、一言一行，覺得自己連片刻都不願和她分離。他嘗試著假設自己是否也能平靜地接受和芸娘分離，可一生出這種念頭，便立刻覺得呼吸一窒，心頭刺痛。

看來自己對孟嬌懿並非薄情，而是不夠用情。想到這裡，他又覺得十分愧疚，面上也現出了難過的神色，黯然道：「靖嫻，就算我對不住孟嬌懿吧！」

蕭靖嫻神色一喜，忙道：「不，四哥，還來得及，你不要娶宋芸娘，等咱們安頓下來，你去京城接四嫂好不好，我們還是一家人和和美美地過日子。」

李氏已忍不住怒喝。「靖嫻，什麼時候妳四哥的親事輪得上妳說話了？」

蕭靖嫻身子微微一抖，往後縮了縮，垂頭不語。

李氏繼續道：「妳四哥和孟家小姐已然和離，現在是男婚女嫁，各不相干。她是公侯家的小姐，哪怕和離了，也仍會再嫁入豪門，怎麼可能跟著咱們在這邊堡受苦？若她當真如妳所說對妳四哥一片真心，又怎會同意和離，拋夫棄子，一人在京城享福？妳四哥現在只是一個小小的軍戶，和她已是雲泥之別，咱們不作那樣的春秋大夢，還是好好地將芸娘娶回來，踏踏實實地過日子。」

她見剛才蕭靖北面露愧疚之色，擔心蕭靖北被蕭靖嫻說動，喚起了對孟嬌懿的情意，便忙出聲打斷。

「不，四嫂不是那樣的人，她絕不會嫁給別人的，四哥，你信我，信四嫂……」

蕭靖嫻還在猶自爭辯著，李氏已厲聲喝道：「住口！妳還有沒有規矩？沒出嫁的女兒家，張口閉口情意、婚事的，這些話都是妳說得的？更何況這是妳四哥的事情。我看妳是大了，心也野了，現在越發有能耐，連家都不怎麼回了；反正妳已經及笄了，妳也別操心妳四哥的事情，先好好操心妳自己的親事吧！」

李氏見蕭靖嫻越說越過，便忍不住斥責了她，語氣也過於重了些。蕭靖嫻一呆，隨即脹紅了臉，又羞又惱地哭著跑出了正屋。

蕭靖北愣愣看著已然冷卻的飯菜，覺得心也有些涼。

李氏嘆了口氣。「靖嫻這孩子真是不懂事，吃飯的時候鬧出這麼一回事情來，害得我們飯沒吃，氣倒是氣飽了。」她心疼地看著蕭靖北。「四郎，餓壞了吧，我讓王姨娘把飯菜端去熱一熱。」想了想，又道：「唉，也不知她勸住了鈺哥兒沒有？一個、兩個的，都不讓人省心。」

蕭靖北經歷了這麼一場鬧劇，也十分疲憊，他昨晚一夜未休息好，今天又站了一天崗，現在倦意更濃，便輕聲道：「母親，不用麻煩了，剛才餓過頭了，現在已經不想吃了。母親，我有話要和您說。」

李氏眉頭一皺。「那怎麼行，身體餓壞了可不行。」說罷便起身去喚王姨娘。

王姨娘輕手輕腳地從隔壁房裡走出來，輕聲道：「姊姊，好不容易把那個小祖宗給哄睡著了。」

李氏鬆了口氣。「玥兒，辛苦了。妳剛才也沒有怎麼吃，餓壞了吧？飯菜都冷了，妳端去廚房熱一熱，咱們再吃一點。」

「唉，好的。」王姨娘一邊應著，一邊去端冷了的飯菜，蕭靖北忙上前幫忙。

王姨娘便悄聲問道：「四爺，靖嫻怎麼啦？剛剛跑進房裡哭得厲害。」

蕭靖北搖了搖頭，寬慰道：「沒事，小女孩嬌氣，明天就好了。」

王姨娘雖不知事情緣由，也有些心知肚明，她面帶歉意地說：「四爺，靖嫻還小，不懂事，有什麼事情，您別和她計較。」

蕭靖北看著華髮早生的王姨娘，想到她雖是母親的丫鬟出身，但當年也是錦衣玉食，倒是比一般小戶人家的小姐還要養得嬌貴；可是現在家裡的粗活、累活卻都是她一人在忙活，他頓覺心中苦澀，便默默點了點頭。

王姨娘去了廚房後，蕭靖北便將今日徐文軒想求娶靖嫻一事告訴了李氏。

李氏很有些吃驚。「這徐文軒何時對靖嫻有了這樣的心思？我們一路上同行了一段時日，倒全然沒有看出來，莫非他們私下裡瞞著我們有過接觸，還產生了私情？」

蕭靖北微微愣了下，搖頭笑道：「應該不會吧，在我們的眼皮底下，他們沒有那麼大的膽子；靖嫻自幼受您的教導，也絕不是性格輕佻、招蜂引蝶之人。靖嫻已經長大了，不再是我們眼中的那個小丫頭了，所謂窈窕淑女，君子好逑，像她這樣的女子有幾個追求者又有什麼奇怪。」

李氏想了想，也笑了。「仔細想一想，徐文軒條件都還不錯，家裡父母雙全，家境寬裕，而且又住在咱們隔壁，彼此也有個照應。」

蕭靖北點了點頭，接著說：「還不只呢，我和他接觸了這些時日，發現他雖然有些膽小怯弱，對人情世故也不是很通透，大概是因為長期被家裡人呵護得太過，來到張家堡後，又一味依賴徐富貴的緣故；但他本性純良，好好引導的話，倒也是一個不錯的男兒。」

李氏贊同地點了點頭，沈默了一會兒，卻神色黯然地說：「可惜也是軍戶……」說罷又是一聲嘆息。

蕭靖北微微笑了笑。「在這張家堡裡，想找個不是軍戶的人家嫁也難啊，都像您這樣想，那咱們軍戶都沒有人願意嫁了。」

他見李氏面露不以為然之色，接著說：「徐文軒雖然是軍戶，但好在只是一人終身充軍。聽說，他的父母又在靖邊城購置了住宅，還買了幾個店鋪做生意，若靖嫺真能嫁入他家，倒真是一個好歸宿。」

「真的？」李氏眼睛一亮，興奮地問道。

蕭靖北笑著點了點頭。突然，門簾被猛地掀開，王姨娘端著熱湯走了進來。

她剛才已在門口聽了一會兒，此刻掩飾不住內心的喜悅和激動，她匆匆將手裡的湯碗擱在桌子上，急切地對李氏說：「姊姊，我看這徐文軒極好，請姊姊為靖嫺作主。」

李氏心中已有幾分同意，她微微頷首。「這件事還是要問問靖嫺的意見，只是她現在正鬧著彆扭……」想了想，卻又笑了。「不過現在讓她操心操心自己的親事也好，免得整天想著干涉她四哥的婚事。」

蕭靖北無奈地笑了笑。王姨娘面色尷尬，卻也只能訕訕地笑。

吃飯的時候，王姨娘記掛著賭氣跑進房裡的蕭靖嫺，走到房門前，卻見房間裡黑漆漆的一片，她在門口輕輕叫了兩聲，裡面毫無動靜，只好暗嘆一口氣，垂著頭回到了正屋。

李氏和蕭靖北見王姨娘垂頭喪氣地無功而返，他們對看了一眼，無奈地搖了搖頭，仍是不動聲色地招呼王姨娘一起用飯。

小小的餐桌上，李氏、蕭靖北、王姨娘三個人靜靜埋頭吃著，各自懷著心事，香噴噴的雞湯也變得食之無味，形同嚼蠟。李氏想著蕭靖北的婚事將近，盤算著還有哪些事情需要籌備；蕭靖北心憂韃子進犯之事，思量家人該如何安頓；王姨娘記掛一人躲在房裡的蕭靖嫻，尋思該如何勸導她。

三個人默默無言，很快便吃完飯。剛放下碗筷，王姨娘便心急火燎地收拾起桌子，匆匆將碗筷端至廚房後，便急著去尋蕭靖嫻說話。

此時夜色已深，寒氣正重，屋外呼呼的寒風敲打著窗櫺，這些日子，蕭靖北已將門窗都加固過了，肆虐的寒風無法再透過窗子和門的破縫闖入屋內，便只好在屋外止步，發出嗚嗚的聲音。

昏黃的燈光下，李氏雖然神色疲倦，但眉眼間掩飾不住喜色，神色興奮地說：「四郎，我尋思著，明日就請幾個工匠，先將家裡再修整一下，房子來不及擴建，修補一番也是可以的；再請幾個木匠，打幾件家具，你房裡也要打幾個箱子，桌椅什麼的也不能少，娶新媳婦，總得有個看相。」

蕭靖北猶豫了下，卻還是開口道：「母親，這些事情先緩一緩吧。」

李氏不解地看著他。

蕭靖北只好將近日韃子有可能進犯一事告訴李氏，又寬慰道：「說是這麼說，但也不見得真的會打過來，邊境的軍堡這麼多，韃子也不見得偏偏就選中了張家堡；不過以防萬一，咱們還是先做好準備，您明日便和王姨娘收拾一下，搬到堡裡面去住吧，堡裡騰了幾間營房，咱們可以先暫時在那裡棲身一下。」

李氏心中大驚，面色也有些蒼白，現在日子剛剛安穩一些，馬上就要迎娶新婦，可偏偏這個節骨眼上，又要有戰爭；而且，蕭靖北現在負責駐守城門，萬一韃子真的打來，豈不是直面敵人，處於最危險的前線？

李氏越想越心慌，忍不住拉住蕭靖北的手。「四郎，你答應娘，萬一遇到危險的時候，可千萬別傻乎乎地往前衝。你要想著，你上有老下有小，一家人都指靠著你，還有芸娘也等著你娶進門呢。」

蕭靖北握著李氏的手，只覺得觸感冰涼。他輕聲安慰道：「母親您放心，兒子這麼大的人，遇事自有分寸。我已經想好了，明天我去和宋大叔商量一下，看能否讓鈺哥兒住在他們家，您和王姨娘就委屈一下，先在堡內的營房裡住幾天，等度過這段日子就好了。」

李氏緊緊地握著蕭靖北的手，沈默不語。蕭靖北看著李氏擔憂的臉，心情更加沈重。母子兩人又商討了半宿，面色都有些沈重，這突如其來的戰爭陰影終是沖淡了昨日訂親的喜意。

第十六章　城門口的混亂

韃子將要進犯的消息已經傳遍了張家堡的每一個角落，張家堡猶如炸開了鍋，大街小巷裡，人們慌張地談論著韃子即將攻城的事情，人心惶惶。此時最混亂的不在堡裡面，而是在城門口。

蕭靖北帶著士兵手忙腳亂地阻攔要出城的人們。這些大多是張家堡的官員和富人，他們消息靈通，昨日知道了即將來臨的危機後，便立即收拾財寶細軟，準備去靖邊城甚至宣府城避一避，他們大多面帶傲氣，有的甚至出言不遜。

「你他娘的活得不耐煩了，你不知道老子是誰嗎？敢攔老子的路？」一個油頭粉面的青年大聲喝著。

他是劉青山的大兒子劉詮，仗著父親是張家堡的第二把手，平時在堡裡橫行霸道，作威作福，是張家堡一霸。昨日聽父親說了張家堡的危機之後，他便慌著收拾了大包小包的行李，拉著大、小老婆便要逃出城。

「這是王大人的命令，還請大人諒解，不要為難我們。」蕭靖北挺直胸膛，不卑不亢地阻止了他。

劉詮大怒，他練了幾天花拳繡腿，平時在堡裡作威作福，其他人都讓著他，吹捧著他，他便真以為自己武藝高強，此刻便劈掌向蕭靖北襲去。

蕭靖北不動聲色地微微側身一閃，避開了他的這一掌。劉詮見居然撲了個空，稍稍怔了下，不由惱羞成怒，他一怒之下，連出了好幾招，蕭靖北都輕巧地避開，讓他招招撲空。見劉詮最後幾招只攻下盤，太過陰狠，蕭靖北便不再退讓，出手擋住了劉詮的攻勢，順勢擒住了他的胳膊。

劉詮狠命掙扎，只覺得兩隻手臂被鋼筋鐵骨牢牢束縛住，動彈不得。他見打不贏，便發狠大罵。「你小子叫什麼名字，你好大的膽子，得罪了老子，有你的好果子吃。」

有他在前面打頭，他身後那些急著出堡的男男女女都跟著起鬨，哭的哭，鬧的鬧，罵的罵，不停地推推搡搡，城門口一片混亂。

不知誰帶頭，要出堡的人們一起向門外擠，守城的士兵攔住了這個，又漏掉了那個，眼看城門口就要失控。

這時，一聲雷鳴般的巨吼響起。「都給老子安靜！」

眾人一愣，場面一時靜了下來，卻見萬總旗站在城門口，他身材高大魁梧，如一座巨塔擋在門口。

他面上橫肉抖動，鋼針般的鬍鬚豎起，猶如凶神惡煞，大聲喝道：「奉王大人之命，除了老弱婦孺可以離開，其他身有軍籍、青壯之士，均不得離開張家堡，你們若想離開，就從我的屍體上踏過去。」

安靜了一會兒的人們一聽，又炸開了鍋，吵嚷起來。

任他們叫破了喉嚨，萬總旗仍自巋然不動，他冷冷喝道：「任憑你是天王老子，不符合條件的，今日沒有王大人的命令，誰也出不了城。」

蕭靖北見場面越來越混亂，便朝身旁一個小士兵使了個眼色，頭朝著防守府的方向揚了揚。那小兵很是機靈，趁亂去了防守府。

眾人仍在僵持不下，又是吵、又是鬧，又是哭、又是叫，引來了一些看熱鬧的軍戶，圍在一旁指指點點，面露鄙夷之色。

忽然，隨著一陣馬蹄聲響，一小隊人馬沿著南北大街疾馳而來，衝在前面的正是防守官王遠。

王遠一馬當先地奔到城門口，猛地勒緊韁繩，馬蹄高高揚起，發出一陣嘶鳴。他翻身下馬，看到這亂糟糟的場面，不禁勃然大怒，喝道：「韃子都沒有打來，你們自己就先亂成了這個樣子，都他娘的是一群軟蛋。」

凝神一看，鬧事的人衣著鮮亮，都是堡內官員的家人和少數富戶，不禁罵道：「我說是哪些人要急著出逃呢，原來是你們。你們平時得了張家堡多少庇護，享了多少好處，現在一有危險，卻第一個棄堡逃跑，真真是讓人寒心。」

眾人一聽，都面露羞愧之色，垂首不語。劉詮見自己的父親也跟著王遠一起前來，不禁縮了縮脖子，閉口不言。

沈默了片刻，到底是生存的希望大過廉恥，人群中又有了嘈雜之聲。有個潑皮仗著膽大、臉皮厚，大聲開口求道：「大人，韃子一旦圍城，糧食最緊缺，堡裡多一口人就多一張嘴，不如就放我們出去吧。」

他話音一落，其他的人也跟著七嘴八舌地哀求。

王遠冷冷笑了笑。「沒有軍籍在身的，實在要走，我也攔不住。只不過，我醜話說在前頭，出了這張家堡，你們再想回來，可就沒有那麼容易；而且，你們以為逃到靖邊城就安全了？我實話告訴你們，一旦張家堡被攻破，下一個被圍的就是靖邊城。」

眾人聽得面色蒼白，安靜了一會兒，卻還是吵著要出城。王遠示意萬總旗放行符合出堡條件的幾位老者和一些婦孺，劉詮本想乘機混出去，卻被萬總旗攔住。

劉詮瞪圓了三白眼，凶道：「你憑什麼攔住我？」

萬總旗沈聲道：「王大人說沒有軍籍在身的，方可離堡。」他雖是粗人，此時也忍不住出言相稽。「劉公子可是劉副千戶之子，也是未來的副千戶，我們張家堡將來可還要指望您的領導呢。」

劉詮愣了愣，隨即瞪圓了雙眼大罵：「老子不要那個軍職行了吧。」

「哦？」王遠饒有興致地走了過來，笑問跟在身旁的劉青山。「劉大人，令公子不稀罕軍職，看來你後繼無人啊。」

劉青山臉上青一陣、白一陣，他狠狠瞪了一眼劉詮，恨恨道：「畜生，你說的什麼胡話。」轉身又低頭賠笑。「大人，犬子不懂事，下官回去後定會好好管教。」說罷怒視劉詮。「還不快給老子滾回家，留在這裡丟人現眼啊。」

劉詮生怕活的希望被剝奪了，他哭喪著臉，求道：「爹，求您讓我走吧，咱們家總得留個根吧。您告訴王大人，您的軍職不給我繼承了，如果……如果非要人繼承的話，就便宜老二那小子吧。」

「既然令公子有如此謙讓之美德，劉大人不如就成全他吧。我來做個見證人，劉大人意下如何？」王遠笑咪咪地看著劉青山。

劉青山心中怒火在燃燒，臉上卻仍是帶著笑，擦了擦額上的細汗，點頭笑道：「好，好，如此就有勞大人了。」

萬總旗率領守城士兵嚴密地一一查詢，將符合條件的四、五十人放出了城門，其中當然也包括劉詮和他的幾個妻妾。其他的人等要麼有軍職在身，要麼是青壯之士，只能眼巴巴地看著劉詮等人喜孜孜地出了城門，深嘆一口氣，懷著惶恐的心情，垂頭喪氣地各自打道回府。

蕭靖北等人送走了鬧事的一群人，驅散了圍觀的軍戶，又目送王遠等官員離去，回頭看著驟然空曠和平靜下來的城門，一時居然有些不適應。

「報告萬總旗。」一個士兵從城外跑進來，面色有些緊張。

「怎麼啦？那群人還沒有走，還在外面鬧騰？」萬總旗不滿地問道。

「不是，是住在城外的軍戶們要進堡。」士兵忙回答。

萬總旗冷峻的臉色一緩。「昨日不是跟你們說好了嗎，直接讓他們進來就是了，還和我報告個什麼？」

「可是……」士兵有些猶豫，面有為難之色。

蕭靖北想著昨日母親和王姨娘收拾了大半夜的行李，他早上出門時雖然囑咐他們等自己晚上回去再幫他們搬家，卻不知他們此刻是否也在城門外，便對萬總旗說：「萬大人，不如屬下出去看一看。」

萬總旗點了點頭。「反正現在無事，我也一道出去看一看吧。」

城門外是一座半月形的甕城，此時，在甕城門的門外，也簇擁著一群人。他們大多衣衫襤褸，面黃肌瘦，滿臉愁苦之色，均是住在城牆之外的軍戶和流民，還有一些陌生的面孔，大概是從其他地方逃難而來。

這群人自然不敢像剛才劉詮等人那樣大吵大鬧，而是苦苦哀求著要進堡，有的甚至跪在地上不停地磕頭。守門的士兵本也是貧苦子弟，見狀不忍，卻只能無奈地將頭側向一邊。

「怎麼回事，吵什麼吵？」萬總旗見此情形，皺眉問道。

「大人，求您讓我們進城避一避吧。」門外的流民們見到有穿軍官服飾的男子出現，一擁而上，不停地哀求，倒將一些軍戶們擠到一旁。

蕭靖北一眼就看到擠在人群中的李氏等人，他急忙分開人群，走到他們身旁，急急問道：「母親，您怎麼樣，有沒有傷著？」

李氏、王姨娘和蕭靖嫻已被人群擠到了城牆邊上，他們都揹著大大小小的包裹，蕭瑾鈺緊緊拽住王姨娘的裙襬，小小的臉上既緊張又害怕，大眼睛看過來、看過去，小嘴抿得緊緊的，一言不發。

蕭靖北焦急地怪道：「母親，不是囑咐你們等晚上我回去之後再搬嗎？你們慌什麼，擠傷了怎麼辦？」

李氏面帶驚慌之色。「今早你走之後，鄰居們都急吼吼地慌著搬家，我們幾個婦道人家哪裡待得下去，心裡都慌得不得了，乾脆收拾行李隨著他們一道過來了。那些流民們見我們搬家，問清了緣由，也慌著要和我們一起搬進去；沒想到，這些守城的士兵不讓他們進去，連我們也攔在了外面。」

她看著蕭靖北，面帶請求。「四郎，這些流民也很可憐，平時和我們也算是鄰居，互相有過關照，總不好見死不救；不如你和上級說一說，讓他們進去避一避？」

蕭靖北皺了皺眉，面色為難。「這個是王大人的命令，不好違抗。堡內地域有限，大概想著多一個人就得多分一份口糧吧……」

李氏嘆了一口氣。「戰爭面前，人命就是賤啊，連螞蟻都不如。」

此時，萬總旗已經迅速做出了決斷，他大聲道：「安靜下來，聽我安排。現在，所有的人排成兩隊，本堡的軍戶排一隊，其他人等另排一隊；先讓軍戶們進來，剩下的人等一下再說。」

在萬總旗的指揮下，甕城外的人們很快排好了兩支隊。李氏他們隨著軍戶的隊伍慢慢往城門處移動，也有少數幾個流民想混在軍戶隊伍中的，都被趕了出去。

軍戶們進了甕城，萬總旗已從防守府請來了掌管張家堡軍籍的官吏。此刻，他對著冊子，一個個地數人頭，勾姓名，一個流民也別想混進來。

人數清點完畢後，李氏他們才隨這隊伍進入了主城門，看到四周高高的城牆，這才鬆了一口氣。

城門內，早有王遠派來的官員在等候，見這些軍戶們揹著大包小包，左顧右盼，滿臉緊張和茫然，便寬慰道：「你們都是我們張家堡的子民，王大人不會棄你們不顧。你們若在堡內有相熟人家可以提供住所的，就自行去投奔，不過要向主管你們的小旗或總旗報備一聲；若沒有人家可以投奔的，堡裡給你們騰出了幾間營房，只是時間緊急，裡面還沒有收拾好，你們就隨我一起去幫忙收拾吧。」

蕭靖北皺了皺眉，他自是不忍心讓李氏、王姨娘去和一群男子一起幹這種粗活，可他現在有軍務在身，卻不能貿然離開。

剛才他一直守著李氏幾人，沒有和其他守城士兵一起去維持秩序，萬總旗已經看了他好幾次，面露責備之意，現在又怎好請假離開。

李氏見蕭靖北面露為難之色，自然明白他的想法，她笑著安慰道：「四郎，不礙事，有王姨娘護著娘呢，你就放心吧。」說罷又看向蕭靖嫻。「靖嫻，妳先帶鈺哥兒去宋家。」想了想又囑咐道：「對芸娘一家人客氣一點，昨晚的傻念頭切不能再有了。」

蕭靖嫻自昨晚之後，一直情緒低落，此刻仍然默不作聲，只是不置可否地點了點頭。

李氏和王姨娘正要隨著軍戶們一起去搭帳篷，突然聽到一聲熟悉的聲音。「李嬸嬸！」抬眼望去，卻見宋芸娘推著一輛小推車向這邊走過來，柳大夫和荀哥兒一左一右地跟在她身後。

李氏面色一喜，蕭靖北更是露出了溫柔的笑意。

轉眼間，宋芸娘已經推著小推車來到了李氏身前，她害羞地略略掃了一眼蕭靖北，便看向李氏。「李嬸嬸，早上剛剛聽說了韃子要攻城的事情，我正準備去接您，你們卻已經先到了。」

李氏讚賞地看了芸娘一眼，笑著說：「芸娘妳有心了。妳來得正好，正準備讓靖嫻去妳家問一下，能否讓鈺哥兒在妳家裡住幾天？」

宋芸娘臉上笑意一斂，怪道：「李嬸嬸這話太生分了，何止鈺哥兒要去我家住，您和王姨娘都要去，我這不是正來接你們的嗎？」

宋芸娘早上聽聞了韃子進犯一事，便急著趕回家和宋思年商量了一番，父女商定，即刻將蕭家人接進家裡來。宋芸娘向隔壁的張氏借了小推車，帶著荀哥兒急急往堡外走去，路上剛好遇到了正要去宋家的柳大夫。柳大夫問清緣由後，便也跟著一道來幫忙。

李氏見芸娘面容誠懇而真摯，笑得更柔和。「芸娘，怎好一家人都去妳家打擾。妳家裡房間也不夠，就讓鈺哥兒在妳家裡住吧，我和王姨娘去營房住就可以了。」

芸娘急道：「這怎麼行？現在天寒地凍的，您身體又不好，營房裡怎麼住得了？您哪兒也不去，就住在我家；至於住房怎麼安排，我們回去再商量一下。」

柳大夫也笑道：「親家母，都快是一家人了，怎麼倒生分了。您放心，宋家住不下，我那寒舍還可以住兩個人，你們先隨我們一起去宋家，回頭咱們商量一下怎麼安排。」

他又打趣道：「親家母，您這可好，娶了一個媳婦，倒是有兩家親家了。」又笑咪咪地看著蕭靖北。「四郎也是，娶了一個娘子，有兩個岳父，倒也是多賺了一個呢！」說罷，習慣性地捋起了鬍子，哈哈大笑。

宋芸娘羞紅了臉，嬌嗔道：「義父，您別打趣我了，咱們快回家吧。」說罷，忙著將李氏他們的包裹往推車上放。

蕭靖北聽了柳大夫剛才一番話，心中只覺得甜蜜不已，微微發了會兒愣，此刻見芸娘忙著放包裹，也反應過來，便走過來幫忙。他接過李氏他們手裡的包裹，一一遞給芸娘，匆忙間，兩人的手不小心碰到了一起，不由都是一麻。他們的視線交接在一起，想到身旁的好幾個人，卻又慌著移開視線。

芸娘剛才那一眼，看到蕭靖北眼睛明亮有神，面上洋溢著開朗的笑容，只覺得他比往日更加精神煥發，英武不凡。她垂下頭，假裝整理推車上的包裹，暗暗掩飾自己內心的激動。

剛剛進堡的軍戶擠在城門口呼兒喚女、嘈嘈雜雜地混亂了一會兒，很快便井然有序地各自分散。除了少數軍戶去投奔相熟的人家，大多數都隨官員一起去營房安頓。

去營房安頓的軍戶中，也有蕭家很熟悉的一些人，比如跟隨小叔劉仲卿一起充軍的孫宜慧。她挺著肚子，似乎已經有了數月的身孕，此刻瘦削的肩上揹著一個大大的包裹，跟著一群軍戶們緩緩走著，一隻手緊緊護著自己的肚子，蒼白瘦小的臉上滿是惶恐，生怕擁擠的軍戶們擠到了自己。

還有徐富貴，他並沒有去靖邊城，而是選擇留在張家堡繼續守候徐文軒。

人群慢慢散去後，城門口又空曠下來。宋芸娘已經將包裹都堆上了推車，她向蕭靖北微微點了點頭，兩人雖未言語，但一切盡在不言中。蕭靖北鄭重地點了點頭，目光中帶著拜託，也帶著感激，更多的是無限的愛憐。宋芸娘盈盈一笑，略福了福身，便帶著李氏等人朝宋家而去。

蕭靖北目送他們一行人沿著南北大街慢慢離去，卻見從城門外跑進來一個士兵，他見到蕭靖北，匆匆行了一個禮，又一臉驚慌地往防守府跑。

「站住。」蕭靖北不悅地叫住了他。「怎麼回事，慌慌張張的，外面又出了什麼事情了？」

士兵慌忙答道：「蕭小旗，外面有個婦人，吐了好大一口血，昏死過去了，萬總旗命我去請胡醫士過來。」

蕭靖北皺眉道：「胡醫士成日裡忙得腳不沾地，誰知他此刻在哪裡？」他看到柳大夫尚未遠去的背影，神色一亮，忙高聲喚道：「柳大夫，請留步。」

問明緣由後，宋芸娘帶著李氏等人先回宋家，柳大夫則隨著蕭靖北來到甕城門外。

甕城門外一片混亂。方才，萬總旗已經宣布了王大人的命令，堡外的流民們若要進堡內避難，男子必須加入軍籍，單身女子則必須嫁給堡內的軍戶，否則均不得入內。

這些流民雖然貧苦，但畢竟都是自由之身，入了軍籍後，便要一輩子束縛在這裡，平時受著勞役，戰爭來臨時，還要去當炮灰；特別是這些流民中還有幾個嚮往仕途之路的文人，心心念念著「萬般皆下品，唯有讀書高」，更不甘心淪為軍戶。

故此，這些流民們愁眉苦臉，內心激烈掙扎，有的思量了半天，終是下定了決心，毅然走向城門，同意加入軍籍。

也有一、兩個書生模樣的男子，愁眉苦臉地猶豫了半天，始終捨不下對仕途的追求，不願加入軍籍，便無助地帶著家人離去。他們遠去的背影帶著讀書人的清高和孤傲，在戰爭的陰影下，顯得更加可悲可憐。

那名士兵帶著柳大夫和蕭靖北來到昏倒的婦人身邊，只見這婦人髮絲花白凌亂，面上皺紋如溝壑縱橫，面如金紙，雙目緊閉。瘦骨嶙峋的身子上，套著一件不合身的破棉襖，枯瘦的手還緊緊抓著一個小小的包袱。

此時，所有的流民都擠到甕城門口，這婦人的身旁空無一人，她瘦小的身體孤單單地躺在冰冷的土地上，看上去分外可憐。

柳大夫輕輕嘆了一口氣，蹲下身翻了翻這婦人的眼瞼，又扶住胳膊為她診脈，看到她的胳膊已瘦得皮包骨，脈搏也是虛弱無力。

柳大夫凝神診了一會兒脈，嘆道：「她身體太弱，只怕好些日子沒有好好進過食，剛才應該是受不了刺激，一時急火攻心，才會吐血昏迷。」又問那士兵。「卻不知她是怎樣暈倒的？」

士兵道：「這婦人聽萬總旗說單身女子必須嫁給堡內的士兵才可入內，大概是擔心自己年老力衰，堡內無男子願意娶她，無望進堡，這才暈倒的吧。」

說話間，一陣寒風呼嘯而過，捲起地上的沙土，在空中無情地肆虐。眨眼間，這婦人身上已經鋪了一層沙土，黃沙蓋在她慘白的臉上，竟好似死人一般。

蕭靖北看到這瘦小的婦人，不禁想到了自己的母親。心想，在這亂世，若母親不幸和自己失散，只怕也是這般模樣。他心中惻然，忍不住彎腰將婦人抱起來，只覺得這婦人又瘦又小，竟好像就抱著一件空棉襖。他抱著婦人走進甕城，小心地扶她靠在城牆上。

甕城內，官吏正在對願意入軍籍的流民們一一問話。此時，除了少數幾個離去的，大多數流民都願意留在張家堡。壯年男子入軍籍，單身女子則配給堡內的單身士兵。也有膽大的女子，害怕進堡後被隨意分配給條件不好的男子，乾脆在這些同意入軍籍的流民中尋找未婚的男子，自行結為夫妻，一同進堡。

萬總旗見蕭靖北將那名昏迷的婦人抱進甕城，不禁皺眉問道：「蕭小旗，這婦人怎麼樣了？如果活不了的話，待會兒運到墳堆那兒埋了吧。」

柳大夫忙說：「活得了，活得了。剛才我已經診斷過了，這婦人身體太過虛弱，因一時受不了刺激才暈倒。」說罷，掏出隨身攜帶的銀針包，取出幾枚長針，在這婦人的幾大穴位上扎了扎，只見這婦人微微動了動，慢慢睜開了眼睛，醒了過來。

她迷迷糊糊地看著柳大夫，虛弱地問道：「我這是在哪裡啊？」

柳大夫半蹲下身子，輕聲道：「大妹子，這是張家堡的城門口，妳方才暈倒了。妳是一個人嗎？可還有其他親人？」

婦人神色黯然，吃力地搖了搖頭。「沒啦，死的死，散的散，就剩下我一個人啦。」

萬總旗邁步走過來，看著婦人猶豫了會兒，卻還是狠心的搖了搖頭，勸道：「這位大嬸，妳醒了後就快走吧，去尋一處安全的地方躲起來。」

婦人吃力地仰起脖子，顫聲道：「安全？還有哪裡比這裡安全？求求官爺，發發慈悲，讓小婦人進堡吧。」

萬總旗沈默了片刻，他見這婦人如此可憐，也動了惻隱之心，可是想到王大人的命令，只好硬下心腸，冷冷道：「王大人已有命令，張家堡不養閒人。單身女子除非同意嫁給堡內的軍戶，否則一律不得進堡。只是妳這個樣子，年老體弱的，哪有男子願意娶妳。」

婦人聞言一下子絕望，頭無力地靠在冰冷的城牆上，幾滴混濁的眼淚從眼角滑下。

柳大夫憐憫之餘，忍不住又生出了幾分俠義之心，他昂首挺胸，目光直視萬總旗，正色道：「萬總旗，小老兒我雖然年老，但也是一名單身的軍戶。我現在家裡正差一名幫我燒火做飯的老婆子，我看這婦人倒也合適，不知總旗大人可否成全？」

蕭靖北睜圓了眼睛，不可思議地看著柳大夫，面上滿是敬佩之色。

那婦人聞言身子一震，她盯著柳大夫，神色複雜。

萬總旗也面有動容，他盯著柳大夫看了一會兒，突然朗聲大笑，大聲道：「這位……」

蕭靖北忙介紹。「這位是柳大夫。」

「哦，柳大夫，失敬失敬。」萬總旗聽聞過柳大夫的大名，忙拱手行禮。「柳大夫慈悲，有俠義心腸，我雖是一介粗人，但也並非鐵石心腸。這婦人……就讓她進堡吧。」

蕭靖北站在高高的城牆上，頎長的身體挺得筆直，微微昂著頭，眺望遠方。此時已是秋末冬初之時，凜冽的寒風呼嘯而來，吹得城牆上的旌旗迎風飄揚，獵獵作響。

張家堡外那片廣袤的土地上，此時一片安寧，實在是沒有半點戰爭來臨前的跡象，儘管如此，原野上卻看不到半個人影，只有幾隻不明身形的小動物偶爾快速跑過。以往還有一些軍戶在農田裡墾田、勞作，現在在戰爭的陰影下，人人自危，都謹慎地躲進了堡內。城牆外，只剩下青雲山和飲馬河靜靜相守，相對無言。

蔚藍的天空一碧如洗，朵朵白雲點綴其中，午後的太陽高高掛在空中，溫暖的陽光曬得人全身暖洋洋，讓人不自覺地便放鬆了警備，有些昏昏欲睡。

蕭靖北忍不住打了個呵欠。他伸出雙手拍了拍臉，強忍住濃濃的倦意，振奮起精神。轉身看向城堡之內，看向宋家所在的方向，蕭靖北臉上不覺露出了淡淡的笑容，慢慢回想著這幾日搬到宋芸娘家後的點點滴滴。

他們一家已經搬到宋家住了三天。當時本打算讓李氏等女眷住在宋家，宋思年、荀哥兒和蕭靖北住柳大夫家；可沒承想柳大夫看病居然看了個老婆回來，突然多了一個人，卻也打亂了他們的安排。

正在為難之時，宋家隔壁的張氏出面解困，她大度地提供了自家的住房。於是，所有女眷包括宋芸娘都住進了許家，許家成了婦女的天地，宋家則是男子的天堂。蕭靖北如願以償地住進宋芸娘的房間，柳大夫則帶著他撿回來的老婆回了自己的家。

這幾日城牆上加強了防守，人手不夠的情況下，站崗的班次排得很亂。蕭靖北已經連續站了兩個夜晚的崗，昨晚才回宋家歇息。晚上躺在芸娘的炕上，聞到被子上發出的淡淡幽香，就好像芸娘正在身邊，蕭靖北不覺有些心猿意馬，難以入眠，今晨起來便有些精神不振。

城外的軍戶們因前幾日搬進來時太過匆忙，很多人都只是匆匆收拾了幾件衣服和貴重物品。這兩日，看到韃子沒有入侵的跡象，一些大膽的軍戶便趁著傍晚朦朧的夜色，回家去取當時沒有收拾完全的家當。

昨日傍晚，蕭靖北換崗後乾脆也回了一趟家，將李氏搬家時未來得及收拾的一些值錢之物和柴米油鹽等生活必需品都一股腦兒地搬到宋家。特別是幾大捆木柴，在宋家小院裡堆成一座小山，惹得宋芸娘掩嘴笑個不停，連荀哥兒也忍不住打趣。「蕭大哥，你不會是要在我家安營紮寨，住到過年吧？」

宋思年也笑道：「住到過年最好，乾脆就在咱們家辦婚事，做個上門女婿好了。」

李氏當時本來微微笑著，聞言卻笑容一滯，忙道：「那怎好意思打攪，危機一旦解除，我們就立即搬回去，還要準備他們的婚房呢。」

宋芸娘羞紅了臉躲進廚房，蕭靖北頓了頓，忙也跟進去幫忙。他愣愣看著在灶前忙活的芸娘，在紅紅的灶火映照下，芸娘光潔的臉蛋顯得又紅又亮，閃亮的火苗在她明亮的眼睛裡跳動，看得蕭靖北的心也是滾燙似火。

宋芸娘煮飯，蕭靖北便在灶前餵柴；宋芸娘切菜，蕭靖北便在一旁洗菜；宋芸娘盛飯，蕭靖北便幫著遞碗……兩人不言不語，配合默契，動作倒好像老夫老妻一般自然流暢，偶爾視線交錯，便都微微一笑，心中如飲了蜜水般甜蜜不已。

吃飯的時候，又是齊聚一堂，除了宋家人和蕭家人，柳大夫還帶著他收留的那名婦人一同前來蹭飯。

柳大夫領回來的婦人姓田，她這兩日喝了柳大夫給她開的藥，又吃了幾天飽飯，慢慢有了精神，臉上也恢復了幾分血色。飯後，她在眾人好奇的眼神中，慢慢講述了她的經歷。

田氏本是定邊城附近的農戶，家中有丈夫和兩個兒子。因韃子搶劫了他們的村莊，便與丈夫、兒子一起逃難。途中又遇到了一小隊韃子，逃跑時，丈夫和小兒子不幸慘死韃子刀下，她被大兒子拖著躲進了一個乾涸的溝渠，這才躲過了韃子的劫殺。

田氏娘家還有個弟弟，住在不遠的村子，她和大兒子本想去投奔，好不容易到了那兒，卻正好遇到韃子在劫掠村子，她弟弟一家人已經不知所蹤。在韃子戰馬的追逐下，她和大兒子混在一群流民中一起拚命逃亡，混亂間和大兒子失散了。

這些日子，她跟著流民毫無目的地亂走，指望著能找到兒子，可在這兵荒馬亂的邊境，誰知他是死是活，更不知又在何方。

田氏倒是自信滿滿，她跟芸娘他們講述自己的經歷時，眼神裡充滿了希望，堅信自己一定能夠母子團聚。芸娘他們雖然知道希望極其渺茫，卻也不忍心打擊田氏，他們心中都深知，這是支持這個悲苦的女人繼續活下去的唯一希望。

換崗後，蕭靖北婉拒了萬總旗和幾個小旗約他一起喝酒的邀請，快步向宋家走去。一路上，他只覺得心情既激動又期盼，好似新婚的丈夫急切地要見在家等候了一天的新嫁娘。這樣的感覺既新鮮又陌生，哪怕當年在他初次新婚時，也從未有過。

蕭靖北走進宋家小院，只見裡面燈火通明，分外熱鬧，散發出溫暖和喜慶的氣息。他的心一下子變得軟軟的、柔柔的，充滿了幸福和寧靜。

正屋裡，宋思年和柳大夫正在高聲談笑。宋思年一向被愛開玩笑的柳大夫取笑，此時卻難得地有了取笑柳大夫的話題。

他戲謔道：「柳兄，我聽說這次王大人一共給堡裡的七個單身漢配了妻子，他們大概過幾天要一起去防守府給王大人磕頭，感謝王大人的大媒，你要不要帶著田氏一起去湊湊熱鬧？」

柳大夫一時失語，愣了會兒，卻搖了搖頭，無奈地笑道：「宋老弟，別人不知道，難道你還不清楚嗎？我領田氏回來主要是看她可憐，不能見死不救。我都是半截身子進了土的人了，還要什麼娘子，只不過是名義上的罷了。」

想了想，又反過來打趣宋思年。「更何況，田氏小我甚多，哪怕和我掛個空名也都是委屈了她，都怪我當時考慮不周全，我看，她倒是和你年歲差不多。」說罷眼睛一亮。「不如我去問問田氏的意思？宋老弟，你的娘子已經走了五年多，芸娘馬上又要出嫁，你家裡兩個男人，沒個女子操持家務也不好啊。」

宋思年正端著一杯茶慢慢飲著，聞此言一口噴了出來，他睜圓了雙眼，正色道：「柳兄，此事可開不得玩笑，我娘子去世前，我已經和她發過誓，這一輩子都不會娶第二個女人。」

沈默了一會兒，他又神色黯淡地說：「我娘子雖然已經走了幾年，但在我心裡，她卻從未離開過。」

柳大夫聞言想起自己故去的妻子，也是默然，一時間室內一片寂靜，只有幾聲嘆息。

蕭靖北已在門口站了一會兒，他回來第一件事本應是向宋思年請安，可是方才宋思年和柳大夫正在開玩笑，他這個小輩實在是不好意思貿然進去，現在他們情緒低落，就更不好進去打攪。

蕭靖北只好在院子裡站了一會兒，聽到宋思年住的東廂房裡傳出荀哥兒朗朗的讀書聲，之後是鈺哥兒奶聲奶氣的學語聲，荀哥兒還一本正經地教導了一番，不覺啞然失笑。

他又走到芸娘的西廂房前，本想先進去換一身居家的棉袍，卻聽到李氏正在裡面小聲問著。「靖嫻，我剛才說了這麼多，妳倒是回個話呀，妳覺得這徐文軒到底可不可以？」卻半天聽不到蕭靖嫻的回應。

蕭靖北猶豫了會兒，卻還是收回了腳步，轉身去了廚房。

廚房裡分外熱鬧，充滿了歡聲笑語。

火熱的灶火冒出陣陣熱氣，矮小的廚房裡煙霧繚繞，暖意融融。宋芸娘脫下了外面的棉袍，只穿著一件貼身的半舊桃紅小襖，下身是一條暗青色的緊身長裙。這一身衣裙大概穿了些年頭，已經有些偏小，此刻緊緊包裹在芸娘身上，越發顯得她身材玲瓏，曲線畢露。

芸娘高高挽起袖子，露出一小段欺霜賽雪的藕臂，正拿著鍋鏟，用力在鍋裡炒著菜，隨著鍋鏟碰到鍋子的聲音，鍋裡散發出一股誘人的香味。

除了掌大廚的宋芸娘，廚房裡還有王姨娘和田氏兩人在給她打下手，王姨娘正蹲在灶前餵柴，田氏則在砧板上切菜。三個女人一邊幹活，一邊說笑，將小小的廚房填占得滿滿當當。

蕭靖北站在門口，欣賞地看著芸娘麻利的動作，看她行雲流水般地炒菜、起鍋、裝盤，只覺得是一幅最動人的畫卷。他按捺住想快步走到芸娘身旁的急切心情，輕輕站在門口，生怕打攪了這美好的畫面。

「蕭大哥，你回來啦。」宋芸娘轉身放菜盤時，已然看到了蕭靖北。她放下手裡的菜盤，笑盈盈地走向蕭靖北，晶亮的眸子裡似有星光閃爍，紅撲撲的臉上呈現健康的光澤，她笑著說：「你回來得正好，馬上就可以吃飯了。」

蕭靖北怔怔看著芸娘，眼睛不自覺地滑向她那被緊身的小襖勒得鼓鼓的胸脯，和胸脯下纖細的腰身，只覺得有些口乾舌燥，耳根也有些發熱。

他忙穩住心神，將目光向上移，卻見芸娘瑩白如玉的臉上，沾了一小塊黑黑的炭灰，便忍不住伸手，愛憐地扶住她的臉龐，用大拇指輕輕擦拭，柔軟滑膩的手感令他心頭微微顫抖，手癡癡地停留在她臉上，捨不得放下。

宋芸娘嚇了一大跳，臉刷的一下子紅到了耳根，她萬沒有想到蕭靖北居然會有如此大膽的舉動。蕭靖北手指微涼，此刻還有些微微顫抖，他手上的薄繭輕觸到芸娘柔軟的肌膚，令芸娘產生一陣微微的戰慄。

宋芸娘回過神來，她氣惱地瞪了蕭靖北一眼，側身迴避，順勢悄悄看了看廚房裡的王姨娘和田氏兩人。

卻見這兩人一個低頭盛飯，一個在準備碗筷，都神態如常，好似沒有覺察到這一幕，可是她們微微抖動的肩，唇角、眉眼間壓抑不住的笑，卻告訴芸娘，她們剛才不但看了個明明白白，此刻還在心中悶笑不已。

芸娘不由得又羞又惱，她又瞪了蕭靖北一眼，嗔怪道：「還傻愣著做什麼，還不快幫忙端菜？」

蕭靖北正在為自己剛才的大膽得逞而有些小小的得意，心中也有些忐忑芸娘是否會惱怒，此刻聽得芸娘的命令，不覺心頭落定。他笑嘻嘻地對芸娘道：「遵命，長官。」

晚飯仍是擺了兩桌，男子在正屋，女眷則在廂房裡另擺一桌。吃飯的時候，鈺哥兒和前兩日一樣，聲稱自己也是男子，吵著要到正屋吃飯，而不願和女眷們一桌。

這幾日，李氏為了培養鈺哥兒和芸娘的感情，便刻意多安排他們兩人在一起。如吃飯的時候，讓鈺哥兒坐在芸娘身旁；睡覺的時候，也讓鈺哥兒睡在芸娘一邊。

可是不知蕭靖嫻這兩日又對鈺哥兒說了些什麼，竟然讓鈺哥兒小腦袋瓜裡對宋芸娘產生了根深蒂固的懼意，鈺哥兒拒絕靠近芸娘，他寧願投靠男子的陣營，也不願和他平時最依賴的女眷們在一起；不但吃飯的時候，吵著要去正屋，連晚上歇息的時候，也鬧著要和荀哥兒一同睡。

李氏、王姨娘和蕭靖北都深知鈺哥兒反常的緣由，卻無法向一頭霧水的芸娘道明，只好一邊怒視裝作沒事人的蕭靖嫻，一邊私下裡勸說鈺哥兒。

宋芸娘自然也發覺了這反常的跡象，她見鈺哥兒對自己不再像往日那般依戀，而是十分疏遠，他總是怯怯地看著自己，沈默不語，沒有半點往日的活潑可愛。

只是這幾日太過繁忙，她又要幫李氏她們搬家，又要照顧眾人的衣食起居，整日忙得腳不沾地，便也沒有太多的時間和精力去深究這小小孩童的小小反常，只當是小孩子鬧彆扭而已。

前兩日李氏都滿足了鈺哥兒去正屋吃飯的要求，此時，卻不願再放任他，便拒絕了鈺哥兒的要求，面色嚴肅地命令他坐在芸娘身邊吃飯。

鈺哥兒無奈地看了李氏一眼，見她面容堅定，隱隱有怒火要爆發，便哭喪著臉，小小的嘴巴噘得高高的，扭著小身子，側對著芸娘。

第十七章　宋芸娘的承諾

芸娘為鈺哥兒挾了小半碗的菜，柔聲道：「鈺哥兒，你幹麼老想著去正屋吃飯啊。你看，芸姑把你愛吃的菜都留在咱們桌上，快吃這個煎荷包蛋，這可是只有鈺哥兒才有的呢。」說罷，挾起荷包蛋送到鈺哥兒嘴邊。

鈺哥兒臉色更難看，他垮著臉，嘟著嘴，淚水已經瀰漫了大眼睛，求救般地看向蕭靖嫺。蕭靖嫺微微對他使了個眼色，鈺哥兒突然大哭起來，一邊哭一邊大叫。「我不要吃妳做的東西，妳壞，妳壞，我討厭妳。」

說罷將芸娘猛地一推，芸娘猝不及防，手裡端著的碗一下子掉在地上，「啪」地一聲，摔成了幾片。

「鈺哥兒，你做什麼！」李氏猛地站起身，虎著臉走向鈺哥兒。

鈺哥兒早已嚇得躲進了一旁的王姨娘懷裡，一邊哭，一邊抽抽噎噎地說：「我不要和她在一起，我不要吃她做的東西，她是壞人，她要做我後娘，後娘會害我……」

宋芸娘聞言不置信地睜圓了眼睛，吃驚地看著鈺哥兒，心頭湧上一股難堪和無力感，她萬萬沒有想到鈺哥兒這幾日對自己的疏遠竟會是因為這樣的原因。

她到此時才突然發現另外一個現實的問題：原來自己不僅僅是要嫁給蕭靖北一個人，還要嫁給他那一大家子，包括做鈺哥兒的娘。

她不願深究是誰在鈺哥兒小小的腦袋瓜裡灌入了這樣的想法，她知道這必定是蕭家人中的一員，說明蕭家有人不歡迎自己。

芸娘怔怔地看著滿面怒色的李氏，神色淡然的蕭靖嫻，趴在王姨娘懷裡哭得上氣不接下氣的鈺哥兒，以及低頭勸著他的王姨娘，突然發現嫁給蕭靖北也許並不是自己想像的一片坦途……

這邊的嘈雜之聲早已驚動了正屋裡的諸人，蕭靖北第一個走了過來，隨後是宋思年、柳大夫和荀哥兒。

蕭靖北一進門，看到這亂糟糟的場面就皺起了眉頭。

他首先看向芸娘，只見芸娘臉色蒼白，滿臉無措地看著哭鬧的鈺哥兒，不覺心中咯噔一下。他惱怒地看著哭鬧不休的鈺哥兒，大聲喝道：「鈺哥兒，成日躲在婦人懷裡哭個不停，像個什麼樣子！」

鈺哥兒身子抖了抖，他從王姨娘懷裡探出小半張臉，怯怯地看向蕭靖北，只見鼻涕眼淚糊了滿臉，一副可憐兮兮的模樣。

蕭靖北不覺心軟了軟，他儘量按捺住怒火，轉身問李氏。「母親，出什麼事了？」看了看地上的碎碗，又問：「是不是鈺哥兒打破的？」

李氏看了看隨後進來的宋思年等人，欲言又止。宋芸娘想了想，卻笑著說：「蕭大哥，不關鈺哥兒的事，方才我遞碗給鈺哥兒時，不小心手滑了一下，碗摔到地上了，倒將鈺哥兒嚇了一大跳，還以為是自己的錯。這孩子膽子小，就嚇得哭起來了。」

蕭靖北半信半疑地看向李氏，見李氏神色複雜，並不言語，心中便知事有蹊蹺。他看了看屋內神態各異的幾個人，只見宋芸娘面色蒼白，強自鎮定；蕭靖嫻神色如常，目光卻有些躲閃；王姨娘垂著頭，看不清神色，但她扶在鈺哥兒肩上的手卻在微微發抖；田氏則是手足無措，滿臉的尷尬。

蕭靖北心中更是有了幾分篤定，鈺哥兒這幾日的反常他均看在眼裡，心中更是深知其原因，卻礙於在宋家，為了避免芸娘和宋家人難堪，不好過多言說此事；看目前的樣子只怕問題已經發生，八成是鈺哥兒和芸娘產生了直接的衝突。

蕭靖北不覺恨恨地瞪了眼蕭靖嫻，卻見她滿臉無辜地坐在那裡，還一本正經地說：「芸姊，小孩子犯了錯就要指出來，讓他以後改正。方才我們都看見是鈺哥兒摔了碗，妳卻為何替他遮掩？這樣勢必會嬌慣了他。

「我們鈺哥兒可是最誠實的孩子，從不懂得撒謊，妳馬上就是鈺哥兒的娘了，鈺哥兒年幼無知，還要拜託芸姊好好調教才是。」

鈺哥兒聽了這番話，又哭了起來。「爹，我不要芸姑姑做我的後娘，後娘都是壞人。我不要在這裡，我要回家，我要回家，我要我的娘親……」

宋思年聞言臉色鐵青，他哪裡能夠忍受自己的寶貝女兒受這樣的委屈，正要開口責難一番，卻見荀哥兒已經忍不住氣道：「你不想我姊姊做你的後娘，我們還不捨得讓她做你的後娘呢。」

一時間，屋內人人神態各異，氣氛有些僵持。室內頓時安靜了下來，連鈺哥兒也忘記了哭泣，睜大了淚汪汪的眼睛，打量著大人們的表情，偶爾不可抑止地抽泣一、兩聲。

柳大夫見場面一時僵持，便出言勸解。

「我當什麼事情呢，鬧得這麼大的聲響，原來是小孩子鬧彆扭而已。來來來，我來當個和事老。」說罷，走到鈺哥兒身旁，彎下腰問：「鈺哥兒，告訴柳爺爺，你為什麼說後娘都是壞人啊？」

鈺哥兒抬頭看著一臉和藹的柳大夫，不覺放鬆了戒備，小聲道：「後娘會打我、罵我、不讓我吃東西……」

柳大夫笑了笑，又問：「可是芸姑姑既沒有打你，也沒有罵你，更沒有不讓你吃東西啊？你看看，她還給你做了這麼多好吃的呢！」

鈺哥兒睜著淚眼矇矓的大眼睛，愣愣看著柳大夫，他小小的腦子裡也滿是疑惑。小孩子畢竟心智稚嫩，此刻便不由自主地說出了心裡話。「可是……可是芸姑姑要搶走我爹，害得我娘親不能和我們在一起。我不要芸姑姑，我想我娘親……」他越想越傷心，又開始抽抽噎噎哭個不停。

充軍路上，李氏等人為了哄住成日哭鬧著要娘的鈺哥兒，便騙他說他娘只是暫時留在京城，以後還可以團聚，卻不想讓小小孩童的心裡產生了期盼。此刻，他認為因為芸娘的緣故而害得自己希望破滅，便十分怨恨芸娘。

雖說童言無忌，但眾人還是被鈺哥兒的話震驚了。李氏和蕭靖北都恨恨看著蕭靖嫻，惱怒她為何幾次三番利用這無知稚子，破壞蕭靖北與芸娘的親事。宋思年則怒視蕭靖北，疑惑他是否真的與原來的娘子斷了關係，又心痛芸娘年紀輕輕便要做人後娘。

李氏看到宋思年臉色極其難看，胸脯重重起伏著，呼吸聲也越來越粗重，便臉上掛著強笑，訕訕道：「親家翁，小孩子的胡言亂語，您不要往心裡去。」

宋思年怒目一瞪。「李夫人，不敢當，這聲親家叫早了些吧。」

話音一落，室內諸人都吃驚地看著他，李氏頓時脹紅了臉，尷尬難堪至極，蕭靖北一顆心更是跳到了嗓子眼。

卻聽宋思年繼續冷冷道：「什麼小孩子的胡言亂語，若無大人教唆，他哪裡說得出這樣的話？李夫人，看來你蕭家並不真心歡迎我家芸娘，我們也不必上趕著給人作踐。」他有著一顆清高孤傲的文人之心，又最是心疼芸娘，此刻便不管不顧地說了出來。

李氏不由得又羞、又惱、又氣，她張口結舌，愣了半晌，回頭看到哭個不停的鈺哥兒，便忍不住大聲教訓他。「誰說是芸娘害得你娘不能和我們在一起，是你娘不要我們了，不要你了，你知不知道？就算沒有芸姑姑，你娘也不會再來找你。」

鈺哥兒聞言一時呆住，只覺得天崩地裂，停了半晌，突然爆發出一陣撕心裂肺的哭聲，直哭得上氣不接下氣，哭到後來是不停地嘔吐，可憐他並未進食，吐出來的都是苦水。

王姨娘慌得手忙腳亂，她摟著鈺哥兒，一邊輕拍他的背，一邊柔聲安慰，一邊還忍不住抹著眼淚。

李氏嘆了一口氣，想著自己剛才一時氣急，說出的那番話對這五歲的孩童而言實在是太過殘忍，不覺很是後悔，她看著邊哭邊喘氣的鈺哥兒，心疼不已，眼眶也忍不住紅了。

蕭靖北更是難受不已，一邊是親生兒子，一邊是摯愛的女子，他覺得左右為難，只覺得頭痛無比。

始作俑者的蕭靖嫻見此情形，也有些慌了神，她忙走過來輕撫鈺哥兒的背，卻被王姨娘生氣地一把推開。

王姨娘從來都是對蕭靖嫻悉心呵護，慈愛萬分，連聲音都不敢提高半分，此刻做出這樣粗暴的舉動，不由令蕭靖嫻猝不及防，一時愣住，轉瞬便脹紅了臉，有些手足無措地站在一旁，十分失落和尷尬。

柳大夫見鈺哥兒小臉脹得通紅，哭得似乎要背過氣去，他示意王姨娘放手，輕輕將鈺哥兒拉過來，伸手在他身上幾處穴位按了按，鈺哥兒覺得好受了許多，雖仍是止不住哭，卻比之前緩和了許多。

宋芸娘猶豫了一下，她看了一眼滿臉為難之色的蕭靖北，終是下定了決心。她蹲到鈺哥兒身前，掏出手帕輕輕為他擦拭眼淚，柔聲說道：「鈺哥兒，你放心，芸姑姑絕不會搶走你的父親。」

蕭靖北聞言大驚，只覺得頭腦一片空白，心頭生出幾分絕望，他緊張地盯著芸娘，生怕她那張紅潤的小嘴會吐出令他生不如死的話語。

室內一時十分安靜，眾人都靜靜看著芸娘，連鈺哥兒也忘了哭泣，他睜大了雙眼盯著芸娘，眼睛一瞬不瞬，只是時不時還會不可控制地抽泣一、兩下。

芸娘面上浮現出溫柔的笑容。「鈺哥兒，芸姑姑答應你，將來你娘親若願意回來和你在一起，芸姑姑絕不阻攔，可好？」

眾人聽了都神色複雜，宋思年、柳大夫是心痛，荀哥兒是憤憤，李氏、王姨娘是釋然，蕭靖嫻是小小的驚喜，蕭靖北則是感動莫名。鈺哥兒倒是十分歡喜，他破涕為笑，露出了一排整齊的小乳牙。

「真的？芸姑姑妳不要騙我。」

芸娘用力點了點頭。「芸姑姑說話算話，絕不會欺騙鈺哥兒。」

鈺哥兒小臉上帶著探究之色，小心翼翼地伸出手，芸娘忍不住抓住他的小手，將他摟進懷裡，哽咽道：「鈺哥兒放心，你娘親不在的時候，芸姑姑會代替她好好地疼你；你娘親若回來了，芸姑姑會和她一起疼你，好不好？」

鈺哥兒放下了心中的戒備，他撲在芸娘懷裡，只覺得又香又軟，忍不住又小聲抽泣起來，正像受了委屈的孩子在娘親面前撒嬌訴苦。

芸娘抱著這沒娘的孩子，覺得肩頭的重擔比以前更重。她抱緊鈺哥兒，抬頭看向蕭靖北，只見他癡癡看著自己，眼中有水光閃動。

收拾了這邊的亂攤子，眾人的心情都不是很好，便草草吃完了晚飯。飯後，柳大夫看了看面色陰沈、沈默不語的宋思年，拍了拍他的肩頭，無言地嘆了一口氣，帶著田氏離去。

鈺哥兒大哭大鬧了半天，此刻神情怏怏，無精打采地趴在王姨娘的膝上，王姨娘便帶著他先去隔壁許家歇息。隔壁的張氏正好今日去了許安慧家，倒是錯過了這一場好戲。

蕭靖嫻見剛才那一陣大鬧，自己肯定難逃責罵，她訕訕地站起來，想乘機隨著王姨娘一同離去，卻被一臉嚴厲的李氏叫進了西廂房。

西廂房內十分狹小，除了一座炕，便只擺有一張簡陋的木桌，木桌旁邊圍放著幾條長凳。木桌上，一盞昏黃的煤油燈火光閃爍，照得屋內的三個人面色忽明忽暗，正如他們此時的心情一般。

李氏沈著臉坐在炕頭上，蕭靖北垂著頭坐在一旁的桌子旁，屋內氣氛沈默得令人窒息。蕭靖嫻看了看他們兩人，不覺感到一陣寒意襲來，她站在李氏身前，不敢隨意坐下。

李氏沈默不語，冷冷盯著蕭靖嫻看了一會兒。

在蕭靖嫻印象裡，李氏或者嚴厲，或者溫和，或者威嚴，或者慈愛，卻從未見過她這樣冷酷陌生的一面，她盯著蕭靖嫻，就好像看著一個令人憎惡的陌生人，看得蕭靖嫻心中又驚又慌。

良久，李氏淡淡開口，聲音尖銳而冷漠。「靖嫻，看來我們平時真的是太慣縱妳了，慣得妳都不知道自己的本分了。妳四哥的親事也是妳插得了手的？妳幾次三番挑撥破壞，到底是何居心？

「那姓孟的女人給了妳什麼好處，妳要這麼為著她？還有鈺哥兒，他可是我們家唯一的血脈，妳居然敢刻意教唆哄騙！妳到底對他說了些什麼，我從未見過他像今日這般害怕和傷心；他若有個好歹，妳也別想好過。」

蕭靖嫻垂頭站在一旁，臉紅得快滴下血來，她看著李氏冷冷的臉，心中已有了幾分畏縮，卻猶自嘴硬，小聲道：「母親，我這麼做也是為了四哥好、為鈺哥兒好，那宋芸娘小門小戶的，哪裡配得上四哥，配做鈺哥兒的娘。」

蕭靖北本來一直沈默著垂頭坐在桌旁，此刻卻忍不住重重拍了一下桌子，誰知桌子不夠堅固，竟生生被他拍斷了一角。

蕭靖嫻嚇了一大跳，看向蕭靖北，只見他臉色鐵青，拳頭攥得緊緊的，便不覺有幾分懼意。

蕭靖北看到蕭靖嫻面色發白，眼神驚恐，一副惴惴不安的惶恐模樣，想到兄妹諸人，眼下也就剩下自己和蕭靖嫻兩人；又想到蕭靖嫻在京城裡畢竟是嬌慣的侯門貴小姐，現在跟著他們一路顛沛流離來到這裡，又住在這貧瘠艱苦的地方，也的確是吃了不少苦，一顆心便有些硬不起來。

他深深嘆了一口氣，低沈道：「靖嫻，四哥自問一向對妳不薄，四哥難得遇到自己喜歡的人，難得想追求自己的幸福，為何妳要從中作梗？」

蕭靖嫻見蕭靖北面色陰沈而痛苦，看向自己的眼神充滿了責備和失望，不禁有些心虛，她喃喃道：「四哥，我是為了你好……」

「為我好？」蕭靖北冷笑了一聲。「為我好的話，就要真心祝福我找到新的幸福，而不是百般破壞和阻擾。說實話，別說孟嬌懿不可能再回到我身邊，就算將來真有那麼一天，我也不會接受她，我這輩子，只會有芸娘一個妻子。」

蕭靖嫻張口結舌，她看了一眼蕭靖北，心虛地低下頭。想了想，她抬起頭，正準備繼續爭辯，李氏突然冷冷開口，打斷了她。

「靖嫻，妳已經及笄，可以考慮妳自己的親事了。」

蕭靖嫻一時愣住，不明白李氏為何在此時轉換話題，她呆呆看著李氏，忘了此時應該有的羞澀。

「之前對妳說過隔壁的徐文軒，妳還沒有給我回應。徐文軒這個人妳應該知道，充軍路上我們一路走過來，除了有些文弱，倒也是個好孩子。妳四哥說他對妳很是中意，不管妳答應與否，我和妳姨娘都是一百個願意。」

蕭靖嫻心中大驚，嚇得花容失色，她猛地跪下去，求道：「母親，我不願意，那徐文軒膽小怯弱，哪裡配做我的夫君。」

李氏知道蕭靖嫻心高氣傲，必不會將徐文軒看在眼裡，此刻見她想也不想就斷然拒絕，倒也不是很吃驚；若是以前，李氏只怕也會和蕭靖嫻有一樣的想法，認為徐文軒配不上她，可是現在……

李氏靜靜看著蕭靖嫻，想到以前在京城的時候，她雖嬌慣，但在自己這個嫡母面前卻很是收斂，乖巧伶俐，言聽計從。自從來到這張家堡後，她越來越令自己失望。先是住進堡裡就一住不回，現在又是想方設法破壞蕭靖北的親事，居然連鈺哥兒都敢利用。

李氏不禁有些心灰意冷，淡淡道：「自古以來，女子的親事都由不得自己。我和妳四哥已是肯了，妳姨娘也贊成，妳就好好準備自己的親事吧。」

蕭靖嫻又急又怕，她本是心高氣傲之人，雖然淪落到軍堡，但心裡仍期望能奮力一搏，看看往後是否有所轉機，因此對自己的親事也是期望頗高；徐文軒文不成、武不就，蕭靖嫻自然不會放在眼裡。

她哀求道：「母親，四哥，你們最是疼愛靖嫻，求你們能夠聽聽我的意願，不要逼迫我。」

李氏冷冷笑了。「妳也有自己意願？那妳為何不問問妳四哥的意願，問問他是否願意等著那孟嬌懿，和她重修舊好？」

蕭靖嫻一時語塞，她愣了一會兒，終於忍不住說出了深藏在心底的話。「我這樣做，也是為了我們全家好……」

「哦？」李氏看了蕭靖嫻一會兒，突然氣極反笑。「妳倒是說說看，怎麼個為了我們全家好法？」

蕭靖嫻微微停頓了一會兒，終是心一橫，她挺直腰背，昂起頭，大膽地盯著李氏，不管不顧地說：「四嫂本就對四哥一片真心，她始終是鈺哥兒的娘親，和離非她心願。當日她臨走之時曾悄悄和我說過，她一定會想方設法和我們團聚。

「母親，四哥，只要四哥一日不成親，便一日有著和她復合的希望。現在，三位嫂嫂俱已不在，我們家能攀得上關係的唯有四嫂的娘家，只要榮國公府肯出面周旋，我們也可以改善如今境遇，以後說不定還可以回到京城……」

蕭靖嫻臉上帶著期盼，雙目晶亮，臉上泛著紅暈，好似已經看到了風光明媚的前程，猶自說得起勁，李氏已喝止了她。

「靖嫻，妳倒是打的好算盤。我還在納悶呢，妳與孟嬌懿雖然交好，但也不至於好到這般地步，寧願得罪全家人也要為她周旋，想不到妳竟然有著這樣的念頭，可惜妳是白白折騰了一場。」

蕭靖嫻吃驚地看著李氏，卻見李氏繼續冷冷道：「那孟正陽是何等滑頭之人，豈會為了我們的事情出力。事發之時，和我們有姻親關係的幾大公侯之家或多或少都被牽連，只有他們家撇得乾乾淨淨。我記得當時侯爺曾經說過，孟正陽為了自保，不但不出手幫忙，還落井下石，在聖上面前奏了一本，說侯爺擁兵自重，早就居心不良。這樣的人，妳還指望他能出力幫咱們？」

蕭靖嫻聞言一時震驚，面色蒼白，卻仍忍不住嘴硬道：「他畢竟是鈺哥兒的外公，血濃於水……」

李氏又是一陣冷笑。「他們家若真顧念鈺哥兒這點血脈，當時接孟嬌懿之時便可以將他一同接去，為何還留他和我們一起吃苦？當時他們家來接孟嬌懿之時，孟夫人曾悄悄和我說過，本來孟正陽連女兒也不打算要，要任她在我們家自生自滅，是孟夫人她以死相逼，這才不得不將孟嬌懿接回去。」

蕭靖嫻這才徹底死了心，只覺得眼前最後一絲亮光也倏地一下熄滅，只剩下一片黑暗。她癱軟地跪坐在地上，面色一片灰暗，喃喃道：「怎麼會這樣，怎麼會這樣……」

蕭靖北一直坐在桌旁冷眼旁觀，他也是第一次聽到李氏說出這樣的內幕，面上卻沒有蕭靖嫻那般吃驚。他想到，當年，孟正陽見蕭家風頭正勁，便想方設法讓孟嬌懿嫁入蕭家，出了事後立刻避之不及。危難當頭之時，自己曾經幼稚地去孟家求援，那守門之人竟是連門都不讓他進。

他沈默了一會兒，靜靜看向蕭靖嫻，語氣低沈而充滿寒意。「靖嫻，以前的事情就不再提了；以後，妳若再起了什麼不該起的心思，搞什麼小動作，別怪四哥對不住妳！」

蕭靖嫻愣愣看著冷酷而陌生的蕭靖北，不禁打了個寒顫。

矮小的廚房裡，宋芸娘正蹲在地上埋頭洗刷碗筷。宋思年輕輕走進去，看著芸娘瘦削的身影，忍不住心疼道：「芸娘，妳今日為何這般委屈自己，作出那樣的承諾，萬一將來，蕭四郎的娘子真的……」

芸娘放下手裡的活，抬頭看著父親，昏暗中，她的眼眸更加明亮。

芸娘堅定地說：「不會的，蕭大哥說他們沒有干係，那便是真的沒有干係，我相信他。爹，我今日若不對鈺哥兒作出這樣的承諾，將他安撫住，他始終會對我有心結，以後……以後的日子也難以過得舒暢。」

宋思年嘆了一口氣。「芸娘，還是太委屈妳了啊。」沈默了一會兒，又道：「妳這孩子，婚事怎麼就這般艱難啊。想當年，若咱們家晚一、兩個月出事，妳便已經嫁到妳舅舅家；他們家再無情，憑妳表哥對妳的感情，也不會貿然休棄妳。

「來到張家堡後，妳又一直為了我和荀哥兒，堅持要招贅，以至於像許二郎、張二郎這樣的好男兒妳都嫁不得。現在好不容易訂了親，卻是年紀輕輕便要做後娘，還沒過門便埋下了隱患。今日鈺哥兒的言語，一定是他們家大人教的，不論是誰，都說明他們家有人不歡迎妳，以後只怕還會繼續針對妳。爹怕妳嫁過去受氣啊……」

宋芸娘沈默了片刻，堅定地搖了搖頭，似是給宋思年信心，也在給自己信心。「爹，不會的，您信我，信蕭大哥。」

宋思年見這個聰明伶俐的女兒自從遇到了蕭靖北，便似乎變得有些癡傻，忍不住氣道：

「其實，妳現在既然想通了，不再堅持招贅的想法，那麼，妳也不必非要嫁給蕭靖北，不論是嫁給許二郎還是張二郎，或是其他什麼郎都是可以的。這些人家畢竟家世清白，家裡人口簡單，又都是和妳年歲相當的未婚男子……」

院子裡，蕭靖北剛剛將李氏和蕭靖嫻送到隔壁，此刻折返回來。小院裡很是寂靜，可以清楚地聽到廚房裡宋思年和宋芸娘的交談，蕭靖北聽到自己的名字被幾次提起，便忍不住停下腳步，側耳傾聽。聽到宋思年的這番話，不覺心裡十分緊張，只覺得渾身繃緊，手心都冒出了汗。

偏偏此時，荀哥兒房裡傳出了他大聲誦讀的聲音。荀哥兒大概因芸娘受氣之事，自己心中也有些憤憤，故此誦讀的聲音比往日大了許多，蓋住了廚房裡的交談聲。蕭靖北越發心急，他乾脆輕輕移步到廚房門口，凝神傾聽。

卻聽得裡面沈默了會兒，接著傳出芸娘悅耳的聲音，她聲音急促，似有些情急。「爹，以後不要再說這樣的話了。蕭大哥在我們最危急之時出手相救，我們不可出爾反爾，過河拆橋。」

宋思年聲音也帶了些惱意。

「哪裡是我出爾反爾。妳看看今日之事，妳還沒有嫁過去，蕭家就搞出這樣的小動作，以後只怕還會有妳的苦頭吃。他們都是公侯之家走出來的，一顆心有七個眼，一句話要轉好幾個彎說，妳個性單純，哪裡是他們的對手。」

蕭靖北越聽越心急，只覺得全身血流加快，一顆心都懸在了半空中。

卻聽宋芸娘道：「爹，今日之事，明眼人都可以看得出，教唆鈺哥兒的人，不是蕭靖嫻就是王姨娘，只有無法當家作主的人才會在背後搞小動作，這樣的人我又有何懼？更何況，我是嫁給蕭大哥，不是嫁給她們，只要蕭大哥一心對我好，其他無關緊要的人我又何必在乎。」

蕭靖北聞言只覺得心中甜蜜無比，又有些慚愧。他心中感嘆芸娘的心思敏捷而細膩，又道自己何德何能，竟得芸娘這般愛慕和信任。

正有些感慨，又聽宋思年嘆道：「傻孩子，從來婚姻都不只是兩個人的事情。妳嫁給他後，蕭四郎日日在外忙軍務，妳和他家人相處的時間只怕要比和他相處的時間要多得多，萬一像今日這樣的事情再多鬧個幾次，你們兩個人再好的感情也要心生嫌隙。」

蕭靖北在心中大喊——不會的，不會的，以後再也不會有這樣的事情發生，我絕不允許！

在他幾乎忍不住要提步走進去時，宋芸娘輕輕道：「爹，不要再說了，好女不許二夫，我既然選定了他，就應該相信他，又怎能輕易反悔？」

宋思年盯著芸娘看了半晌，終是搖搖頭，嘆了一口氣。

夜色正濃，月亮已被天上的烏雲遮得嚴嚴實實，四下一片漆黑。此時萬籟俱寂，只聽得呼呼的風聲在院子外的小巷裡徘徊。

宋芸娘收拾完了廚房，起身走到院子裡。剛才宋思年見勸說芸娘無果，便深嘆一口氣，回房歇息。此時東廂房裡仍有微微的燈光透出，應是荀哥兒還在靜靜地溫書。西廂房裡一片漆黑，看來蕭靖北已然歇息。

宋芸娘略站了會兒，還是決定不去打擾蕭靖北。她輕輕走到東廂房門前，小聲說：「荀哥兒，我去隔壁了。你不要看書看得太晚，早些睡了吧，睡之前記得將院門閂上。」

聽得荀哥兒小聲道：「知道了，姊姊辛苦了。」

芸娘這才輕手輕腳地走到門口，輕輕推開院門，向隔壁走去。

院外比院內寒氣更重，推開門便覺得一陣寒風迎面颳過。宋芸娘不禁打了個哆嗦，她緊了緊衣襟，哆嗦地往許家走，走到兩家院牆交界處時，突然從黑暗的牆角裡伸出一隻胳膊，將她一把拽了過去，緊緊摟在懷裡。

宋芸娘心中一時大駭，她張開嘴要大叫，卻被一隻溫熱的手掌捂住嘴，同時耳邊響起了一個熟悉的聲音。「別喊，是我。」

宋芸娘用力扯下捂住嘴的手，惱怒道：「蕭大哥，你做什麼？」

蕭靖北緊緊抱住芸娘，只覺得幽香撲鼻，一顆心似乎盪到了雲層，渾身飄悠悠的，又覺得心頭滿滿當當，軟軟乎乎的，又是滿足、又是歡欣，不覺呵呵地笑了，帶得胸一陣震動。

這幾日，蕭靖北雖然住在宋家，和芸娘抬頭不見低頭見，可在眾目睽睽之下，兩人卻沒有多少機會私下相聚。

今日晚飯過後，他想著鈺哥兒鬧出的那一齣，便一直想找機會和芸娘私下深談一番，可是宋家窄小的院子卻無法提供這樣的場所，他只好選擇守在門外，靜靜等著芸娘出來。此時，他如願以償地抱著芸娘，千言萬語卻不知從何說起，只能無聲地、緊緊地摟住她，用行動表達自己的堅定。

芸娘這才發覺自己的臉緊緊貼在他的胸膛，感受到了他劇烈的心跳和胸腔的震動。她又驚又羞，只覺得臉紅脖子熱，渾身發躁，她使勁掙扎了下，卻哪裡掙得脫，便只好低聲求道：「蕭大哥，快……快放開我，小心別人看見。」

蕭靖北低聲道：「放心，大家都睡了，沒人看見。」

他的聲音低沈醇厚，帶著一絲篤定，帶著幾分蠱惑。宋芸娘便慢慢平靜了下來，她雖然又羞又怕，但心底深處，卻湧上幾分欣喜。

兩人靜靜相擁了一會兒，這是兩個院牆之間的小夾巷，寬度僅容一人通過，此時兩人緊緊擠在裡面，顯得既局促又曖昧。

「蕭大哥，你有何事嗎？」宋芸娘忍不住打破了沈默。

蕭靖北將下巴擱到芸娘頭頂，感受她柔軟順滑的秀髮，輕聲說：「芸娘，今日之事委屈妳了。」

芸娘怔了下，鼻子裡不禁冒出一股酸意，她儘量穩住心神，用平靜的聲音輕輕道：「沒事，鈺哥兒只是小孩子，哄一哄就好了。」

蕭靖北不禁加重了胳膊的力道，恨不得將芸娘勒進自己的骨子裡。他堅定地說：「芸娘，妳放心，妳對鈺哥兒承諾的事情絕不會發生，我蕭靖北此生只會有妳一個妻子。芸娘，妳這般真心待我，我永不會負妳！」

宋芸娘心中感動莫名，她抬起頭，怔怔看著蕭靖北。只見黑暗中，他的一雙眼睛燦若星光，幽深的眼睛裡似有漩渦，要將人緊緊吸引進去。

此時，月亮掙開了烏雲的束縛，放射出潔白的光芒。柔和的光照在芸娘潔白如玉的臉龐上，浮現出一層淡淡的薄暈。蕭靖北癡癡看著芸娘晶亮的眼，高挺的鼻，圓潤的臉，目光最後落在那張飽滿紅潤的唇上，只覺得那張紅唇充滿了無限的引誘，忍不住俯首吻了上去。

芸娘心中大驚，她忍不住掙扎，卻越發激起了蕭靖北的鬥志。他加重了唇上的入侵掠奪，只覺得是在汲取世上最甜美的甘泉，同時扶在芸娘腰背上的雙手也越來越緊，似乎要將她勒進自己的骨子裡。

芸娘掙扎無果，只好棄械投降，聽之任之。她的腿腳有些發軟，忍不住往下滑，只能任由蕭靖北用力抱著自己。她心中猶如小鹿亂撞，只覺得全身的血液都集中到頭部，集中到了被蕭靖北緊緊掠奪著的雙唇上。她閉上眼睛，只覺得眼前似乎綻開一片花海，紅的、黃的、紫的、綠的……五彩繽紛，絢爛奪目，令人徜徉其中，眩暈無比……

不知過了多久，宋家院子裡傳來腳步聲，正向門口而來。宋芸娘心中一驚，回到了現實的世界，她猛地掙扎開來，急道：「糟了，荀哥兒要鬥門。」

蕭靖北微微怔了下，輕聲笑了，他今日得償所願，只覺得心情從未這般好過。他又在芸娘唇上啄了啄，這才不捨地鬆開了手，忍不住戲謔道：「這小舅子也太殺風景了。」

芸娘忍不住害羞地捶了下他的胸膛。蕭靖北越發抑制不住唇邊的笑意，他目送芸娘進了許家院門，這才回到宋家門口，輕聲喊：「荀哥兒，別慌著鎖門。」

第十八章　韃靼人的進犯

秋日的暖陽照著靜靜佇立的高大城牆，城牆下站著無精打采的徐文軒。

此時風和日麗，秋風放緩了步伐，不似秋冬，倒反而有點兒像初春。微風溫柔地輕輕拂在面上，帶著催眠的魔力，讓人不禁昏昏欲睡。四下一片寂靜，徐文軒見四周無人，便小小地偷了個懶，將身子輕輕靠在城牆上，雙手扶著長槍杵在地上，輪流交換著雙腿的重心，放鬆一下站得僵硬了的身體。

徐文軒失神地抬頭望著湛藍如洗的碧空，心中卻沈悶無比。自從那日向蕭靖北道明心事之後，他便熱切地期盼著蕭家的回應；可是，直到昨日，蕭靖北才委婉地對他說，蕭靖嫻尚年幼，再加上目前張家堡處於危機之時，不便商談婚事。

徐文軒雖然膽小怯弱，卻一點兒也不笨，他自然明白這都只是藉口，只怕是那蕭靖嫻看不上自己。想到這裡，徐文軒頹然地嘆了一口氣。

城牆外一片寧靜，哪裡有半點戰爭來臨的跡象。張家堡外的田地裡，已有一些大膽的軍戶們在勞作。

自從王遠命令全堡高度戒備以來，已過了六、七天。開始的時候，人人都害怕地躲在堡內不敢出門，這兩日，見城堡外一片安寧，便有一些大膽的軍戶要求出堡。萬總旗本來嚴禁他們出去，可耐不住這些軍戶軟磨、硬磨，只好報告他上頭的余百戶；余百戶自是做不了主，便又去請示王防守。

王遠想著全堡人員都成日躲在堡裡不事生產，越發會坐吃山空，便同意讓軍戶出堡，但特意囑咐一定要在附近活動，並注意安全。

徐文軒看著空曠的田野和幾十個在田間忙活的軍戶，只覺得好一幅安寧祥和的秋墾圖，便不由自主地放鬆了繃緊的弦。這幾日他都住在營房，又擁擠、條件又差，一群大男人擠在一起，臭烘烘的不說，呼嚕聲也是此起彼伏，每天晚上都睡不安穩，此刻便有些昏昏欲睡，他閉上眼睛，偷偷打了個盹。

朦朧朦朧間，徐文軒見到蕭靖嫻嫋嫋娉娉向自己走來，穿著那天及笄時的一身粉色衣裙，整個人俏麗無比。她走到身前，盈盈美目癡癡看著自己，秀美的臉龐充滿了羞澀的笑意，柔聲道：「文軒哥——」

徐文軒心情激動無比，他露出一臉傻笑，呆呆向蕭靖嫻伸出手，還沒有碰觸到她，卻見蕭靖嫻臉色突然變得慘白，大喊「韃子來啦！」徐文軒猛然驚醒，渾身打了個冷顫，聽得城牆上有士兵在大聲驚呼。「狼煙起，狼煙起，韃子來啦——」

正在城牆上巡視的蕭靖北早已看到了遠方升起的滾滾狼煙，他一邊命士兵趕快鳴鐘敲鑼，向堡內、堡外的軍戶們示警，一邊派人迅速通知防守府。

隨著最近的一個邊墩燃起狼煙，蕭靖北明白，敵人已經到了眼前。陣陣馬蹄聲如雷鳴般向張家堡湧來，遙遠的地平線出現了一條黑線，韃子的軍隊已經出現在張家堡守城將士們的視野。此時，張家堡的上空也燃起了滾滾狼煙，向它的衛城——靖邊城以及周邊的兄弟軍堡們發出示警和求救的信號。

王遠等人登上城樓的時候，已經看到西北方揚起了漫天塵土，幾乎隱天蔽日，蔚藍的天空不再純淨無瑕，一片陰霾。烏雲般黑壓壓的韃子騎兵正向張家堡疾馳而來，大地在韃子的鐵蹄下不停地震動。

向著張家堡不斷逼近的韃子騎兵好似一個巨大的滾輪，所到之地，將一切輾為齏粉。王遠等一眾官員都面色慘白，心中都在惶恐，不知張家堡的城牆能否抵擋得住這來勢洶洶的韃子騎兵。

王遠將視線從遠方的韃子軍隊上收回，陰沈著臉打量著張家堡的城牆，突然看到吊橋還沒有收起來，甕城城門居然也還留有一小半未關。他大驚失色，對著萬總旗大嚷。「你怎麼搞的，城門怎麼還沒有關上？」

萬總旗額上冒出了冷汗，上前回道：「回大人，還有一些出外勞作的軍戶們沒有進來。」

王遠氣得大嚷。「胡鬧！關門，快關門！」

萬總旗看著不遠處拚了命往這邊奔跑的軍戶們，面露不忍之色，忍不住求道：「大人，再給他們一點時間吧，都是咱堡裡的弟兄啊。」

王遠怒吼。「是誰放他們出堡的，真是不要命了！」

萬總旗微微怔了怔，小聲嘟囔了一聲。「大人，沒有您的命令，誰敢放他們出去啊？」

王遠一愣，隱約想起自己的確同意過放軍戶們出堡，面色一時有些難看。

他望著遠方黑壓壓的騎兵，又看了看正往城門奔跑的軍戶們，想到這些軍戶們出堡畢竟也是經過他的同意。他面色陰晴不定，牙關咬得緊緊的，眼睛一瞬不瞬地盯著城門外死命奔跑的軍戶，始終還是無法狠下心下令關閉城門。

此時，大多數軍戶已經跑進了甕城，只有少數十幾個軍戶或因幹活的田地太遠，或因腿腳不便，還在不遠處絕望地奔跑。此外，還有近兩日聚集過來的十幾個流民也想進堡躲避。

「關城門！收吊橋！」眼看著韃子的軍隊越來越近，王遠閉了閉眼，狠下心，斬釘截鐵地下了命令。

說話間，沈重的城門已經緩緩關上，吊橋也慢慢收了起來，徹底斷開外界通往張家堡的唯一通道。

已經跑到門口的流民和軍戶們站在壕溝之外，看著緩緩升起的吊橋絕望地哭喊，但是吊橋絕對不會再放下來，城門也絕無可能再打開，因為韃子騎兵的先鋒部隊已經如一陣疾風般颳到了城下。

張家堡示警的鐘聲敲響之前，宋芸娘正和李氏、王姨娘一起在家裡收拾院子裡的那一堆柴米油鹽，三個女人說說笑笑，很是熱鬧。

宋家的小院子裡堆了幾大袋糧食，有麵粉，還有小米、粟米等，宋芸娘正將這些米麵分裝在小袋子裡，李氏和王姨娘便一趟趟地將小袋糧食提進地窖。她們一邊滿頭大汗地幹活，一邊嘻嘻哈哈地說笑。

宋思年見幾個女人在院子裡嘰嘰喳喳，既插不上手，也不好多待，便回房教導荀哥兒讀書，順便讓鈺哥兒坐在一旁啟蒙，在家裡開起了小小的書塾。

鈺哥兒自從那日解開了心結，便像以往一樣對宋芸娘和荀哥兒十分親近。因此，兩家人住在一起，除了宋思年時不時生出幾分不甘心的感慨，其他人都十分歡喜，倒真的親如一家人般。

王姨娘連著搬了幾趟，只覺得腰痠、胳膊痛，她放下手中的袋子，抹了抹額上的汗，嘆道：「要是四爺在家就好了，他只怕一手一袋就拎進去了，哪裡需要我們娘幾個這般費力地一趟趟搬。」

李氏瞪了她一眼，笑罵道：「這些糧食是芸娘做面脂掙回來的。人家安慧不讓我們出一點力，不但在靖邊城替我們買好了這些糧食，昨晚還特意送到家裡來，妳現在就是搬一、兩趟又怎麼啦？不出力還想吃白食啦？」

王姨娘訕訕地笑了笑。「姊姊，看您說的，我這張老臉都快沒有地方擱了。」說罷，又討好地看向芸娘。「芸娘，妳可真有本事，不但家務活精通，廚藝了得，還會做面脂，我們蕭家能夠娶到妳，真的是燒了高香。」

李氏聞言也在一旁點頭微笑不語。

宋芸娘羞澀地笑了笑，繼續低頭幹活。她和王姨娘一樣，此刻也十分希望蕭靖北能在身邊，在這危機關頭，家裡沒有一名壯年男子，只有幾名婦孺，就好像缺少了主心骨兒一般，內心始終難以安定。

只是蕭靖北這幾日防守任務更加重，幾乎日日夜夜都在守城，沒有多少休息時間；雖說就住在宋家，但和芸娘相處的時間實在是少之又少，有時候竟只能用眼神打個招呼。

宋芸娘看著這些大袋小袋的米麵，不覺對昨晚送糧前來的許安慧充滿了感激，她同李氏商量。「李嬸嬸，安慧姊幫了我們這麼多忙，我們實在是無以為報，等會兒將這些糧食每樣送一袋給隔壁的張嬸嬸吧。」

李氏笑道：「這是妳家，這些糧食也是妳掙回來的，我們現在都是靠著妳養活，妳說怎麼辦就怎麼辦，不用問我。」

王姨娘掩嘴笑了笑，打趣道：「姊姊，芸娘這是向您這個婆婆請示呢！」

李氏一愣，笑咪咪地看著芸娘，目光越發欣喜和慈愛。

宋芸娘紅了臉，便乾脆將小米和麵粉各提了兩小袋去了隔壁，留下李氏和王姨娘在院子裡抑制不住地笑。

那日，許安慧將婆婆和兩個孩子送去靖邊城，自己留在張家堡陪伴鄭仲寧。她知道戰爭時期糧食最重要，便讓鄭仲寧藉去靖邊城辦事之機，去舅母家取了寄賣面脂的銀兩，買了這些米麵油鹽回來，足足裝了一板車。

昨日因缺少了蕭靖北這個勞動力，宋芸娘等人忙活了大半夜，也沒有將堆在院子裡的米糧油鹽收拾完，今日早上，便繼續在院子裡忙活。看到這滿滿幾大袋米麵，宋芸娘的心裡也一片安定，真真是「手中有糧，心中不慌」。

幾個人正忙得不亦樂乎之時，突然聽到堡裡的城樓上傳來了急促的鐘聲和鑼鼓聲。宋芸娘大驚失色，她知道這是示警的聲音，說明張家堡有了警情；李氏和王姨娘剛剛來到軍堡，不懂這鳴鐘敲鑼的涵義，她們呆呆看著宋芸娘，滿面疑惑。

此時，荀哥兒已經箭一般地衝了出去，他看到遠方天空狼煙四起，失控地大喊。「狼煙！是韃子，韃子真的來了——」

張家堡的大多數官員此時都站在城頭上，面色凝重，眼睛緊緊盯著越來越近的韃子騎兵。城牆下，所有的士兵已經排好了整齊的隊伍，全副武裝，時刻準備投入戰鬥。眾官員站在高高的城垛口後面，從瞭望洞裡看到步伐整齊，士氣高昂的韃子軍隊向這邊疾馳。陣陣馬蹄聲如急切的鼓點，又如沈悶的滾雷，帶起漫天的塵土，好似為這來勢洶洶的軍隊鼓舞助陣，塵土遠揚越高，越來越近，似乎要將小小的張家堡吞沒在其中。

看到這樣陣勢駭人的韃子軍隊，一些膽小的官員們面色變得慘白，嘴唇也開始抑制不住地顫抖，有的甚至雙腿一軟，幾乎快要癱軟在城牆上。

此時，韃子的先遣部隊已經到了城下，人數大概只有數百人，他們很是狡猾，堪堪停留在火炮和弓箭的射程之外，便勒住了馬蹄。帶隊的小頭目看到城門前的軍戶和流民，神色興奮，如猛獸發現了獵物，立刻派一支十幾人的隊伍策馬飛馳過來，不費吹灰之力便將這些哭爹喊娘的軍戶和流民們劫持了去。

韃子先遣部隊帶隊的小頭目又派出一支小隊沿著張家堡的城牆策馬跑了一圈，視察張家堡的規模和地形，瞭解了基本情況後，他命令隊伍原地待命，自己帶著一小隊人馬向著已在不遠處停下來的大部隊奔去。

短暫的僵持時間，已經足夠王遠他們排兵布陣。每一個城垛口處，都蹲伏了兩名弓箭手。弓箭手們已經搭好弓箭，凝神靜氣，隨時準備將弦上的利箭射向進犯的韃子；久未啟用過的火炮也裝上炮彈，炮口對向遠處的軍隊。

似乎過了很久，也似乎就在瞬間，韃子先遣部隊的小頭目已經回到城門之前。看樣子，他剛剛向韃子的首領報告了張家堡的情況，似乎並未將這小小的軍堡放在眼裡。

此時，小頭目命令十幾個韃子將剛剛抓到的軍戶和流民們用繩子捆起來圈在一起，推推搡搡地到了城門前。

王遠等人正在疑惑，卻聽從這些被俘虜的人裡面，響起了不大純正的漢語。「裡面的人聽著，不要放箭！我們是偉大的阿魯克王子率領的不可戰勝的大軍。實話告訴你們，我們阿魯克王子志不在你們這樣的小堡，只要你們棄堡投降，獻出你們的物資，讓我們順利過去，我們就不殺你們。」

聽了這番話，城牆上的眾官員面色各異。嚴炳擔心地看著王遠莫測的表情，忍不住道：「大人，韃子狡詐，不可信——」

王遠已堅定了決心，贊同地看了嚴炳一眼，沈聲道：「弓箭手何在，韃子這般呱噪，你們還不讓他閉嘴？」

負責城門駐守的余百戶看了看左右為難的弓箭手們，插話道：「大人，這韃子實在是太狡猾，他們躲在俘虜的人之後，弓箭手們不太好射啊。」

王遠怒道：「蠢貨，他們到了韃子手裡，早就只剩死路一條，與其讓他們死在韃子手裡，還不如我們自己來了結他們。」

他的目光在一圈弓箭手中掃視了一遍，問道：「蕭小旗——」

話音剛落，一支利箭嗖的一聲從一處城垛口飛了出去，穿過兩個被俘軍戶頭部中間的空隙，直射那名韃子的咽喉。

他本來仍在宣講，話音卻「嘎」地一聲停在喉頭，不可置信地瞪圓了眼睛，發出咯咯的聲音，隨後砰地一聲倒了下去。

此舉震驚了躲在軍戶們身後的韃子，他們嘰哩呱啦地叫著，氣憤地手起刀落，砍掉了擋在身前軍戶們的頭顱。

這種愚蠢的行為卻越發暴露了自己，一時間，城牆上弓箭如雨，齊齊射向城下的韃子，轉眼間，城下已經橫七豎八地躺滿了屍首，有韃子的，也有剛剛關在城堡之外的軍戶和流民。

張家堡的反擊激起了韃子的怒火，他們的隊伍出現了少許的嘈雜和波動，隨後，立即安靜下來。

半個時辰之後，王遠等人驚訝地發現，韃子的隊伍開始了整齊的移動，他們由方塊狀變成了直線，大軍如潮水般變換著隊形，到最後竟是將張家堡圍了起來。隨後，他們並未開始攻城，而是就地駐紮，安下了營帳，燃起了篝火，似乎做了打持久戰的準備。

已有官員擦了擦額上的冷汗，顫抖著問：「韃子……韃子這是要做什麼？」

王遠冷冷瞥了他一眼，語氣沈重。「做什麼？韃子只怕要和咱們死磕到底，咱們就等著一場血戰吧！」

他又看向一直站在旁邊的嚴炳，問道：「嚴大人，所有的士兵是否已經集合完畢？」

嚴炳的臉色倒是十分鎮定，他沈聲道：「大人，除了已經守在城牆上的一百名士兵，堡內還有正規士兵四百五十人，已經全部集合完畢，正在等候大人的調遣。」

王遠快步走下城牆，立在一排排整齊站立著的士兵面前。他們都是張家堡的精英，年輕力壯，身材高大魁梧，平時在嚴炳的訓練下，都是驍勇善戰的精兵。此刻，雖然韃子的大軍即將到來，但在他們的臉上看不到緊張和恐懼，而是充滿了鬥志。王遠滿意地點了點頭，心中信心倍增。

「眾位將士聽令——」王遠挺直腰桿子，大喝了一聲，嚴炳等武將都端正地立在他面前，等候他的命令。

王遠昂首挺胸，大聲道：「眾位將士，韃子已經包圍了我們張家堡，朝廷養兵千日，今天到了我們為國效力的日子。往大了說，是為了國家，為了大義；往小了說，就是為了自己的爹娘，為了自己的老婆、孩子。弟兄們，大家眾志成城，務必要誓死守住張家堡！」

此言一出，眾將士鬥士昂揚，他們神情激動，齊聲高呼。「屬下誓與張家堡共存亡！」

王遠滿意地大喝了一聲。「好！」

便迅速發號施令。「余百戶，你和你手下的兩位總旗帶領一百名士兵負責城門的防守。劉百戶，你負責西城牆。孫百戶，你負責北城牆。東城牆靠著山，韃子不易靠近，不用太多人防守，蔣百戶，你派你手下的一個總旗去防守東城牆，另一個總旗負責南城牆。」

這一套排兵布局之前已經商定，並且演練過幾次。此時，各隊人馬從容不迫地沿著環城馬道奔赴自己負責的區域，沿著張家堡城牆布下嚴密的防守。

士兵們各自就位後，此刻，城牆下只剩下嚴炳、劉青山等官員和他們各自的家丁。這些家丁是從張家堡以及附近的一些軍堡或村莊裡招募的，他們大多數身材高大、孔武有力，甚至比一些士兵更為驍勇、更加具有戰鬥力，但他們只屬於各個官員的私人財產，只聽令於自己的主人。

王遠靜靜看了看剩下的諸位官員，語帶懇求。「諸位，今日已到了張家堡的生死存亡之刻，我懇請各位不要藏私，將所有的人力都投入到守城之戰中。城在諸位在，城亡大家一起亡！」

劉青山等人還面帶猶豫之色，嚴炳已朗聲道：「大人，身為梁國將士，堅守城堡，是我們的本分，我願將我所有的家丁和僕人派到城門駐守。大人，屬下建言，這樣的生死存亡關頭，堡內只要能夠戰鬥的人員都要齊齊上陣，不但我們各家的家丁要加入守城，其他男女老幼也要發動起來。」

「好！」王遠拍了拍嚴炳的肩膀。「嚴大人說得好！」他看了看其他的官員，微笑著說：「各位大人，你們呢？」

在嚴炳的帶領下，眾官員都貢獻了自己的家丁，一共有三、四百人，分派到各段城牆。王遠和嚴炳則親自登上城頭，負責指揮調度。

張家堡內的軍戶們也被聚集起來，青壯男子們被編成了十幾支隊伍，分發了大刀和長槍等武器，負責守城將士們的後援；其他人等也都有了各自的任務，或負責運送物資，或負責搶救傷員。他們之前被挑選出來，經過了幾天的操練和準備，此刻便有條不紊地投入了自己的隊伍。

宋家唯一的壯年男子宋思年的腿傷仍未痊癒，便沒有被抽調出去；柳大夫則被派去協助胡醫士醫治傷員，荀哥兒作為學徒，自然也跟著一同前去。宋家就只剩下了真正的老弱殘兵。

宋芸娘自從知道韃子進攻的消息之後，便一直坐立不安。她眼巴巴地看著荀哥兒隨著柳大夫一起出了院門，自己卻只能毫無作為地待在家裡。

她幾次三番要出去打探情況，畢竟蕭靖北身處最為危險的城門，她急切地想知道蕭靖北是否一切平安；可是，每次走到門口都被宋思年等人攔住，好說歹說地給勸了回來。她深嘆一口氣，無助地坐在家裡，聽著遠處傳來的陣陣馬蹄聲，感受到地面在不停地震動，心急如焚。

外面鬧騰了一陣後，又安靜了下來。一些大膽的軍戶們紛紛跑到南北大街上打探消息；宋芸娘本也要出去，宋思年擔心芸娘會乘機跑去城門找蕭靖北，便不由分說地攔住了她。

正好隔壁的張氏過來邀芸娘一起出去打探情況，李氏便令王姨娘跟隨張氏一起去外面探察一番。

她們兩人回來後都面色蒼白，張氏心驚膽戰地說：「聽說，韃子有上萬人，已經把我們張家堡團團圍住了。外面亂糟糟的，有很多人在南北大街上奔走，還有一些馬車在路上跑著，運送巨石、巨木什麼的。外面的大人們要我們不要出去亂走，就留在家裡，以免影響他們備戰。韃子說不定什麼時候就要攻城，咱們和韃子只怕還有一番死戰呢。」

李氏聞言幾乎要昏厥過去，宋芸娘眼明手快，及時伸手牢牢扶住了她。

李氏看了看比自己沈穩得多的芸娘，暗自慚愧了一把，她緩了口氣，對著芸娘勉強扯出一絲笑容，慢慢站穩身體，恢復鎮定的神色。

蕭靖嫻也是滿臉驚恐之色，她緊緊拉著王姨娘的手，面色惶惶地問：「怎麼辦？怎麼辦？」

她的希望、她的抱負都已經成了虛影，此刻唯一重要的就是活命，不知不覺中，她看向張氏的眼神帶了些怨憤。

前幾日，蕭靖嫻本來攛掇著張氏搬到靖邊城去避一避，也好將自己一同帶去。張氏在她幾次三番的勸說下，本也有些心動，可是當她得知許安慧要留在張家堡陪伴鄭仲寧之後，張氏也毅然決然地決定留下來。

此時，眾人緊張地圍在一起，神色驚慌。宋思年突然一跛一跛地走到地窖，掀開蓋子就要跳下去。

「爹，您這是要幹什麼？」宋芸娘慌忙走過去扶住了他。

宋思年面色急切而激動。「家裡的地窖太小了，我老早就想著要挖大一些，可是總沒有當回事。我現在抓緊時間，還可以多挖些空間，到時萬一韃子破城了，你們也可以在裡面躲一躲。」

宋芸娘又氣又急，又有些好笑。「您就這一會兒工夫，能挖多大點空間？再說，萬一韃子真的打來了，他們就不會在地窖裡搜一番？」

宋思年神色堅定。「挖一點是一點，咱們的城牆十分堅固，再加上王大人守城的意志堅決，守個十天半個月的應該沒有問題；萬一真的有破城的一天，咱們就都進地窖，反正家裡有存糧。芸娘妳這幾天多烙些餅，餅耐放，又充饑。」

站在一旁的張氏聞言，不合時宜地發出了一聲輕笑，她見眾人疑惑地看著自己，忙收斂笑容，正色道：「不是我說你啊，大兄弟，你早幹什麼去了，現在急著挖地窖，如今已經入冬，泥土都凍得硬了，費老半天的力氣也挖不了多少；幸好我家的地窖夠大，萬一真到那時候，我們就分散著躲，既可以有個照應，也不至於被韃子一網打盡。我看你還是幫著你家芸娘一起多烙些餅才是正經。」

宋思年訕訕地笑了笑，謝過了張氏，卻還是跳下地窖，準備擴大家裡這個唯一可以避難的場所。

張氏嘆了口氣，向李氏、芸娘告辭後，便回了隔壁。宋芸娘見天色已近傍晚，便進廚房準備晚飯，心想真的要像父親所說的，準備一些耐放的乾糧，以備不時之需。

家家戶戶如往常一樣，燃起了炊煙，開始做晚飯，宋家自然也不例外。宋芸娘簡單地炒了幾個小菜，一家人心不在焉地吃完飯後，便草草歇息，心裡期盼明早起來後，說不定韃子已經離去，這一切都只是一場惡夢而已。

傍晚時分，夜幕即將降臨。滿天星斗隨著夜色漸濃，也越來越顯現和閃亮，高高掛在天空上靜靜地眨著眼睛，默默地關注下面的張家堡。

張家堡和往日一樣，靜謐而安寧。除了遠遠包圍著張家堡的韃子營地裡，戰馬時不時發出一、兩聲嘶鳴，打破了夜的寧靜，也再一次提醒堡內的人們，此時的張家堡，平靜下蘊藏著危機。

堡內的家家戶戶剛剛吃完了晚飯，正準備歇息。韃子軍隊雖然團團圍住張家堡，卻並未展開攻勢，堡內軍戶們儘管人心惶惶，卻也還是照著往日的習慣，天黑就準備安歇。城牆上的守軍們仍是高度戒備，緊緊盯著不遠處韃子的部隊。

清冷的夜裡，四下一片寂靜，只聽得到寒風在曠野上呼嘯。張家堡外的曠野上，那一片韃子帳篷靜悄悄地毫無動靜，連篝火也漸漸熄滅，只留下一星半點的火星，整個營地裡，竟似無人一般安靜。

守城的士兵們見此情況，再加上之前精神高度緊張，現在不由自主地都有些鬆懈。他們守在自己的崗位上，呆呆望著黑漆漆的曠野發呆，期望換班的弟兄快些上來頂替自己。

蕭靖北剛剛從城頭被換下來歇息。他囫圇吞了兩個又冷又硬的黑麵饅頭，此刻雙手抱臂，背靠城牆小小地打了個盹。他實在是太過疲憊，剛剛合上眼，就沈沈睡去。

「韃子攻城啦——韃子攻城啦——」

隨著一陣急促的鑼鼓聲，和士兵們驚慌的大喊，蕭靖北猛然驚醒，他渾身一個激靈，迅速站起身來，他搖搖頭，驅趕著睡意。

和他一起站起來的，還有他那一個小旗的十個士兵，剛剛與他一起靠著牆小憩，此刻也都睡眼矇矓，六神無主地看著蕭靖北。

蕭靖北沈聲道：「弟兄們，韃子開始攻城了，咱們一定要振奮精神，現在大家和我一起上城牆，咱們要和韃子好好幹上一場，聽到沒有？」

「聽到了。」聲音拖拖拉拉，有的帶著懼意，有的甚至還帶著睡意。

蕭靖北不禁大喝了一聲。「聽到了沒有？」

士兵們被蕭靖北堅定的神色和昂揚的鬥志帶動，他們也挺直了腰桿子，大喝了一聲。「聽到了，蕭小旗！」

「好！」蕭靖北也大喝了一聲，他滿意地看了他們一眼，眼神裡帶著信心和鼓舞。「那咱們就上去和韃子好好較量一番！」

蕭靖北剛剛踏上城樓，幾支利箭帶著呼嘯的風聲向他撲面而來。他側身避過，彎腰快步走到自己受命守著的城垛口，發現一個時辰前剛剛頂替自己的那個士兵一動不動地趴在那裡。

蕭靖北輕輕將他扶起，震驚地看到他的左眼上深深插著一支箭矢，右眼睜得滾圓，眼角下流有一行血淚，伸手一探鼻息，早已氣絕。

蕭靖北只覺得全身猛地一震，大腦一陣發麻。他還記得換崗之前，這個士兵笑嘻嘻地囑咐自己吃飽喝足、休息好了再來換他，可是他還未等到這一刻就已經永遠失去了年輕的生命。蕭靖北忍住悲痛，輕輕將這名士兵扶到一側，自己蹲伏在城垛口前，飛快地搭弓射箭，一支接一支地向著城下的韃子射去。

城牆下，王遠和嚴炳正在不斷地調度，指揮士兵和軍戶們將大量的撐桿、滾石、檑木、石灰運上城牆。

城頭上已經架好了十幾口大鍋，幾十個士兵正在不斷地添火加柴。鍋裡開始冒出騰騰的熱氣，裡面或者是熱水，或者是熱油，此時已經燒開，正在咕嚕地冒著泡。

此外，還有上百個士兵手持撐桿，嚴陣以待，一旦韃子的雲梯搭上城牆，他們就會立刻用撐桿將它推開；若無法推開，其他的士兵便會將滾石、檑木、石灰、熱水、熱油等物向爬上雲梯的韃子砸去。

天空星光點點，地面上慘叫連連。城牆上已經燃起許多火把，透過火光，可以清楚地看到黑壓壓聚集成片的韃子正拿著雲梯向城牆前進，他們身後，弓箭手不停地將利箭射向城牆，為他們開道。城牆上的弓箭手們也不斷地予以回擊，阻止韃子的前進。一旁的青雲山無言地靜靜佇立，悲憫地看著發生在它腳下的這一幕人間慘劇。

「大人，韃子人數太多，是不是可以開炮了？」嚴炳登上城頭察看了一下敵情，立即下來向王遠稟報。

張家堡的城頭有兩座炮臺，雖然安在那裡有幾個年頭，但是除了最開始試驗性地放了一、兩炮，以後再也沒有啟用過，擱在那裡成了擺設。一是因為這幾年沒有遇到過大舉進犯的敵人，二是這火炮射程有限，又不易調整方向，發射速度慢，裝藥操作複雜費力，往往還沒有準備好，敵人就跑出射程範圍，所以派不上用場。此時，黑壓壓的韃子撲來，這火炮卻正好可以發揮它的威力。

王遠重重點了點頭，面色沈重之極，心裡也犯著嘀咕，這火炮幾年未用，前幾日才將武器庫中的炮彈尋出，也不知放了這麼幾年，還有沒有效……

正有些忐忑，突然聽到「轟——轟——」的兩聲巨響，好像春雷響徹天際。只見城牆外冒出一股濃濃的煙霧，聽得到韃子慘叫連連，整齊的腳步聲也變得慌亂。

宋芸娘躺在炕上，剛剛合上眼勉強入睡，突然被急切的鑼鼓聲、號角聲驚醒。她猛然坐起，只覺得一股寒意從背上湧入心頭，又直朝頭部竄去。

她迅速披上棉襖，摸索著點著油燈，快步走出房門，見張氏、李氏等人也紛紛驚醒，都打著哆嗦地出現在院子裡。

「韃子攻城了？」李氏緊張地問。

芸娘默然不語，只輕輕點了點頭。

王姨娘和蕭靖嫻也驚醒了，都戰戰兢兢地走出房門，看到芸娘等人已站在院子裡，剛準備開口詢問，就聽得「轟——轟——」的兩聲巨響，地面都在劇烈地震動，屋頂上的瓦片、房屋上的門框和窗櫺也在不停地抖動。

眾人都嚇了一大跳。

「怎……怎麼啦？是……是不是韃子已經破城了？」李氏結結巴巴地問著，芸娘不語，面色極其慘白。

這時，屋內傳出鈺哥兒害怕的哭喊聲，王姨娘急忙回房去照看哭鬧的鈺哥兒。

此時，大多數人家都被驚醒，張家堡沸騰了起來。巷子裡傳來咚咚咚的腳步聲，急促而凌亂，其中還夾雜著孩子的號哭聲，越發令許家小院裡的幾人心慌不已。

「砰砰砰——」院門上傳來急切的敲門聲，張氏和李氏他們緊張得面面相覷，呆呆站著不敢移動。

嘈雜的聲響中，依稀聽得宋思年的聲音在門外喊著。「芸娘，是我。」

宋芸娘心中略定，忙快步走過去打開門，卻見宋思年一臉焦急地站在門外，語氣急促而顫抖。「韃子攻城了。」

李氏臉色一下子慘白，她緊緊抓住芸娘的手，身子不斷地顫抖。芸娘努力穩住心神，強作鎮定，輕言勸道：「蕭大哥吉人天相，定不會有事情的。」

蕭靖嫻也忙說：「是的，是的，母親，四哥武功高強，韃子傷不了他的。」

李氏略略心定，心裡卻仍是七上八下，她死死抓住芸娘的手，就好像抓住了最後的救命稻草。芸娘克制住內心的緊張，鎮定地安慰李氏。

宋思年看著這一屋子的婦孺，建議道：「要不，你們先躲到地窖裡去，免得萬一韃子打來了來不及？」

此話一出，李氏她們剛剛安定的心卻更加慌亂，好像韃子已經攻破了城門一樣，蕭靖嫻更是轉身手忙腳亂地就去掀地窖的蓋子。

李氏呆呆看了一會兒露在地面上的地窖門，失神地說：「這般明顯的門擱在這裡，我們躲進去也是枉然，萬一韃子真的攻城了，還怕他們發現不了咱們？」

宋思年聞言皺起了眉頭，他想了想，毅然道：「放心，你們只管躲進去，我在門上面蓋些木柴，這樣韃子就發現不了了。」

宋芸娘大驚失色，急急問：「爹，那您怎麼辦？」

宋思年不捨地看了眼芸娘，似乎做著考慮，終是下定了決心。「爹自有辦法，荀哥兒還在外面呢，我還要等他回來。」

說話間，蕭靖嫻已經打開地窖門，正準備跳進去，張氏急忙一把拽住了她。「進不得、進不得。這地窖裡放了許多白菜、蘿蔔等蔬菜，關了一段時間，一下去就心慌氣悶，要先通通風才行；不然的話，咱們沒被韃子殺死，倒先將自個兒悶死了。」

宋芸娘嘆了一口氣。「爹，不要韃子沒有打來，咱們就先自亂了陣腳。我聽剛才那兩聲巨響，只怕是咱們城頭上那兩座火炮發出的。你們聽，現在外面的嘶喊聲已經小了許多，八成是韃子被火炮嚇住了，說不定不久就會撤退，我們要相信將士們一定可以守住城門，對不對？」

宋芸娘堅定的話語和鎮定的神色帶著一股神奇的鼓舞力量，令宋思年和李氏等人都不由自主地點點頭。

芸娘微微笑了，繼續道：「不過，咱們還是要未雨綢繆，該準備的也不能少。我看，這兩日就將地窖的門半開著通風，咱們再往裡面放一些被褥、清水之類的必備之物，萬一真到了需要躲進去的時候，也免得慌亂。爹、張嬸嬸、李嬸嬸，你們看行不行？」

李氏等人連連點頭。宋思年欣慰地看著芸娘，既為自己剛才的慌亂感到慚愧，又為女兒的臨危不懼、泰然自若感到自豪。

第十九章 戰火後的硝煙

宋芸娘和李氏他們心神不寧地坐在許家的正屋裡，在炮火聲、廝殺聲中度過了戰戰兢兢的一夜。凌晨時分，經過一夜的鏖戰，在堅固城牆的保護下，在守城將士的頑強抵抗下，在火炮的威力下，城牆外的韃子終於撤兵，張家堡暫時抵擋住了韃子的第一輪攻擊。

聽得城牆外漸漸平靜，宋芸娘他們懸了一夜的心稍稍落定。李氏、張氏她們畢竟上了年紀，心驚膽戰地熬了大半晚上，此時精神不濟，便各自回房歇息；宋思年再三囑咐宋芸娘不可外出，這才放心地回了隔壁的宋家。

宋芸娘躺在炕上，翻來覆去無法入睡，她心中記掛著蕭靖北和荀哥兒，一顆心怎樣都靜不下來；猶豫再三，她還是坐起身來，輕輕穿好棉袍，走出房門。

此時，天剛濛濛亮，院子裡寒氣正重，宋芸娘在院子裡略站了站，聽得上房和東廂房裡都靜悄悄地，張氏她們都睡得深沈，她便輕手輕腳地出了院門。

巷子裡的寒風如刀子般颳得臉生痛，宋芸娘走了幾步，聽到南北大街上嘈雜的腳步聲和呼喊聲，她想了想，覺得外面兵荒馬亂，自己這樣貿然出去也不是很好，便轉身回到自己家門前。

她嘗試著輕輕推了推院門，門居然吱呀一聲打開了，看來宋思年可能想著荀哥兒隨時會回家，便未將門栓門上。

宋芸娘心中暗喜，她輕輕走進院子，聽得宋思年的房間裡傳出陣陣鼾聲，看來他睡得正沈。

芸娘回到自己的房間，取出以前修城牆時穿過的男裝，卻沮喪地發現這件衣袍太過單薄，若穿上這件衣袍出去，只怕還沒有走到巷子口便凍僵了。

宋芸娘皺著眉頭，目光瞟到擱在炕上那件蕭靖北的棉衣，眼睛一亮，忙取過棉衣披上。棉衣是前不久宋芸娘剛做的，既厚實又暖和，穿在身上只覺得暖意融融；蕭靖北只穿過一、兩次，想著隨時可能和韃子開戰，便不大捨得穿。

棉衣雖然暖和，可是卻太過寬大，宋芸娘想了想，便將腰身勒緊，袖子捲高，又束了男子的髮髻，越發像瘦瘦小小的少年，穿著不合身的大人衣袍。

整裝完畢，宋芸娘輕輕出了門。來到南北大街上，只見一輛輛馬車正往城門處拉著守城用的武器、擂石、滾木、石灰等物，趕車的士兵們神情急促，不斷地揮著馬鞭，向城門疾馳而去。

城門下更是忙亂，士兵和軍戶們正在一趟趟地將箭矢、擂石、滾木、石灰等物運上城頭。看來昨晚一戰，各種武器消耗得極快，卻不知當所有的武器耗盡，又該如何抵擋韃子？宋芸娘憂心忡忡地想著。

此時天色已漸漸明亮，東方的天際出現了一抹紅色，一輪紅日從地平線上探出了大半個頭，正冉冉升起。宋芸娘沿著城牆找尋了一圈，既未見到蕭靖北，也沒有看到柳大夫和荀哥兒，只看到成群結隊的軍戶和士兵們忙著運送物資和傷員，再就是一些疲憊的士兵靠著城牆打著盹。

這些士兵剛剛結束了一晚上激烈的戰鬥，此時已然筋疲力盡，無力地歪靠在城牆上，他們的身上帶著戰火的硝煙，有的甚至血跡斑斑。

芸娘緊張地在他們身上一一打量，期望能在他們之中看到蕭靖北熟悉的身影，可是最後只是失望。

左顧右盼間，宋芸娘看到一小隊軍戶們正抬著幾擔石灰往城牆上走，便忙擠進他們的隊伍，幫著一起抬石灰，跟著他們登上了城頭。

登上城頭，只見這裡更加觸目驚心。透過城牆上的城垛口，可以看到張家堡外的曠野上一片狼藉，屍橫遍野，特別是被火炮轟過的地方，更是布滿了殘肢斷臂，好似人間煉獄。

此時，火紅的太陽已經跳出地面，耀眼的陽光照映著這血淋淋的戰場，只覺得觸目一片血紅。空氣中充滿了硝煙和血腥的味道，隨著寒風向城牆上包圍過來，直令人胸中翻滾不已。

芸娘強忍下胸中的不適，努力將目光收回，放到城頭上，卻見城頭上的士兵狀態更加慘重，他們要麼身受重傷，要麼極度疲憊，已經無法走下城牆，此時只能無力地或躺或靠在城牆上，一動不動，若不是他們微微起伏的胸脯和鼻子呼出的白氣，竟好似已經死去了一樣。

宋芸娘正忐忑不安地在這些士兵中尋找蕭靖北的身影，卻聽得一聲粗暴的聲音。「喂，你，說的就是你，傻站著幹什麼？還不快過來幫忙？」

宋芸娘一愣，她循聲望去，不遠處有兩個軍戶正手忙腳亂地扶著一個身受重傷的士兵，想要將他扶到城下，卻怎麼也扶不起來，一旁的一個士兵正憤怒地盯著上了城頭後便一直左顧右盼、不幹正事的宋芸娘，令她過去幫忙。

芸娘連忙收斂心神，她快步走過去，吃驚地發現這名受傷的士兵身上深深插著幾支箭，有一支甚至貫穿身體，只剩了箭羽留在外面。這名士兵面如白紙，雙目緊閉，早已只有出氣，沒有進氣。

宋芸娘心中哀憐，悄悄抹了抹眼淚，小心翼翼地扶著這個傷兵，避開他身上的箭矢和各種大大小小的傷口，同另兩個軍戶一起將他抬到了城牆下，一直抬到離城門十分近的一家小院裡。

這家小院本是一家軍戶的住宅，因離城門近，便被徵用充作救治傷員之地，此時這裡躺了幾十個傷兵，正在淒慘地號叫。宋芸娘將受傷的士兵安置好後，正待離去，轉身撞上了一人

「哎，你怎麼走路的，差點撞到老夫了！」

「義父！原來您在這裡！」

芸娘睜大了雙眼，露出了驚喜之色。柳大夫先是愕然，之後便是惱怒。「妳這個臭

丫——」

他看到芸娘一身男裝，略愣了愣，環顧了四周，壓低了聲音。「外面這麼亂，妳跑出來幹什麼，真是胡鬧！」

芸娘面上驚喜之色不改，神色激動地說：「義父，您能夠安好地在這裡，真的是太好了！」

她昨晚在炮火聲中擔驚受怕了一夜，剛才見到了戰爭之後慘重的傷亡情況，便更加憂心蕭靖北、柳大夫和荀哥兒，雖然只和他們分離了不到一天，但此刻見到柳大夫，竟好似劫後餘生一般，充滿了激動和感觸。

柳大夫也是緊張地忙碌了一夜，此刻十分疲憊，鬚髮凌亂，面色蒼白，眼睛裡布滿了血絲。他看著芸娘激動的神情，不覺心頭一軟，生出一股暖意，表面上卻仍是吹鬍子瞪眼地呵斥道：「廢話，我不在這裡，還能夠去哪裡？妳快些回去，別在這裡添亂。」

芸娘看到柳大夫身上布滿了斑斑血跡，想來也是既忙亂又疲憊，不覺訕訕道：「我……我也是擔心您嘛……想出來看看您和荀哥兒……」

柳大夫神色略略柔和，嘴上卻嗤笑道：「什麼擔心我，是擔心姓蕭的那小子吧？」

芸娘臉一下子紅了，有些手足無措地站在那裡，小聲道：「你們三人都是我的親人，我自然都是擔心的。」頓了頓，又問：「義父，您……有沒有見到蕭……」

「沒有、沒有。」柳大夫見她支支吾吾，不耐煩地打斷她。「到這裡的都是傷員，我沒有見到他是他的福氣，說明他並沒有受傷。」

宋芸娘緊繃著的心微微放鬆，面上也露出了幾分喜意，隨後又蹙起眉，擔心地說：「可是，我方才在外面沒有看到他……」

柳大夫道：「現在外面那麼亂，誰知道他跑哪兒去了。妳放心，這小子福大命大，定不會有事情的，妳若實在擔心的話，等會兒我讓荀哥兒去找找他。」

芸娘忙問：「對了，荀哥兒去哪兒了？」

柳大夫瞪了她一眼，沒好氣地說：「現在才想起妳的好弟弟啊，剛才還說擔心我們。」

芸娘面色更紅，喃喃道：「義父，我看到您安好便知道荀哥兒也安好了……」

柳大夫笑了笑。「那是當然，我的徒兒我還能不好好關照他。」說罷朝一側的雜物間努了努嘴。「荀哥兒現在好生生地在那裡睡著呢！我看他小小年紀，跟著我們忙了一夜，怕他身體受不住，剛才讓他去小睡一會兒。」

芸娘面露感激之色。

「義父，荀哥兒現在不在，有什麼要幫忙的就吩咐我吧！」

柳大夫皺著眉頭想了想，還是搖搖頭。

「算了，這裡都是一些大老爺們，男女授受不親。荀哥兒這小子已經睡了兩個時辰了，待會兒我就叫他起來；妳還是快回去照顧那一大家子老小吧，我看妳肯定是偷偷溜出來的，見不到妳，他們現在只怕著急得厲害，快回去吧。」

芸娘想到父親反覆地叮嚀和囑咐，不覺有些心虛，她小聲道：「義父，您也要小心身體，不要累著了……」

「知道啦，知道啦，快回去吧！」柳大夫不耐煩地揮手示意芸娘快走，芸娘還有些猶豫，正好又有幾個軍戶抬著一個傷兵進來，嘴裡不停地喊著。「胡醫士，柳大夫，又來了一個重傷的。」

柳大夫忙快步走了過去。宋芸娘站在院子裡，看著身旁的傷兵和穿梭忙碌的軍戶們，只覺得自己礙手礙腳，幫不上一點兒忙。

她走到雜物間前，透過窗縫看到荀哥兒躺在乾草堆上，半張著嘴，睡得正香，不覺有幾分淚眼矇矓。她想著，見到了柳大夫和荀哥兒，也算不虛此行，至於蕭靖北，既然這裡找不到他，就期望如義父所說，他應是安然無恙吧！

蕭靖北此刻的確安然無恙，他正在城門旁的守衛休息室裡靠著牆小憩。他守了一夜的城，精力已經耗盡。

昨天晚上，他拉了一晚上的弓，不知射殺了多少韃子，可是那黑壓壓的韃子猶如潮水，似乎永不枯竭，永不後退。

他開始是一一瞄準，一支支地射箭，後來乾脆兩支連發、三支連發，甚至是五支連發，可是，不論怎樣，單薄的弓箭射過去，卻幾乎無法撼動他們整齊有序的進攻陣型，後來若不是那兩座火炮發揮了威力，韃子只怕不會那麼快就退兵。

蕭靖北雖然疲倦無比，但是閉上眼，滿眼都是無止境地撲上來的韃子，再就是那名死去士兵的面容和他眼裡流下的血淚，儘管筋疲力竭，他的神經卻是高度緊張，此刻怎麼也無法安穩入睡。

休息室分為裡外兩間，外間是總旗、小旗們的休息場所，隔著一道厚厚門簾的裡間，是王遠等高級官員休息和商討作戰方案的地方。蕭靖北靠坐在門側的牆上，朦朦朧朧間，聽到裡間傳出的說話聲。

「大人，剛才清點了一下武器庫的武器，弓箭不多了，若韃子再像這樣攻擊個幾次，只怕就要耗盡了。」聲音有些蒼老，好像是鎮撫葉清的聲音。

「大人，剛才士兵回報，韃子收兵後，似乎在排兵布陣，只怕不久還會再次攻擊。」聲音強勁有力，是副千戶嚴炳的聲音。

沈默了片刻，才聽到王遠有氣無力的聲音。「看樣子，韃子似乎鐵了心要攻下張家堡，昨晚的襲擊只怕是他們在試探咱們的底細，卻已經讓咱們元氣大傷，連武器都耗盡了大半，人員也傷亡了近百人；若再來個幾次，彈盡援絕之時，只怕張家堡難以守住……」

一片沈靜之後，又聽得王遠絕望的嘆息。「唉，莫非是天要亡我張家堡……」

「大人——」葉清停頓了下，似乎有些猶豫。「武器庫裡還有前幾年從靖邊城運來的幾十支火銃。前幾日，蔣百戶他們去靖邊城拖軍備物資時又運回了幾十支火器，聽說是兵仗局新近研製的，叫什麼鳥銃，比以前的火銃要好……」

葉清話音未落，王遠已經不耐煩地打斷了他。「快別提那破火銃了，那破玩意兒太他娘的容易炸膛了，那哪能殺敵人，殺自己人還差不多。你忘了那批火銃剛剛運來時，士兵們不明底細，還當是新奇厲害的武器，結果一個、兩個的不是成了獨眼龍，就是缺胳膊少腿的成了殘廢，損了我好幾個精兵。」

葉清面上一片尷尬，短暫的沈默後，嚴炳出言支持葉清。「大人，我聽蔣百戶說，這批鳥銃是新研製的，只要操作得當，就不會炸膛。」

「操作得當？當初的幾個火銃手被炸後，死的死，走的走，還有誰會操作？蔣百戶拖這批鳥銃回來，就沒有順便領幾個懂得操作的人回來？」王遠不耐煩地問。

葉清忙道：「大人，這次京裡送鳥銃來時，從神機營裡派下來了一些鳥銃手，主要是教導咱們邊堡的士兵們如何操作使用鳥銃。分到靖邊城的一共就十來個人，靖邊城留了五個，其他各子堡各分了兩個。分到我們堡的那兩個士兵本來是跟著蔣百戶他們一起過來的，誰知臨行前和他們京裡來的一幫弟兄搞什麼告別宴，喝得爛醉如泥，第二天起都起不來。蔣百戶怕耽誤軍情，便先將物資拖回了張家堡，本來已囑咐這兩人立即趕過來，可現在咱們被韃子圍了，他們就是想進也進不來啊。」

王遠見他囉哩囉嗦說了半天，最後卻一點兒實質性的解決辦法都沒有，不覺氣惱道：「用都不會用，還提它做什麼，無端增添煩惱！」

室內眾人見王遠面色難看，一時噤口，十分安靜。突然，聽到門外傳來清朗的聲音。

「大人，不知可否讓屬下試一試這鳥銃？」

隨著聲音，門簾被掀開，只見一名高大挺拔的士兵走了進來，他身穿小旗服飾，神色平靜而堅毅，正是剛剛在門外休息的蕭靖北。

王遠又驚又喜。「蕭小旗，你會用鳥銃嗎？」

蕭靖北淡淡笑道：「屬下在京城時，雖然在五軍營任職，但和神機營的幾個弟兄十分交好，平時經常在一起切磋。這批鳥銃剛剛研製出來時，我還在京城，他們試兵器時，我因好奇也去看過，故此有幾分瞭解。」

王遠大喜，神色激動地說：「如此就太好了，蕭靖北啊蕭靖北，你可真是我的福將。快，咱們快去武器庫，去試試這鳥銃。」

宋芸娘告別了柳大夫後，又沿著城門看了一圈，仍是沒有找到蕭靖北。她見城門處十分嘈雜，充滿了戰爭後的凌亂和迎接下一場戰爭前的緊張，再看看太陽已經升上了半空，心想父親他們只怕已經起來了，若見不到自己定會十分心慌，便按下心中的失望，沿著南北大街回到了宋家。

宋思年正在地窖裡忙活，見宋芸娘推門進來，還一副男兒的裝扮，便知她一定是去了城門。

他怒氣沖沖地撐著傷腿從地窖裡爬出來，劈頭蓋臉地呵斥道：「芸娘，說了讓妳不要外出，妳還偷偷溜出去。城門那裡是最危險的地方，韃子的弓箭可是不長眼睛的，萬一傷到了可怎麼辦？」

芸娘心虛地吐了吐舌頭，覥著臉陪笑道：「爹，別生氣了，我這不是記掛著義父他們嗎？我剛剛見到義父和荀哥兒了，他們都很安全，爹您不要擔心。」

「哦，就只見到他們兩人了嗎？蕭四郎怎麼樣？」宋思年問道。

宋芸娘猶豫了下，正準備開口，卻見李氏和王姨娘匆匆忙忙從廚房裡走出來，身後還緊跟著小尾巴似的鈺哥兒，李氏神色激動地一迭聲問道：「芸娘，見到四郎了嗎？他怎麼樣？有沒有受傷？」

鈺哥兒也邁著小短腿撲過來，雙手拉住芸娘的衣袍，仰著頭問道：「芸姑姑，我爹在哪裡？他什麼時候回來？」

芸娘彎腰抱起鈺哥兒，在他嫩生生的小臉蛋上親了一口，又看著李氏緊張焦急的面容，忙掩飾住內心的慌亂，露出甜甜的笑容。

「李嬸嬸，我見到蕭大哥了，您放心，他現在好得很，託我帶話給您，讓您別擔心呢！」

她又對鈺哥兒笑道：「你爹說，打退了韃子就回來，要你在家裡乖乖聽話，不要淘氣。」

鈺哥兒重重點了點頭，小小的臉上表情嚴肅。

「爹爹臨走之前說了，他不在家，我就是家裡的男子漢，要照顧好祖母、姨奶奶，還有芸姑姑。」

芸娘不覺湧出幾分淚意，她笑著親了親鈺哥兒的臉蛋，順勢將頭埋在他小小的肩頭輕輕蹭了兩下，悄悄擦掉眼角的淚水。

李氏緊繃的神經也一下子放鬆，她擦了擦額上的汗，露出幾分笑意。「好，好，這我就放心了。」

宋芸娘看著李氏面上慈愛和欣慰的笑意，心中湧出了幾分心虛，同時也在暗暗祈禱，希望蕭靖北一定要平平安安，不要出任何事情。

「砰——」一聲巨響，張家堡西城牆邊上的那棵歪脖子槐樹抖了抖，一枝碗口粗的枝幹應聲折斷，「啪」地一聲掉落在地上。樹上的幾隻鳥兒驚慌失措地撲著翅膀飛到了半空中，一根羽毛從鳥兒的身上掉落，隨風飄舞，最後緩緩落到蕭靖北的腳邊。

蕭靖北手裡的鳥銃還在冒著熱煙，王遠等人已經興奮地跑過來。

王遠扯著嗓子道：「行啊，蕭小旗，可真有你的。想不到你不但箭法精準，連鳥銃也會操作，還這般厲害，看來我張家堡第一神射手非你莫屬！」

其他的官員也紛紛應和王遠，七嘴八舌地誇著蕭靖北。他們有的是真心讚賞，有的則有些不以為然，認為這蕭靖北只不過是運氣好。

蕭靖北自然是謙虛了幾句，含笑道：「不敢當，不敢當。其實張家堡還有很多比我箭法精準的弓箭手，若讓他們來使用這鳥銃，必定會比我射得更準，我無非是在京城的時候先接觸過這鳥銃，略略懂得幾分而已。」

蕭靖北在京城之時，雖在五軍營任著閒職，但他有幾個將門子弟的好友都在神機營。神機營以操練火器為主，平時蕭靖北和他們一起出遊狩獵時，他的弓箭的確比不上鳥銃的威力。那時因為好奇和不服輸，蕭靖北很是費心研究了一下火銃的操作原理，想不到在這張家堡倒派上了用場。

王遠臉上笑意更濃，他拍了拍蕭靖北的胳膊。「蕭小旗，你太謙虛了。這樣吧，我選五十名精兵，你負責教導他們如何使用鳥銃。」

說罷回頭對站在一旁的嚴炳道：「嚴大人，還請速速選出合適的鳥銃手，儘量爭取在下一次韃子進攻時派上用場。」

嚴炳領命轉身離去。王遠看著那一堆黑漆漆、泛著金屬光澤的鳥銃，問道：「蕭小旗，這些鳥銃真的都不會炸膛嗎？」

蕭靖北肯定地說：「大人，這批鳥銃我看了下，比我之前在京城看到的又改進了許多，只要操作得當，應該不會出現炸膛的情況。」

「那之前的火銃還能用嗎？」王遠見識了鳥銃的威力和蕭靖北的能力，希望他能將放在武器庫裡好幾年的火銃變廢為寶，重新啟用。

蕭靖北想到那一堆鏽跡斑斑的火銃，苦笑道：「那一批火銃本來就有很多不足，現在更是已經變成了一堆廢鐵，屬下建議不如讓鐵匠們將它們熔成鐵漿，再打造其他的兵器吧。」他見王遠面露失望之色，又道：「不過，之前的火銃雖然不能再用，那些彈藥倒還是保存得極好，應該可以派上用場。」

王遠聞言面露喜色。

「好，好，訓練鳥銃手的事情就拜託蕭小旗了，嚴大人選好了士兵後，你務必在這兩日將他們教導成和你一樣的熟手。形勢危急，韃子隨時都有可能再次進攻，蕭小旗你的責任重大啊！」

蕭靖北收斂了笑意，肅然挺立。

「屬下一定盡心竭力，定不辜負大人的信任。」

韃靼人並沒有給張家堡太多的喘息時間，兩天後，再次發動了猛烈的攻擊。領兵的阿魯克一開始並未將小小的張家堡放在眼裡，見張家堡不願棄械投降，便打算靠著強勁的騎兵和半夜裡迅猛的攻勢一舉拿下張家堡，想不到卻遭到張家堡的頑強抵抗，他不得不暫時收兵，重新部署作戰方案。

停戰的兩日裡，張家堡這邊抓緊訓練鳥銃手，充分做好再次作戰的準備。韃子軍的阿魯克則在命令大軍原地休整的同時，也做好了新的攻城準備。短短兩日的時間，他們已經就地取材，建造了攻城的楯車、投石機、攻城錘、弩炮、雲梯等工具，還在周邊村莊擄掠了大批百姓作為擋炮彈和弓箭的人體屏障。

這一日的清晨，隨著東方一輪紅日的冉冉升起，韃子也開始了他們的第二輪攻擊。韃子展開攻勢之前，張家堡還是一派寧靜。城牆上，徐文軒打著呵欠，有氣無力地盯著不遠處韃子的帳篷。兩日前的那場夜戰中，他趁著夜色和混亂，一直躲在高大的牆垛子背後，幸運地避開了韃子的弓箭。

他失神地望著靖邊城的方向，心中分外想念住在靖邊城的父母，他不知道自己能不能在韃子下一次的攻擊中繼續這樣的好運氣。

這兩日，他看到韃子的營地裡突然出現了大量的樹木，建造了一些奇怪的工具，有他知道的雲梯，還有他沒見過的用樹幹和獸皮等物包裹著的車狀物體。

他只不過稍稍發了會兒呆，回過神來卻突然發現韃子的營地出現了不小的動靜，近百輛包著獸皮的車向著張家堡緩緩推進，車的後面，是大量的韃子騎兵。此時，太陽已經升上半空，照射到成千上萬的韃子騎兵的武器上，反射出刺目的光芒。

「韃子攻城啦——韃子攻城啦——」守城的士兵們發出了警告之聲，一時間，號角聲、鑼鼓聲四起，張家堡警聲大作。有了前一次作戰的經驗，這一次，各作戰官兵、輔兵們快速行動，有條不紊地排兵布陣，各自奔赴自己的位置，嚴陣以待韃子的進攻。

這一日，蕭靖北一大早便召集了鳥銃手們，本來準備再趁熱打鐵，加強他們操作鳥銃的熟練程度，此刻聽到韃子攻城的警報，即刻帶領著鳥銃手們奔赴城門。

城門下，王遠和嚴炳等官員早已趕到，一個個面色嚴峻，沈默不語。看到蕭靖北帶著鳥銃手們趕過來，他們似乎看到一絲希望，紛紛以期盼的眼神看著蕭靖北。

「蕭小旗，不知這兩日鳥銃手們訓練得如何？」王遠緊張地問。

蕭靖北道：「回大人，雖然時間緊迫，但好在從弓箭手中選出的那三十名士兵原來的基礎甚好，經過這兩日的訓練，已能熟練操作鳥銃；只是由騎兵中選出的那二十名士兵在準頭上略差一點。」

「差不差都來不及了，趕快給我全部上城牆，韃子已經打過來了。」王遠焦急地說著，抬手擦了擦額上的冷汗。儘管目前已經進入了數九寒天，可他此刻卻是渾身冷汗連連。

蕭靖北帶著鳥銃手登上了城頭，透過城垛口，他驚訝地看到黑壓壓的韃子士兵如潮水般湧來。看來前兩日他們的攻城只是試探張家堡的底細，現在才是真正的大舉進犯。

韃子的隊伍整齊而有規模，隊伍的最前面，是上百個衣衫襤褸的梁國百姓，他們被驅使著拉著楯車。近百輛用獸皮和樹幹包裹著的楯車裡，裝著韃子的士兵，正透過楯車的縫隙偷窺著張家堡城牆上的守兵，他們手裡的弓箭已經準備好，隨時打算射向城牆。

楯車的中間，還夾雜了巨大的攻城錘和投石機。隊伍的最後，是精銳的韃子騎兵，他們身披厚厚的盔甲，手持巨大的弓箭，騎在高頭大馬上，邁著整齊的步伐，激起塵煙滾滾。

韃子的隊伍帶著凌人的氣勢，如山洪、如海嘯，以迅猛不可抵抗之勢向著張家堡襲來。

城牆上，每個城垛口前，蹲伏了一名弓箭手和一名鳥銃手，靜靜盯著越來越近的韃子軍隊。

「大人，韃子的楯車即將進入火炮的射程，是不是要放炮？」負責城頭防守的余百戶請示王遠。

王遠怒瞪了他一眼。「廢話，不放炮，留著當擺設嗎？」

余百戶猶豫了下，面上現出幾分不忍。「可是……楯車前面都是我國的百姓……」

王遠頓了頓，冷然道：「難道只許咱們將士們為國捐軀，百姓們就犧牲不得了嗎？從他們落到韃子手裡的那一刻起，就已經是死路一條了。」他舉起了手，懸在空中片刻，終是閉了閉眼，猛地揮下手，沈聲道：「放炮！」

「轟——轟——」兩聲巨響，韃子的兩輛楯車被炮彈擊中掀翻，一陣鬼哭狼嚎後，只見硝煙瀰漫處，一片血肉模糊。

炮響後，韃子的軍隊卻突然加快了速度。他們經過上一戰，已經瞭解了火炮的弱點，知道第一聲炮響後，還需較長的時間裝彈藥才可再次發射，便趁著這段空隙時間加快了步伐，還有數百名速度奇快的騎兵越過楯車，快馬加鞭朝著張家堡疾馳而來，他們騎在馬上，一邊口裡呼嘯著助威，一邊向城牆上射箭。

蕭靖北等鳥銃手和弓箭手們早已靜候多時，見韃子已經進入射程，攢了許久的勁一股腦兒地發洩出來。一時間，城頭上弓箭如雨，鳥銃聲響如雷，無數的弓箭和彈藥向著臨近城下的韃子射去，許多士兵被擊中，慘叫著跌下馬來。韃子突然見識了鳥銃的威力，隊伍出現了小小的波動，但仍是毫不退縮地向前撲來。

儘管張家堡的士兵們頑強抵抗，奈何韃子凶猛慓悍，又人多勢眾，仍然向著張家堡步步逼近。韃子已在合適的地段安置好了投石機，將一顆顆巨石、燃燒著的火彈向張家堡投出，轉眼間，張家堡已有好幾處房屋倒塌，燃起了大火。

一顆巨石剛剛砸到蕭靖北身側，將堅固的城牆地面砸出了一個凹坑，驚得躲在蕭靖北身側牆垛子之後的徐文軒一身冷汗，他兩眼一翻，雙腿一軟，暈了過去。

蕭靖北仍是一動不動地伏在那裡，對著城下的韃子騎兵瞄準、發射，他沒有時間考慮自己的生死和安全，他的全部精力都放在城下的韃子身上。

韃子十分狡猾地將投石機安置在火炮和鳥銃的射程之外，蕭靖北眼睜睜地看著投石機向張家堡投來一個個致命的炮彈，卻連回頭看看宋家所在的方向都無法辦到，只能暗自祈禱這不長眼的炮彈千萬不要砸中宋家小院。

在韃子投石機強勁的攻勢下，張家堡的防守出現了短暫的混亂，一些守城士兵害怕被巨石和火彈砸到，嚇得驚慌失措、紛紛躲避，暫時放棄了防守。

韃子自然是抓住了這短暫的空隙，加快了進攻的步伐，如潮水般從四周包圍過來，轉眼間，大量的楯車和韃子騎兵已經逼近了城牆。

張家堡的城牆外，有著一道深深的壕溝，和高大的城牆一起構成了守護張家堡的堅強屏障；但是韃子此次還製造了填壕車，此時也跟著楯車一起來到城門前，韃子士兵驅使著被俘的梁國百姓將填壕車上的木石沙袋等填充物推入壕溝中，眼看著城門前的壕溝即將填平。

城牆上的士兵們經過了短暫的驚慌失措之後，在余百戶和萬總旗等官員的指揮下，已經重新投入了戰鬥。

此時，他們發現了這一險情，立即將猛烈的攻勢對準了正在填土的百姓和韃子士兵們。韃子們卻好似不怕死一般，他們前仆後繼地撲上來，甚至乾脆將前面倒下的百姓和士兵推到壕溝中。很快，壕溝被填平，韃子巨大的攻城錘到了甕城門前。

攻城錘一下又一下地撞擊著城門，巨大的捶門聲震動了每一個守城將士們的心。一旦城門被攻破，張家堡便只有死路一條，城頭上的士兵們忙將大量的滾木、巨石、石灰和滾水、滾油源源不斷地向正在攻城的韃子們砸下去。

韃子們被砸得鬼哭狼嚎，可是卻並未減弱攻城的力度，一個韃子倒下去，還有更多的韃子撲上來。

在城門陷入危機的同時，城牆上也出現了險情。大量的雲梯搭上城頭，成群結隊的韃子沿著雲梯往城牆上爬，守城的士兵們勢單力薄，剛剛將這一個雲梯用撐桿推出去，身旁又一個雲梯搭上來。

儘管大多數守城的士兵們都奮力抵抗，可是雙方人數太過懸殊，士兵們很快就有些力竭不支，稍稍有一點鬆懈，便有一些韃子已經攀著雲梯，登上了城牆。

蕭靖北他們不得不暫時放棄對城牆下韃子的射擊，紛紛拿起長槍和朴刀，和登上城牆的韃子展開近身肉搏。城牆上的嘶喊聲、慘叫聲不絕於耳，韃子身強力壯、慓悍勇猛，再加上人多勢眾，不斷有韃子登上城頭，城牆上的士兵們漸漸處於弱勢。

蕭靖北持刀劈向一個韃子，一腿踢開了向自己撲來的另一個韃子。他不停重複著揮刀、砍殺，一個個韃子倒在他的刀下，他的臉上滿是鮮血，不知道是自己的還是敵人的，雙眼也被血模糊，開始有些看不太清。慢慢的，他眼前不再是韃子猙獰的面孔，而是出現了芸娘溫柔羞澀的笑靨，出現了他至親的李氏、蕭靖嫻、鈺哥兒、王姨娘……「絕不能讓韃子攻下張家堡！」蕭靖北心中只剩下這一個念頭。

韃靼人開始向張家堡投射巨石和火彈的時候，宋家小院裡亂得炸開了鍋，和宋家隔了幾家的一戶小院不幸被火彈射中，立刻燃起了熊熊大火。

站在院子裡，宋芸娘看到滾滾濃煙近在咫尺，瘋狂的火苗不斷吞噬著破舊的房屋，似乎還可以聽到那戶人家的慘叫聲。

宋思年在院子裡急得團團轉，嘴裡喃喃道：「怎麼辦？怎麼辦？想不到韃子還有這麼厲害的火彈，再多拋幾個進來，只怕張家堡就成一片火海了。」

廚房裡，李氏放下手裡剛剛烙好的餅，聽到外面的巨響，嚇得有些六神無主，只能緊緊抓住一臉懵懂和興奮、掙扎著要往外跑的鈺哥兒。

王姨娘急中生智，大喊。「姊姊，快，咱們躲進地窖裡吧！」

李氏提著剛烙好的一籃子烙餅，王姨娘抱著鈺哥兒，慌慌張張地跑出了廚房。

卻見小院裡，宋思年和宋芸娘也和李氏他們想到了一處。宋思年已經打開了地窖的門，看到李氏他們跑出來，便對著他們大喊。「快，快下去！」

這時，又一顆巨石飛過來，堪堪從他們頭上飛過，砸到宋家後面的一戶人家，只聽到「砰——」的一聲巨響，地面重重地震了震，湧起一陣濃濃的塵土，那戶人家傳來的驚呼聲和慘叫聲，聲音近在耳畔，宋家小院中的幾個人瞬間石化，臉色慘白。

宋芸娘回過神來，忙將嚇得四肢發軟、手腳無力的李氏和王姨娘扶進地窖，又將鈺哥兒放了下去，此時，地窖已經只剩下容納一人的空間。芸娘見宋思年愣愣站住不動，著急地大喊。「爹，您也快點下去。」

宋思年愣愣看著宋芸娘，臉上神色複雜，有悲傷，有憐惜，有不捨，更多的則是決然，他堅定地搖搖頭。「芸娘，妳先下去！」

芸娘大急。「爹，那您怎麼辦？」

宋思年微微笑了笑。「等妳下去了，爹還要在地窖門上面堆放一些木柴，這樣才會安全。」

僵持間，又有幾顆巨石和火彈從他們頭上呼嘯而過，芸娘情急之下，不由分說地將宋思年往地窖裡推。宋思年自是不肯，兩人爭執了一會兒，一顆巨石擊中了雜物間，地面猛地震了幾下，一股嗆鼻的灰塵撲過來，還夾雜著木屑。

宋思年愣愣看著被砸成齏粉的雜物間，一時怔住，芸娘乘機推著他下了地窖，順勢關上地窖門。宋思年在裡面放聲大喊。「芸娘，妳……」

鈺哥兒也在哭喊著。「芸姑姑——」聲音卻被門給蓋住了。

關上門後，宋芸娘想到黑暗的地窖裡宋思年那張又氣、又急、又絕望的臉，便將門打開一條小縫，對裡面大聲道：「爹，李嬸嬸，你們放心，我去隔壁張嬸嬸家的地窖躲一躲。」想了想，又道：「你們等著我來開門，若……等不到，也務必等外面靜下來了才能出來。」

說罷便合上門，不忍再看黑暗空間裡那幾張焦急的面孔。

宋芸娘在地窖門上虛掩上幾捆木柴，又覆蓋了些稻草，見看不出什麼破綻，這才出了院門。

宋芸娘剛出院門，便看見一群人扛著鐵鍬、鋤頭等農具，氣勢高昂地向這邊走過來，這些人或年老、或體弱，此刻他們卻群情激憤，鬥志昂揚。

「王大伯，你們這是幹什麼？要去哪裡？」宋芸娘疑惑地問。

領頭的那名中年男子名叫王大才，他五十多歲，年前因體弱退出了軍職。他家大兒子襲替了他的軍職，此時正在城頭防守，二兒子前幾天也被選去作為輔兵，他則因年老體弱未被選入。

王大才看到芸娘，正色道：「宋娘子，外面這麼亂，妳怎麼跑出來了？還不快快回家躲避！」

宋芸娘急問：「您這是去哪兒？」

王大才傲然一笑。「韃子已經攻上城頭了，我們與其坐在家裡等著韃子破城，還不如衝上城頭和他們拚了。我們雖然老邁，但還有著一顆保家衛國的心，今天就捨下這把老骨頭，和他們拚個你死我活！」

「對！和韃子拚了！」他身後的軍戶們也紛紛舉起鋤頭、鐵鍬等農具揮舞著，他們雖然頭髮花白，皺紋滿面，腰身也有些佝僂，此刻卻似乎重新啟動了青春的鬥志和活力，腳步也變得輕快而有力。

他們沿著小巷走著，經過相熟人家時，便拍門大喊。「走，隨我們一起殺韃子去！」隨著他們召喚，不斷有新的軍戶加入他們的隊伍。

芸娘靜立一旁，目送這群老者離去，心中充滿了敬佩，眼眶不知不覺間也有些濕潤。

許家小院並未上閂，宋芸娘推門進去，只見院子裡、幾個房間裡都空無一人，芸娘想了想，走到地窖前掀開門，只見張氏和蕭靖嫻已經躲在裡面。

張氏見地窖門被打開，心中大驚，蕭靖嫻更是嚇得渾身發抖，卻聽到宋芸娘熟悉的聲音。「張嬸嬸，不要怕，是我！」

張氏心下一鬆。「芸娘，是不是你們家地窖躲不下了？快，快點兒下來！」

宋芸娘本想抬腳進入地窖，可不知怎麼的，王大才那一番話和那些老軍戶的模樣一直浮現在腦海，揮之不去。

她猶豫了下，收回了抬起的腳，對著裡面的張氏笑道：「張嬸嬸，我們都躲得很好，我擔心您便過來看看。我在您家的地窨門上再蓋些木柴和稻草，這樣的話更安全些，妳們一定要等外面徹底靜下來了才能出來啊。」

張氏有些疑惑。「芸娘，那妳怎麼辦？」

宋芸娘輕鬆地笑道：「我馬上就回家，我爹還在地窖等著我呢！」說罷輕輕合上地窖門，又在上面堆了一些木柴和稻草。

臨出門前，她想到自己家裡的雜物間已被巨石擊中，裡面堆放的農具只怕都已經砸了個稀爛，便去許家的雜物間拿了一把尖尖的鐵鎬，心中對張氏暗暗說了一聲。「張嬸嬸，借您家的鎬頭一用啦。」便出了門，加快腳步追趕已然遠去的王大才他們。

王大才回頭看了一眼宋芸娘，臉上並無意外之色，只是淡淡望著芸娘笑了笑，微微頷了頷首。

來到南北大街上，只見每一條小巷子裡都有成群結隊的軍戶們走出來，他們有老有少，還有十幾名女子。他們雖然或因年老、或因體弱、或因性別，未被選作輔兵，此刻在危難當頭之時，卻自發出動，勇敢地走出來捍衛張家堡。

他們的手裡都拿著各式各樣的農具，好似農忙時節去農田幹活一樣。不過此時，他們並沒有平時外出幹農活時的輕鬆和嬉笑，而是面色沈靜，步伐沈著而急促，帶著一股視死如歸的毅然決然。他們的目標都一樣：衝上城頭，擋住韃子。

群情激憤的軍戶們從各條小巷中湧出來，漸漸匯成一支幾百人的大部隊，紛紛攘攘地沿著南北大街向著城門而去。

他們的頭頂時不時有巨石和火炮呼嘯而過，前方慘烈的戰場傳來的陣陣慘叫也越來越近、越來越清晰，可是這些都不能停下他們的步伐，反而激起了他們的鬥志。他們的步伐越來越快，越來越有氣勢，士氣高漲，銳不可當。

宋芸娘走在他們中間，心中有激動，有興奮，有驕傲，卻偏偏沒有恐懼。她想到馬上便可以見到蕭靖北，可以和他一起並肩戰鬥，便感到渾身都充滿了勇氣和力量。

走了一會兒，聽到身後傳來一陣喧譁，聲音高昂和尖脆，好似女子的聲音。

芸娘他們回頭看去，見一支幾十人的隊伍急急走來。走在最前面的數十人雖然梳著男子的髮髻，身披鎧甲，但身材嬌小玲瓏，從他們的步伐和姿態可以看出，絕大多數都是女子。領頭一人圓臉杏目，表情端莊而嚴肅，看上去十分眼熟，居然是錢夫人。

錢夫人帶著防守府裡的一眾丫鬟、婆子走過來。

錢夫人和她親信的十幾個丫鬟昂首挺胸走在前面，其餘人緊緊跟在後面。她們手裡的武器比軍戶們要齊全，有大刀、長槍、長劍，也有鋤頭和鐵鍬。此時，在錢夫人的帶領下，全防守府裡的人齊齊出動，英姿颯爽，意氣風發。

轉眼間，兩支隊伍匯合在一起，軍戶中已有人認出了錢夫人，都激動地大喊。「錢夫人！是錢夫人！」

錢夫人微微笑了笑，她抬手示意軍戶們安靜下來，放聲大喊。「各位叔伯大爺、兄弟姊妹們，咱們張家堡已經到了最危難的時候，我們的男人、兒子、兄弟們正在城牆上流血流汗，以血肉之軀保護我們，我們不能乾坐在家裡，眼睜睜看著韃子殺死我們的親人，等著他們攻進我們的城門。各位，咱們一起去，協助咱們的親人，驅除韃子，保衛張家堡！」

「驅除韃子，保衛張家堡！」隊伍裡響起了整齊的口號聲。

在錢夫人的鼓舞和帶動下，一些在巷子口觀望的軍戶們也紛紛加入了隊伍，其中還有許多女子。張家堡的軍戶們除了真正的老弱殘兵不得不留在家中，其他人員幾乎傾巢出動，隊伍越來越大，幾乎有六、七百人。軍戶們自然而然地簇擁著錢夫人走在隊伍的最前面，鬥志昂揚地向城門走去。

宋芸娘不意外地在隊伍裡看到了許安慧，只見她穿著鄭仲寧的舊甲衣，手裡拿著一把長槍，滿臉的嚴肅和凝重。

宋芸娘擠到許安慧身邊，對她笑了笑，許安慧看見芸娘，微微一愣之後，對著芸娘重重點了點頭，目光堅毅，千言萬語盡在不言中。兩人也不交談，肩並著肩，昂首向城門處走去。

到了城牆之下，縱使這些軍戶們決心再堅定，信心再強大，看到城頭上的慘狀，也不得不有片刻的猶豫和退縮。

只見城頭上守城的士兵們已經和韃子廝殺在一起，刀光劍影，血肉橫飛，時不時有人從城頭跌落下來，「啪——」地摔在地上，血肉模糊，慘不忍睹。

遲疑了一會兒後，不知是誰高喊了一聲。「弟兄們，衝啊！早死晚死都是死，殺得一個韃子是保本，殺得兩個韃子就是賺啊！」

在他的號召之下，其他的軍戶也紛紛高喊著。「衝啊，跟韃子們拚啦！」軍戶們一擁而上，紛紛跑上了城頭。

城頭上，守城的士兵們因勢單力薄，漸漸落於下風，此刻見援軍衝上來，立即精神一振，揮舞著大刀向韃子撲去。自發趕上來的軍戶們雖然武器簡陋，但他們一鼓作氣地衝上來，士氣高昂，一時間，城頭上的局勢立即有了轉變，守軍們漸漸處於上風。

蕭靖北一人同時對付著兩名韃子，大概韃子們在廝殺時發現蕭靖北武功高強，便對他實行了圍攻。

蕭靖北已經不停歇地戰鬥了許久，體力有些不支，剛剛擋住左側韃子的大刀，右側韃子的大刀又快速劈來，眼看著韃子的大刀越來越近，卻無法還擊，蕭靖北不禁閉了閉眼，心道：「莫非我蕭某今日要命喪於此？」說時遲、那時快，一把鐵鎬擋住了幾乎快劈到蕭靖北臉上的大刀。

蕭靖北精神大振，他一腳踢開左側的韃子，翻身持刀向右側的韃子砍去，回頭再想解決左側的韃子時，卻見一把鐵鎬已經結束了他的生命。

蕭靖北側身看去，只見宋芸娘手持鐵鎬，怔怔看著被自己一鎬擊中頭部的韃子，眼中滿是震驚和不敢相信。見蕭靖北看過來，才回神驚喜地大喊。「蕭大哥！」

蕭靖北一時呆住了。他揉了揉眼睛，又使勁揉了揉眼睛，卻見宋芸娘俏生生站在那兒，雙目含淚、唇角含笑，笑盈盈地看著自己，她溫柔而燦爛的笑容將這煉獄般的修羅場變成了充滿柔情的溫柔鄉，讓人忘記了身旁殘酷的廝殺，只想沈醉於她那充滿柔情的似水眼眸之中。

蕭靖北忍不住快步向芸娘走去，剛走了幾步，卻見芸娘面上表情遽變，驚恐地大喊。

「蕭大哥——小心後面！」

蕭靖北猛地回頭，只見一個韃子持刀張牙舞爪地撲過來，他側身避過，待韃子撲空後，順勢一腳，踢得韃子往前猛竄了幾步，蕭靖北追上去補刀，宋芸娘回過神來，也加入了戰鬥。兩人不再言語，而是一起默默地並肩作戰，共同殺敵。

越來越多的軍戶們湧上城頭，在他們的相助下，登上城牆的韃子已經全部被殲滅，守城的士兵們重新取得了主動權。軍戶們負責阻止韃子再次沿著雲梯攀爬上城頭，蕭靖北他們這些鳥銃手和弓箭手則抽身出來，重回自己的崗位，霎時如雨的弓箭和火彈又向著城牆下的韃子射去。

城門處，甕城城門已經被韃子巨大的攻城錘撞開，韃子們蜂擁而至，他們推著攻城錘，試圖轉向城門所在的方向。忽然，無數的滾油、巨石、滾木等物從天而降，伴隨著一起的，還有密集的火彈和弓箭，集中在城門口。槍林箭雨之中，韃子們哀號連連，前面的韃子倒下了，後面的韃子繼續往前湧，紛紛倒在甕城門口。

很快，甕城門被越堆越高的韃子屍體堵住，後面的韃子無法前進，他們無奈之下，只好放棄進攻城門，繼續攻擊城牆。

慘烈的戰鬥從早上一直持續到傍晚。夕陽西下，似血的殘陽靜靜照著這些瘋狂廝殺的人們，張家堡的城牆上下，早已是屍橫遍野，血流成河。

支撐到現在，雙方士兵都已是筋疲力竭。韃子仗著人多勢眾、身強力壯，一批倒下了，下一批又撲上來；張家堡的將士們則依靠著堅強的意志和高大堅固的城牆，苦苦支撐。城裡面，被韃子的投石機破壞慘重，大量的房屋倒塌，有的還燃燒著熊熊烈火，經久不息，好在張家堡的房屋都是石頭砌成，火勢並未蔓延。

宋芸娘一直緊緊守著蕭靖北，蕭靖北專注地射擊，她便撿起地上不知哪個士兵掉落的盾牌，一邊替蕭靖北擋著城牆下韃子射過來的利箭，一邊時刻防止有韃子從附近城牆爬上來。她畢竟是女子，此時早已力竭，只能依靠一股頑強的意志支撐著自己。

芸娘看著蕭靖北專注地射擊，只覺得心中充滿了驕傲和安定。在這戰亂時刻，生死時分，能夠守在自己心愛的人身旁，和他一起並肩作戰，這短暫的廝守竟讓她生出了幾分地久天長之感。芸娘便覺得，再怎麼樣自己也要堅持支撐下去。

這場廝殺一直持續到夜幕降臨，韃子終於有了退兵的跡象。

張家堡外響起了噹噹的鳴金收兵聲，阿魯克終於下了撤退的命令。一瞬間，正在進攻的韃子如同退潮般地急急撤退，消失在夜幕之中，只留下滿地的屍體和七零八落的武器。

蕭靖北向正在撤退的韃子射出了最後一槍，見他們已經逃出了自己的射程之外，便不甘心地放下鳥銃。

他站起身來，一直緊繃著的神經終於可以放鬆下來，他深深看著芸娘，布滿血絲的眼中充滿了深情和激動，只覺得芸娘那張俏麗柔美的臉龐怎麼也看不夠，可是片刻之後卻又有一些後怕和惱怒，語氣也有些嚴肅。「芸娘，妳怎麼會跑到城頭上來，妳知不知道這裡有多危險？」

他們兩人剛才雖然並肩戰鬥了許久，卻一直沒有機會說話，此刻蕭靖北才能宣洩心中的擔憂。

宋芸娘仍是笑嘻嘻地看著蕭靖北。「蕭大哥，和你在一起，再多的危險我都不怕。再說，又不是我一個人上來，堡裡的許多女子都來了，像錢夫人、安慧姊她們，她們都記掛著自己的相公，在家裡哪裡待得下去，就是死也要和自己的相公死在一起……」說到最後，她聲音越來越小，幾乎低到了嗓子眼裡，頭也低了下去，慢慢羞紅了臉。

蕭靖北只覺得心頭震動，湧出一股酸酸麻麻，說不清、道不明的情愫。

他看著低著頭的芸娘，見她髮絲凌亂，棉衣被割破了好幾個口子，還沾了許多血跡，心裡又心痛、又感激。他想到若不是芸娘及時趕到，自己只怕是非死即殘；若不是芸娘一直在身旁守護著，自己也無法心無旁騖地射殺韃子。他忍不住一把抓住芸娘的手，喃喃道：「芸娘，芸娘，得妻如此，夫復何求。」

宋芸娘心中一驚，她看了看身旁走來走去的士兵和軍戶們，有些羞澀地微微用力掙開，可是蕭靖北抓得牢牢的，怎麼也不肯放。

芸娘一顆心撲通撲通跳著，心中有些埋怨蕭靖北在大庭廣眾之下做出這樣親暱的行為，無奈之下，便只好用手中的盾牌擋住他們握在一起的手。

第二十章　張家堡的頑強

城牆上下，燃起了火把。燈火通明下，一些軍戶和士兵們正在尋找自己的親人，到處充滿了呼爹喊娘、或歡笑或哭泣的聲音。

王遠和嚴炳等官員站在城頭上，看著城牆上下這一幕幕至悲的人間慘劇，心中感慨萬分。他們想到，就在一日之前，躺在地上的這些小夥子們還生龍活虎、英姿勃發，現在卻毫無生氣地躺在冰冷的地上，結束了年輕的生命，永遠也不能再睜開眼睛。

王遠心情沈重，邁著遲緩的腳步慢慢走下城牆，錢夫人和一眾官員們尾隨其後，來到城下，負責管理戰備物資的葉清過來請示。

「大人，堡裡面剩下的裝備不多了，不如將這些死去將士們身上的盔甲和武器取下，還可以再次利用。」

王遠沈默了會兒，無聲地點了點頭。

於是，一小隊士兵和軍戶組成的隊伍開始去搜尋可以再次利用的武器和裝備。他們先是剝下了韃子身上的盔甲，取下了他們的武器，但開始脫死去張家堡將士們身上盔甲的時候，卻遭到了阻攔。

一位老軍戶老淚縱橫地抱著一具年輕男子的屍體，死死不肯鬆手，嘴裡不住地罵。「誰也不准碰我家大郎。」

他伸出枯枝般的手，顫抖著撫摸年輕士兵毫無生氣的臉，泣道：「大郎，大郎，你快睜開眼睛啊，你娘還在家裡等著你，她做了你最愛吃的白麵饃饃啊……」聲聲泣血，只令聽者落淚，聞者傷心。一時間，其他死去將士的親人們也紛紛緊緊抱住自己的親人號哭，悲戚的聲音在整個張家堡的上空迴盪。

一直默默站在王遠身旁的錢夫人擦了擦眼中的淚水，她緩緩走到那位悲傷的老者身旁，蹲在老者身旁，掏出手帕輕輕擦拭著死去士兵臉上的灰塵和血跡，老者停住哭泣，側頭愣愣看著她。

錢夫人輕聲道：「大爺，您家大郎是個了不起的好兒郎，他是為了保護我們張家堡才為國捐軀，我們每一個人都會感念他。只是，現在張家堡危險仍未解除，我們要將大郎穿過的這身戰袍繼續穿起來，代替他殺敵，為他報仇雪恨，才能慰藉他的在天之靈啊！」

老者沈默地看著自己的兒子，良久，他抹了抹眼淚，伸手溫柔地脫著他的盔甲，嘴裡喃喃道：「大郎啊，爹將你的盔甲脫下來，碰到你的傷口你不要怕痛。大郎，你在天有靈的話，就和你這身盔甲一起保佑下一個穿它的人勇猛殺敵，為你報仇！」在他的帶動下，其他的軍戶們也一邊低低哭著，一邊脫著自己親人的盔甲。

王遠也走到錢夫人身旁，他接過老者遞給自己的盔甲，肅然道：「大爺，您放心，我一定會將這身盔甲穿在我們張家堡最勇猛的將士身上，讓他給您的兒子報仇雪恨！」

一時間，熊熊燃燒的仇恨之火代替了哀哀欲絕的悲傷之情，軍戶們紛紛抱著脫下的盔甲站起來，臉上充滿了憤恨之意，全身充滿了鬥志和力量。

王遠舉臂高呼。「守衛張家堡，為將士們報仇！」

「報仇！」

高昂的聲音響徹天際，將士和軍戶們都一改疲憊和哀傷，重新拾回了鬥志。

王遠滿意地點了點頭，見軍戶們各自去忙碌著打掃戰場，便感激地對錢夫人說：「此次危機，感謝夫人及時帶人過來援助，否則，後果真的不堪設想。」

錢夫人微微笑了。「能為老爺解難排憂本就是妾身分內之事，當年妾身待嫁之時，也在家中隨父兄習得一些拳腳功夫，能隨男兒一同上陣殺敵一直是妾身的心願。」

王遠愣愣看了一會兒錢夫人，見她談笑間神采飛揚，英氣勃勃，哪有半點平時久居內宅的鬱鬱之色。他笑了笑，愧疚道：「想不到夫人雖是女子，胸中卻自有大丘壑，平時為內宅瑣事所累，倒是埋沒了妳這份豪氣和抱負。」

錢夫人大氣地笑了笑。

「誰說女子就只能依附於男子？您看看今天這些女子的表現，她們要麼與妾身一樣，幼時隨父兄習了一身武藝，要麼常年在田間地頭耕作，身手敏捷，今日她們上陣與男子拚殺，倒不遜於男子。」

錢夫人說罷眼神一亮。

「古有花木蘭從軍，穆桂英掛帥，如今張家堡作戰人手不夠，我們乾脆也組建一支娘子軍。老爺，您看如何？」

王遠不覺對這個早已不受自己寵愛的女子肅然起敬。

張家堡危機來臨之時，她送走了四個小妾，自己卻選擇留下，王遠本就被她感動了一次，此刻更是又敬又愧，他盯著錢夫人看了一會兒，露出溫柔的笑意。「如此就有勞夫人了，既然是娘子軍，自然就需要一名女將來率領啊！」

王遠和錢夫人慢慢商量著，在他們身旁，軍戶們有條不紊地忙碌著，有的收拾凌亂的戰場，有的護送傷員。儘管此時寒氣逼人，他們也已經又累又餓，但是還是支撐著疲憊的身體邁著沈重的步伐，畢竟，相比那些躺在地上已經永遠不能動彈的士兵來說，他們已經幸運了很多。

夜風送來誘人的飯菜香味，帶著一股暖意和人煙的氣息。火頭軍此刻已經做好了飯菜，熱氣騰騰，香味繚繞，讓每一個身心疲憊的人一下子放鬆，只想快些離開這冰冷殘酷的戰場，回到溫暖舒適的家。

王遠命眾將士暫時歇息一下，大家便放下手裡的活，按各自的隊伍排好，有次序地向廚房處走去。

「喲，萬總旗，不好意思，今日沒想到會多出這麼多人吃飯，煮的飯不夠，這一鍋剛剛盛完，下一鍋還要兩刻鐘左右才好。」負責廚房的火頭軍抱歉地對著萬總旗笑著。

萬總旗看了看自己身後的一幫弟兄，吞了吞口水，不在意地說：「沒關係，咱們就再等一會兒。」

那火頭軍忙討好地笑著。「那我再多炒兩道菜。我這兒還有點酒，您今日也辛苦了，待會兒，我叫上幾個弟兄，咱們喝兩口？」

萬總旗呵呵笑著，拍了拍火頭軍的肩膀，帶著一幫弟兄靠著城牆等候。

百無聊賴地等了一會兒，萬總旗突然道：「他娘的，方才幹活的時候還不覺得餓，現在停下來，看著別人吃，還越發餓得厲害。」

他想了想，便去請示余百戶。「余大人，我們乾等也是無聊，我想著甕城門今日已被韃子攻破，裡面堆了許多韃子屍體，不如我帶一些弟兄去甕城清理一下，將城門關上，順便再帶一些韃子的盔甲和武器回來？要不了多少工夫，回來正好趕上第二鍋飯。」

余百戶也很是贊成，便去請示王遠。

王遠正在與錢夫人討論組建娘子軍的事宜，聞言皺了皺眉，想了想，道：「出城門也可以，不過只能在甕城裡面，要快去快回，千萬不要出甕城門。」余百戶領命回來，萬總旗便選了十幾個精神狀態好一些的士兵，其中包括蕭靖北。

蕭靖北接到了萬總旗的命令，他看向一直陪在他身旁的宋芸娘，捏了捏她的手，柔聲道：「芸娘，我現在要和弟兄們去甕城收拾一下，妳今日也累一天了，先回家去吧，免得妳父親他們擔心。」

芸娘不捨地看著蕭靖北，點點頭。「那我先去看看義父和荀哥兒再回去。蕭大哥，你自己務必要萬事小心，我們在家裡等你回來。」

蕭靖北對芸娘微微點了點頭，眼神堅定，似乎能給人無限安心的力量。

芸娘離去後，蕭靖北隨著萬總旗等人一起向城門走去，剛走了幾步，突然聽到王遠在喊自己。「蕭小旗，你過來一下。」

蕭靖北看向萬總旗，萬總旗不在意地笑笑。「行啊，你小子都成了王大人眼前的紅人啦！」

蕭靖北神色有些尷尬，萬總旗便擺擺手。「去吧，去吧，別讓王大人久等了。等著我回來，咱們哥幾個一起喝幾杯。」

萬總旗帶著士兵們出了城門，蕭靖北則來到王遠身前。

王遠看到蕭靖北，露出了笑意。「蕭小旗，方才我和夫人聊起了組建娘子軍的事情。我想，女子雖然氣力不足，但是大多沈得住氣，靜得下心，不如選一些優秀的擔任鳥銃手，發揮她們的長處，你看可行嗎？」

蕭靖北雖然有些詫異，但即刻便認可了王遠的想法，回道：「大人的想法極好，只是眼下是來不及了，還得待擊退韃子後再精心選人，悉心操練才行。」

「你就是蕭靖北？」突然，一旁的錢夫人饒有興致地看著蕭靖北，淡笑著開口。

蕭靖北一愣，忙拱手行禮。「在下蕭靖北，見過錢夫人。」

錢夫人笑道：「蕭小旗，你和那宋娘子郎才女貌，十分般配，不知你們的親事訂在何時？」

蕭靖北想了想，道：「就在一個多月之後。」

錢夫人還未開口，王遠卻大喝一聲。「好！這日子選得好！到時候，趕走了韃子，就辦你的喜事，咱們張家堡也好好熱鬧熱鬧，去去晦氣。」

三個人又聊了幾句組建娘子軍和訓練鳥銃手的事情，正說得興起，突然，城門外穿來嘶喊的聲音，隨即，守城門的士兵大喊。「不好，外面有韃子埋伏，萬總旗他們被纏住了。」

蕭靖北大驚，快步向城門跑去，已聽見王遠在大喊。「快，關城門。」

蕭靖北剛跑到門口，門已經緊緊合上。

隔著一扇重重的城門，他聽到外面的打鬥和嘶喊聲，似乎可以看到曾經和他一起站崗、一起說笑、一起戰鬥的那幫弟兄們此刻正無助地與韃子廝殺；他們為張家堡戰鬥了許久，此刻也是為著張家堡出城清理甕城，可是現在卻被張家堡殘忍地關在門外，陷入了不可知的絕境。

這時，王遠也來到了城門，蕭靖北忍不住厲聲問：「大人，為何要關城門，萬總旗他們還在外面，您讓我率一些弟兄去救他們吧。」

王遠搖了搖頭，面上浮現一絲不忍，良久，才道：「韃子既然留有埋伏，肯定不會只有幾十個人，說不定我們一旦打開城門，就會有大量的韃子湧進來。可恨的韃子，竟是如此的狡詐，說來說去，還是我們太大意了啊……」

蕭靖北雙手緊緊攥成拳頭，死死盯住關得緊緊的城門，一股深深的悲哀和無力感湧上心頭，不知不覺間，眼角漸漸濕潤。

這時，城牆上守衛的士兵跑下來對王遠報告。「大人，發現城牆外還有不小的動靜，潛伏在外的韃子似乎人數不少。」

王遠一驚，立即命令所有士兵和軍戶們上城牆作戰，好在大多數人都已經吃飽喝足，稍事休息後恢復了些許體力，便紛紛奔上城頭，開始新一輪的戰鬥。

宋芸娘剛剛從柳大夫和荀哥兒所待的小院裡出來，小院裡的傷員比之前看到的多了數倍，已經擠得滿滿的，幾乎連落腳的地方都沒有。

芸娘見柳大夫和荀哥兒兩人都忙得團團轉，雖然神色疲憊，但精神狀態尚好，她不好久待，便囑咐了荀哥兒幾句，轉身出了小院。

一出院門，便聽到城門處鬧哄哄的，芸娘心中一驚，拔腿向城門跑去，臨近城門，聽得城頭上方又響起了火銃聲。莫非韃子又開始進攻了？芸娘心中一驚，她忙攔住匆忙經過身邊的一名士兵。「這位兵大哥，請問怎麼又打起來了？」

士兵匆忙答道：「外面還有韃子沒有撤退。」

宋芸娘大驚失色。「那剛才出城門的一小隊士兵回來了沒有？」

這位士兵搖了搖頭，語帶悲聲。「回不來了，一出城門就遇上了埋伏在外的韃子，只怕現在已經都不在了。」

宋芸娘只覺得晴天霹靂，她打了個踉蹌，猛地往後退了幾步，剛好退到城牆邊上，靠著堅固城牆的支撐才不至於癱軟在地。

她一陣頭暈目眩，心中好似被生生挖走了一大片，既空又痛，簡直不敢相信，方才和蕭靖北最後的分手竟然已經成了死別。她想到蕭靖北看著自己的最後那一眼，眼中充滿了無限的柔情和愛意，似乎可以融化最堅硬的冰山，滋潤最貧瘠的土壤……芸娘慢慢滑落著蹲在地上，她抱著雙腿，無聲地痛哭起來。

她突然想到，蕭靖北不會這麼快就離開自己，她一定要去救他。頓時，她只覺得黑夜中閃現了一絲亮光，芸娘站起來，拔腿就向城門跑去。跑到城門口，卻絕望地看見城門已經緊緊關閉，芸娘衝上去瘋狂的拍門，嘴裡不斷哭喊著。「開門，開門，我要去救蕭大哥！」

守門的士兵含淚攔住了她。「這位娘子，請節哀。」

宋芸娘悲哀地看著他，眼中一片空洞，喃喃道：「你們為什麼要關門？為什麼要關門？」她突然用力捶起了這位士兵，大聲罵道：「為什麼見死不救？為什麼？」

士兵手忙腳亂地安撫她，突然，傳來一聲清亮的聲音。「宋娘子，妳怎麼還在這裡？」

宋芸娘側頭看去，卻見錢夫人一臉關切地看著她。宋芸娘心中一痛，忍不住悲聲道：「蕭大哥在外面，我要去救他。」

錢夫人愣了愣，卻省悟了過來，她忙安慰芸娘。「宋娘子，蕭小旗方才並未出城門，此刻他正在城頭上防守。」

「真的？」宋芸娘半信半疑地看著錢夫人。

錢夫人鄭重地點了點頭，芸娘心頭一鬆，身子便往下一軟，一旁的士兵忙攙扶住她。

「這位娘子，妳那蕭大哥剛才沒有出去真的是大幸事，妳就安心等他下來吧。」

宋芸娘面色一紅，她忙謝過了錢夫人，又對剛才被自己責罵和捶打的士兵再三道歉。

這兩人都不在意地笑了笑。芸娘便想上城牆去尋蕭靖北，錢夫人明白她的想法，忙勸道：「宋娘子，現在不比白天，外面的韃子並沒有那般多，就讓他們男人去應付吧，我們女人偶爾也要躲在他們後面，享受他們的保護啊！」

說罷握住芸娘的手緊緊按了按，似乎在給她信心和勇氣，芸娘不好意思地笑了笑，和錢夫人一起站在城門處等著。

她聽著城門外的慘叫聲，想到雖然蕭靖北沒有出城，但他那幫兄弟卻一去不復返，剛剛輕鬆的心情又沈重下來。

阿魯克下令撤退時，留下一部分人負責觀察張家堡的動靜，方才見有人出了城門，這些人便想乘機攻進來。

誰知萬總旗他們警覺，發現得早，王遠又及時下令緊閉城門，此刻，他們見攻進城門無望，便抽身撤退，只可惜萬總旗帶領的那十幾名士兵卻永遠地留在了城門之外。

韃子撤退後，有了萬總旗他們的前車之鑑，王遠再也不敢放任何人出城門。

和萬總旗相熟的將士們含淚登上城牆，望著城下黑漆漆的一片，除了呼嘯的風聲，再無其他的聲響，他們知道萬總旗和那十幾名士兵已沒有生還的希望。

火頭軍端著燒好的飯菜，肅穆地站在城牆上，顫抖著道：「萬總旗，十幾個弟兄們，飯菜做好了，還有點酒，讓你們等久了，你們吃飽喝足了再上路吧！」

說罷，將飯菜連著一壺酒慢慢灑下城牆。眾將士都肅立在他身旁，望著暗黑的沈沈夜幕，仇恨的怒火在胸中熊熊燃燒。

天空一片灰白，鵝毛般的大雪在空中飄揚，籠罩了整個張家堡。

入冬以來的第一場雪昨夜突然降臨，紛紛揚揚了一個晚上，張家堡外那一片凌亂的戰場、布滿屍體和殘肢的原野，堡內被摧毀得七零八落的房屋、燒得焦黑的斷壁殘垣，都覆蓋了一層厚厚的潔白的雪，軍堡內外一片白茫茫。

離張家堡不遠處的一座帳篷裡，阿魯克呆呆地坐著，望著門簾外面漫天飄揚的大雪，突地猛然起身，將身前的小桌子一腳踢翻。他衝到門外，望著被皚皚白雪覆蓋的張家堡城牆，面色陰沈無比。

張家堡已經被阿魯克的軍隊圍了半個多月。

這半個多月裡，阿魯克向張家堡發動了無數次的進攻，有大規模的圍攻，也有小隊人馬的突襲，可是張家堡的城牆猶如銅牆鐵壁，始終捍衛在那裡，屹立不搖。透過這一場場始終無法戰勝的戰爭，阿魯克不得不承認，保護著張家堡的，除了那無法攀越的高大城牆，似乎還有天意。

阿魯克曾經試過強攻。

他讓所有的士兵日夜不休地撲上去壓著張家堡打，可是始終無法攀上張家堡的城牆。他不明白這小小的軍堡為何會有源源不斷的士兵走上城牆防守，他們的火炮和火銃更是威力強大，給自己的軍隊造成了極大的損傷。

阿魯克也曾經試過巧奪。

他嘗試鑽地，企圖挖地道深入張家堡內部，過去他們曾經用這一招攻下了無數的城堡；可是，挖到半途，卻發現張家堡地下到處是堅硬的巨石，無法繼續前進。

他也試過引水，可是好不容易將河道挖到了張家堡前，卻天降奇寒，飲馬河一夜結冰，又一次功虧一簣。

最近幾日，更是怪事連連。攻城的時候，好端端的楯車和投石機居然突然散了架。前幾日，阿魯克見張家堡久攻不下，便孤注一擲，將所有的士兵全部派出去攻城，可是後方突然無故失火，好幾個裝物資的帳篷被燒，搞得軍心大亂，無心攻城。

昨天，隨軍出行的祭師驚慌失措地稟報阿魯克，他供在帳篷裡的，他們至高無上的地神——納赤該的神像，居然流出了血淚。祭師說，這是神的旨意，要他們放棄繼續攻打張家堡，否則傷亡會更加慘重。

阿魯克自是不會相信，可是，昨晚這一場大雪卻令他不得不正視祭師的話。天氣惡劣，又失去了糧草，夜裡更有幾個帳篷被大雪壓塌，他的軍隊只怕無法繼續支撐下去了。

他盯著張家堡高大的城牆，一口鋼牙幾乎要咬碎，他偏偏就不信什麼天意！

阿魯克召集了所有的將士，他掏出了長刀，厲聲道：「我們帶來的糧食不夠了，無法支撐我們回去，我們需要的一切都在眼前的那個軍堡，裡面有無盡的美食和美酒，還有無數的美女。你們是韃靼最勇猛的戰士，偉大的納赤該神保衛我們戰無不勝，今日，我們一定要將這小小的軍堡拿下！」

張家堡的城牆上，蕭靖北靜靜站立，雪花紛紛揚揚飄落到他身上，很快落滿了他的頭盔和披風，好似披上了一層銀甲一般。蕭靖北望著這一望無垠的大雪，內心輕鬆而平靜。他知道，這一場大雪加重了韃子攻城的難度，說不定會讓他們心生退意。

半個月前，蕭靖北頂替了萬總旗的位置，晉升為總旗，負責城門的防守。因韃子的攻擊幾乎沒有停歇，為了應付他們的日夜進攻，蕭靖北將守城門的士兵分成了日夜兩班，輪流防守，以便他們始終保持清醒和體力。他自己則是一直守在最危險、韃子攻勢最密集的城頭，除了在城門下的休息室略略歇息，一次都未回過近在咫尺的宋家。

半個多月裡，除了守城的將士頑強抵抗，張家堡的全體軍民也是齊齊上陣，儘管人員傷亡慘重，但好歹擋住了韃子的攻擊。

前幾日剛剛結束了一場慘烈的戰爭。當時，韃子壓著張家堡打了許久，張家堡的軍民體力耗盡，幾乎快無法繼續支持，暮色降臨時分，張家堡外突然冒起了滾滾濃煙，看其方位，正是韃子帳篷駐紮之地。韃子見後方失火，無心戀戰，便匆匆撤退，這幾日也沒有什麼動靜，給了張家堡暫時喘息的機會。

這段時間，張家堡遭到了韃子投石機的重創，損失慘重。宋家損失了雜物間和半邊廚房，許家倒塌了西廂房，最慘的是柳大夫家，不幸被火彈擊中，燒了個精光。萬幸的是，他們幾家並沒有人員傷亡。

每當韃子開始攻城，堡內居民便如驚弓之鳥，迅速躲進地窖，一直到徹底安靜才會出來。宋家和許家的地窖裡都鋪了厚厚的稻草和被褥，旁邊堆放了乾糧和清水，已然成為了第二個家。

這段時日，張家堡的娘子軍組建完成，王遠讓堡內的女子自主報名，錢夫人從中選了五十五名身手敏捷、有武功基礎的女子。宋芸娘和許安慧都積極報名，並成功地被選入。錢夫人參照正規軍隊的編制，將女子軍編成了五個小隊，任命了五個小旗，錢夫人自己則擔任起總旗的角色。宋芸娘很幸運地被編入許安慧任小旗的那一支隊伍。

這支女兵隊伍在抗擊韃子的進攻時，堅韌頑強，又謹慎心細，並不遜於男子。只是宋芸娘有了隊伍的約束，倒是不能再像當初一樣可以自行找到蕭靖北陪他一起戰鬥，而是要聽從錢夫人統一的調度和安排。兩人雖然都在城牆上作戰，但見面的機會卻是極少，當日那一次的並肩作戰竟成了唯一的一次。

今日，錢夫人見昨晚這一場大雪，想著韃子這幾日應該不會貿然進攻，命女兵們輪流休息，宋芸娘便留在了家中。

此時，宋芸娘和王姨娘、田氏在許家的廚房裡忙活著，準備著烙餅和饅頭等乾糧。宋家的廚房已毀，幸好許家的廚房還完好無缺；田氏在柳大夫家被燒之時及時逃了出來，現在也搬到了許家。

小孩子們倒是感受不到這些大人的苦痛，他們快快樂樂地享受著這入冬以來的第一場大雪帶來的驚喜和刺激。荀哥兒和鈺哥兒正在院子裡堆雪人，打雪仗，他們穿著厚厚的棉襖，像兩顆小滾球在院子裡奔跑，撒下歡聲一片，給這戰爭中沈寂的小院增添了幾許生機和活力。

柳大夫自開戰後便留在城門處的小院救治傷員，從未回過家。荀哥兒也隨他一起在外住了十幾日，昨日柳大夫見傷員大多已經穩定，想著這幾日無事，便放荀哥兒回來休息一、兩日。

今日早晨，荀哥兒起床看見了滿地的大雪，又恢復了他孩童的天性，拉著鈺哥兒在院子裡玩雪。

他們堆了一個大大的雪人，憨狀可掬，它有著黑炭做眼睛，紅蘿蔔做鼻子，破竹筐做帽子，還斜插了兩把破掃帚做手臂，傻呆呆地立在院子裡，連這幾日愁容滿面的大人們看到了這可愛的大雪人，也忍俊不禁地露出了笑意。

荀哥兒和鈺哥兒堆完了雪人，又拿著竹竿去敲掛在屋簷下的冰凌，這些冰凌像一把把清澈透明的利劍，發出耀眼的光芒。

荀哥兒舉著竹竿用力敲著那根最大最粗的冰凌，鈺哥兒捧著一個簸箕，在下面小心地接著，兩個小臉蛋凍得紅撲撲的，大大的眼睛裡滿是期盼之色。

宋芸娘剛剛從廚房裡出來，便看到大冰凌已被荀哥兒敲斷，「刷」地一下掉落，沒有落到鈺哥兒手裡的簸箕裡，卻擦著他的頭落到地上，鑽進雪裡，扎出一個深深的洞。

鈺哥兒嚇懵了，半張著嘴要哭不哭，荀哥兒忙彎腰安慰他，宋芸娘瞪了他一眼。「帶鈺哥兒去玩點安全的遊戲，小心別傷著了人。」

荀哥兒吐了吐舌頭，拉著鈺哥兒跑了。芸娘若有所思地看著深深扎進雪裡的冰凌，眼睛一亮。她想到這半個月來，張家堡用於砸敵人的滾石、檑木和石灰之類的物質都快耗盡，因萬總旗的前車之鑑，也沒有人敢去城門外尋找，這場大雪卻送來了新的物資。

北方天氣冷，冰雪難以融化，芸娘想，明日歸隊後就向錢夫人建議，多準備些雪球和冰塊，到時應該可以代替滾石和檑木。

正午時分，風勢稍減，雪勢也減緩了許多。晶瑩的雪花在空中柔美的飛旋、飄舞，最後溫柔地落在屋簷上、小巷裡，街頭巷尾，到處是一片晶瑩潔白的世界，幽靜而安謐。

張家堡一些幸運未被摧毀的廚房裡燃起了炊煙，裊裊升向天空，和漫天飛舞的雪花在空中裊繞糾纏，為雪中的張家堡增加了幾分仙境般的美麗和妖嬈。

所有人都認為今日這般大雪，韃子絕對不會攻擊。他們不願再躲在地窖裡啃著乾冷的炊餅和饅頭，便紛紛走進廚房，生起了旺旺的灶火。鍋裡熱氣騰騰，煙霧繚繞，人們滿懷期盼地守在一旁，準備吃上一頓輕輕鬆鬆、熱熱呼呼的飽飯。

許家的廚房裡，宋芸娘煮了一大鍋熱騰騰的野菜粥，蒸了十幾個大饅頭，又炒了幾道小菜，廚房裡暖意融融。張氏他們便乾脆在裡面支了一張小桌子，一群人圍在桌旁，或坐或蹲或站，一邊烤著旺旺的爐火，一邊說說笑笑地吃著。

芸娘剛剛忙完，她端著碗，用筷子插了一個饅頭送到嘴邊，還沒有來得及咬下，只聽到「轟——」的一聲巨響，大地隨之震動了幾下，屋頂上的雪花撲簌簌地往下落。

長達半個多月的轟炸之後，這種動靜對張家堡裡的人們來說已是家常便飯，宋思年等人已經不再慌亂，他們從容自若地放下手裡的碗，準備下到地窖躲藏。

張氏、李氏、蕭靖嫻、王姨娘和鈺哥兒躲進了許家的地窖，宋芸娘將地窖門關好，上面略略鋪上些雪，稍作掩蓋，又急忙同宋思年他們一起回到了宋家。

宋思年和田氏下了地窖後，急切地招手，要宋芸娘和荀哥兒快些進地窖。

芸娘和荀哥兒笑著婉拒了父親，宋思年看著這一對兒女，感慨萬分，他嘴唇翕動了半天，最後只能吐出一句話。「你們萬事小心！」

宋芸娘合上地窖門，回房換上盔甲，帶上大刀，帶著荀哥兒走到門口，剛剛推開院門，只覺得頭頂一陣勁風襲來，帶著逼人的寒意，還沒有反應過來，卻見一個巨大的雪球猛地砸到院子裡，將那個雪人壓得粉碎。

荀哥兒看著那巨大的雪堆，目瞪口呆，有些不捨自己辛辛苦苦堆起來的雪人居然不幸中招。

芸娘愣了愣，卻笑著搖了搖頭，看來這韃子倒和她想到一處去了，都懂得就地取材。

宋芸娘帶著荀哥兒深一腳、淺一腳，踏著積雪趕到城牆下時，許多士兵和軍戶們都已趕到，城牆下厚厚的積雪已被他們踩得一片泥濘。他們經過了這麼多場大大小小的戰爭，此刻都有條不紊地奔赴自己的位置。

一群群士兵中，身手矯捷的女兵們格外醒目。芸娘一眼看到了一身戎裝的許安慧，只見她站在最顯眼之處，正和一旁的鄭仲寧在急切地說著什麼。芸娘眼睛一亮，她和荀哥兒略略囑咐了幾句，便快步向他們跑去，荀哥兒也告別了芸娘，跑向醫治傷員的小院。

張家堡外的韃子此次來勢洶洶，帶著必勝的壓力和決心。阿魯克已經沒有退路，唯有進攻、進攻、再進攻，決意不惜一切代價攻下張家堡。

張家堡內，城牆下的休息室裡，王遠有些焦頭爛額。張家堡畢竟只是小軍堡，在沒有援兵的情況下，被兵強馬壯、人數眾多的韃子軍隊壓著打了這麼半個多月，雖然還不至於糧絕，但已有些彈盡。

鳥銃的彈藥早已耗盡，火炮的炮彈也所剩不多，蕭靖北的鳥銃隊只能放下鳥銃，重新拿起弓箭，可是就連箭矢也即將耗盡。

最關鍵的是，張家堡的人員傷亡慘重，此時真正能夠作戰的已經不足六百人，連阻止韃子登城的滾石、檑木也即將耗光。

雖然就在一牆之隔的城外，散落了許多射出去的箭矢，還有大量的滾石、檑木，可是如今又有誰敢貿然出城門去搜尋。幸好城牆裡面也有許多韃子射入的箭矢，王遠便命人將這些箭矢收集起來，再重新射向城外的韃子。

這一場廝殺又是打了個天昏地暗，張家堡苦於武器匱乏，有些難以支撐。

好在這些日子，王遠見夜晚天氣寒冷，便每晚令士兵在城牆上潑水，城牆上結了一層冰，增加了韃子攀爬城牆的難度。昨晚這一場大雪後，城牆上的冰越發堅硬和光滑，一些韃子在爬雲梯的時候，無法在城牆上施力，再加上守城的士兵不斷地往下砸雪球，韃子再凶猛強悍，一時倒也難以登上城牆。

火炮射出了最後僅有的幾個炮彈，炮彈手看著空空的炮筒發呆，不知接下來該怎麼辦。蕭靖北和弓箭手們將箭一支一支射向城外的韃子，看著箭筒裡越來越少的箭矢，心急如焚，偏偏越急越射不準。

宋芸娘她們這些女兵們與一些軍戶中選出的輔兵們一起，負責守在城頭上，擋住韃子登牆，他們一邊用撐桿推開韃子的雲梯，一邊就地取材，滾了許多大雪球，代替巨石砸向韃子，打得韃子暫時還不能登上城頭。可是她們畢竟是女子，體力早已不支，雖然兀自強撐，但隨時都有可能倒下。

突然，有個女兵一時乏力，未能將登上雲梯的韃子推下去，卻被他爬上來一刀斃命。這個韃子登城後，又有好幾個韃子跟隨其後爬上了城牆，一時間，城頭上大亂，眼看著還有更多的韃子即將登上城牆，張家堡岌岌可危。

王遠、錢夫人還有一眾官員也已經登上城牆，紛紛加入與韃子的廝殺。

王遠頭髮凌亂，臉上已被割破了一道血口，一邊砍殺，一邊放聲大吼。

「城在人在，城亡人亡，弟兄們，和韃子拚啦！」

在他的帶動之下，本已力竭的將士們紛紛振奮精神，抱著必死的決心，勢必要攔住韃子奪城。

正在危急之時，遠方傳來隱隱的馬蹄聲，聲音越來越近，越來越響，如悶雷，如擂鼓，擊打在人們的心上。

卻見東南方向，有大批的人馬向著張家堡疾馳而來，帶著凌人的氣勢、震天的吼聲，馬蹄下積雪飛揚，濺起一片瓊花碎玉。

軍隊越來越近，隱隱看到隊伍前頭，一面巨大的軍旗迎風飄揚，軍旗上，一個大大的「周」字分外清晰。

「是周將軍，周將軍的隊伍來救咱們啦！」

不知是誰高喊了一聲，一時間，張家堡的將士們精神大振，掄起大刀就向韃子砍去。

阿魯克已經看到了張家堡的援軍即將到來，他心中再多的不甘，也只能化為一聲嘆息，不得不下令撤退。

收兵的號角和鑼鼓聲在張家堡原野上響起，登上城頭的韃子們一時亂了陣腳，慌亂中，不是被守軍們砍中，就是跌下城牆，將積雪砸出一個大坑。城下的韃子也調轉馬頭，向著西北方向潰逃。

第二十一章 周將軍的援軍

韃子撤退得快，援軍們到得更快。

周將軍的游擊軍雖然只有三千人，但個個高大威猛、身手矯捷，以一當十。他們不但武功高強、箭法精準，馬上功夫也很是了得，此時呼嘯而來，如排山倒海一般，帶著銳不可當的氣勢，衝著阿魯克的軍隊直襲而去。

衝在最前面的那支騎兵隊伍速度奇快，好似一把尖銳的匕首插入韃子軍隊之中，匕首的最尖、最鋒利處，一名年輕的武將身騎一匹棗紅色馬，好似一道閃電，勇猛無畏地衝入了韃子的陣營。

他身著銀色盔帽、盔甲，盔帽上的紅纓隨著他矯捷的身手、迅猛的攻勢在風中劇烈地飄舞抖動，好像皚皚白雪中燃燒著的一團熊熊烈火。只見他手持一把長槍，一撥一挑，就將兩名韃子斬落馬下，在他的帶動下，其他的騎兵也紛紛衝入敵軍，猛烈的攻勢殺得韃子越發亂了陣腳。

在周正棋游擊軍的追趕下，早已鬥志全無的阿魯克軍隊越發一路丟盔棄甲，潰不成軍。

張家堡的城頭之上，王遠目瞪口呆地看著猶如天兵、天將突然降臨的援軍，看著他們勇猛地追趕韃子，愣了半晌，突然大喝一聲。「弟兄們，開城門，咱們也出城殺韃子去！他娘的，被韃子壓著打了這麼多天，老子們也要壓著他們打一打，出出這口鳥氣，揚眉吐氣一番。」

緊緊關閉了大半個月的張家堡城門終於打開，一部分士兵衝出去收拾甕城裡堆積如山的屍體和滾石、檑木。

甕城裡一片狼藉，城門已被撞爛，地上到處都是屍體和巨石、巨木。士兵們找到了萬總旗和那十幾個士兵的屍體，含著眼淚將他們小心翼翼地抬到了城牆一側，整齊地擺放在一起。

蕭靖北站在他們身前，靜靜看著曾經一起戰鬥過的弟兄們，一層霧氣朦朧了他的眼睛。因天氣寒冷，這些士兵早已凍得僵硬，儘管過了半個月的時間，卻還保持著死前最後一刻的表情，或者恐懼，或者猙獰，可以想見他們臨死前戰況的慘烈。

萬總旗身上插了一把匕首，兩支羽箭，還有幾處深深的刀口。他怒目圓瞪，這是他平日最慣常的表情，不論是呵斥士兵，還是怒視敵人。蕭靖北想到自己平日有些煩這萬總旗老是吹鬍子瞪眼，可是以後卻是再也見不到了……他蹲下身子，伸手輕輕合上萬總旗死不瞑目的雙眼。

王遠也走了過來，他深嘆一口氣，問道：「萬總旗家中還有何人？」

一旁的余百戶上前道：「回大人，萬總旗家中只有一子一女，女兒大概十幾歲，兒子大概只有五、六歲。」

王遠愣了愣。「他家沒有其他人了嗎？他娘子呢？」

余百戶語氣有些哀傷。「他娘子當年生兒子的時候難產死去了，他一個大男人，這幾年又當爹、又當娘，也一直未續弦。」

王遠沈默了半晌，低沈道：「這些死去的將士們，他們的家眷我們一定要好好安置，不能讓他們白白為國捐軀。過幾日，我就報請上級，除了所有立下功勞的將士們要論功行賞，這些為國捐軀的將士們也要按功績進行追封，撫恤金更是不能少。」

一旁的將士們都肅立一側，默然不語。

甕城的一角，徐文軒一邊埋頭清理著地上的斷木、碎石，一邊淚流滿面。這半個多月來，他靠著躲、推、藏，成功地逃脫了一次次危機，得以保命。

他想起萬總旗出事那一晚，自己用拉肚子的藉口逃脫，當時萬總旗了然地笑了笑，不在意地拍著自己的肩，粗聲罵道：「臭小子，真是懶驢上磨屎尿多，快去快去。」他又想到，這萬總旗雖然脾氣粗魯，性格粗暴，但對自己十分關照；雖然有收了徐富貴禮品的原因，但他對自己的諸多包容和恩惠，又豈是那小小的禮品可以交換得了的。

徐文軒一邊幹活一邊傾聽王遠他們談話，當他聽到萬總旗家中還有兩個未成年的兒女時，便在心中暗下決心，一定要對他們多加關照，以報答萬總旗的恩情。

士兵們花了一、兩個時辰才將甕城清理乾淨，此時，張家堡外，不論是韃子，還是周將軍的游擊軍，都早已不見蹤影，只留下布滿了曠野的馬蹄印，王遠大人想追出去壓著韃子打的雄心壯志到底未能實現。

出了甕城門，張家堡外更是一片煉獄般的場景。潔白的積雪早已踏成一片泥濘，被積雪覆蓋的屍體和殘肢斷臂都露了出來，散落滿地。城牆外的壕溝裡，還有幾個剛剛從城頭跌落、尚未死去的韃子在苟延殘喘，他們一邊哀號，一邊痛苦地扭動著身體，身上的鮮血將周圍的積雪染成了紅色。

老天爺似乎也不忍看著這殘忍可怖的一面，一時間，寒風呼嘯，鵝毛般的大雪紛紛揚揚落下，似乎要將這醜陋的景象再次遮蓋住。

周正棋的游擊軍追著阿魯克的軍隊打了許久，直到將他們遠遠趕出了邊境，這才調轉馬頭，向著張家堡而來。

此時已經臨近傍晚，王遠和一眾官員已在城牆下的休息室裡等候多時。聽到守城士兵報告已看到周將軍的軍隊出現在遠方，王遠便急忙帶著官員們站在城門口，望著西北方向，翹首盼望。一會兒，隨著馬蹄聲越來越近、越來越響，周將軍的軍隊已經回轉，轉眼間已到了張家堡的城門口。

這三千多人的隊伍整齊地排列在張家堡門外，軍容整肅，身形挺拔，連他們身下的戰馬也訓練得十分服帖，此時都靜靜地立在雪地裡，十分安靜。

王遠滿臉含笑，帶著一眾官員們急切地上前迎接。只見隊伍的正前方，一名四十多歲的中年男子騎著一匹通體黑色，四蹄白色的烏雲踏雪馬，身披將軍盔甲，正是游擊將軍周正棋。

王遠在靖邊城的守備府見過周正棋數次，兩人雖然相識，卻無深交。此刻，王遠對解救張家堡於危難之中的周正棋十分欽佩和感激，他恭敬地上前行禮，朗聲道：「多謝周將軍及時趕到，救我們張家堡軍民於水火之中。」

周正棋早已翻身下馬，他身材高大魁梧，五官端正，一雙眼睛炯炯有神。常年的邊境征戰，在他的面上刻滿了風霜的印記，不怒自威，此刻看到王遠卻露出了幾分讚賞的笑意。

「王大人真是不簡單啊，竟然能將阿魯克的一萬精兵擋在城外，還守了大半個月。」他面露感慨之色。「我們雖然早就收到張家堡被圍的軍報，但苦於被韃子的大批軍隊拖在定邊城，一直無法分身，幸好從京城裡的神機營派來了一支火器隊，帶來了新研發的鳥銃和火炮，打得韃子們屁滾尿流，我們這才騰出身來援救張家堡。」

王遠愣了愣，轉瞬笑道：「如此說來，我們這次都是依靠了火器的威力啊。說實話，要不是那兩門火炮和幾十桿鳥銃，我們張家堡也難以支撐到你們前來援救啊。」

周將軍聞言有些吃驚。「怎麼你們堡裡還有鳥銃手嗎？我聽說幾個軍堡都沒有鳥銃手，新分來的鳥銃都成了擺設。」

王遠得意地笑了笑。「本來也是沒有的，不過我們已經在半個月裡組建起了鳥銃隊，下一步，還打算建立女子鳥銃隊呢！」

「哦？」周將軍饒有興致地看著王遠。「王大人，此話怎講？」

王遠看著越來越昏暗的天空，笑道：「周將軍，此時天色已經不早，還請進堡，我們慢慢聊。我已為將士們備下薄酒，還請將士們進堡，稍事歇息。」

周將軍見此時天色已晚，又是大雪紛飛，若貿然回兵營只怕路上多風險。此刻見王遠盛情，又好奇張家堡如何能守住城堡，便帶領十幾個將領進了張家堡，其餘士兵則留在城外，就地紮營，埋鍋造飯。

聽聞要在張家堡留宿一晚，一名年輕的小將面露喜色，雙眼綻放出激動的光芒。

傍晚時分，隨著寒風漸起，雪花又開始紛紛揚揚落下。

防守府裡，則是燈火通明，熱鬧非凡。高大堅固的防守府因處在張家堡的正中心，韃子的投石機無論從哪個方向都無法射到，因此還十分完好。此時，王遠在寬敞的議事廳裡擺下了宴席，熱情招待周正棋和他的十幾員將領。

儘管張家堡被圍城良久，糧食匱乏，但此時王遠還是盡其所能備下了豐盛的宴席，他殺了張家堡裡的最後一頭豬，置辦了一餐有酒有肉的酒席。張家堡總旗以上的官員基本上全部出席，除了像牛百戶之類臨陣脫逃、消極作戰的幾個官員，他們此刻正在家中惶惶不安地等待王遠的責罰和懲治。

周將軍那方，則是只來了一些將領，其他士兵全部在堡外駐紮，由火頭軍自行做飯，並不增添張家堡的負擔。

開席後，王遠看到議事廳外夜色漸暗，寒風呼嘯，雪勢越來越急。他想到今日解救張家堡的士兵們此刻卻在風雪之中駐紮在堡外，不禁有些不忍，便對周正棋建議道：「周將軍，此時外面這般寒冷，又有大雪，不如請堡外的將士們進堡一避吧，堡內雖然房屋不夠，但是環城馬道上還是可以駐紮一、兩千人的。此外，下官已經為您和這些將領們備下了休息的房間，條件簡陋，還請將就一下。」

周正棋不在意地搖了搖頭，謝絕了王遠的好意。「我們都是常年在外征戰之人，比現在惡劣得多的環境我們都駐紮過，只有適應艱苦的環境，才能保持永不減弱的鬥志；若只惦記著溫柔鄉，貪圖舒適享樂，又怎能成大事。別說他們，等會兒宴席結束後，我們也要回到城外的帳篷裡。」

王遠不禁肅然起敬，他舉起一杯酒，恭敬道：「今日，我張家堡能夠解困，全靠周將軍您這一幫將士鼎力相救，我王遠無以為報，唯有借酒謝恩，我先乾為敬。」

「王大人您客氣了，這些都是職責所在，分內之事。」周正棋見王遠一飲而盡，也豪氣地飲下了杯中酒。

「乾！」

「乾！」

其他的官員和將士也隨著王遠和周正棋一起將杯中酒一飲而盡。

「這第二杯酒，我要敬各位頑強抗敵的將士們，特別是那些以身殉國的將士們。」王遠語氣有些低沈，神色黯然，將杯中酒緩緩倒在了地上。其他眾人也神色一凜，紛紛舉杯將酒倒在地上，一時間，議事廳中十分沈默，眾人都面帶戚容。

「這第三杯酒，我要敬還在城外駐紮的將士們。」王遠打破了沈悶的氣氛，語氣又高昂起來，說罷又看向周正棋。「周將軍，下官這裡還有些藏酒，不如令人送到外面的將士們那裡，讓將士們解解寒，也略表我的心意。」

周正棋想了想，點了點頭。「如此就多謝王大人盛情了。」

杯觥交錯間，眾將士高談闊論，談笑風生，大口喝酒，大口吃肉，豪情萬丈。酒至半酣之時，周正棋自然好奇地詢問起了張家堡能堅守城堡的秘訣，當得知王遠令全體軍民輪流上陣，特別是還建立了女兵隊，不禁對他的做法讚不絕口。

他高聲道：「王老弟，回去後我就要向宣府總兵建言，好好表一表你的功勞，將你這種調動全堡力量，輪番防守的做法在各個軍堡推廣。」

王遠自然謙虛道：「哪裡哪裡，主要還是全體軍民眾志成城，頑強抵抗的功勞。」

周正棋不禁對這個年輕人又高看了一眼。「若沒有王老弟你泰然自若的排兵布陣，張家堡的防守也不會堅如磐石。」想了想，又問：「對了，你說的鳥銃隊是怎麼回事？」

王遠便笑著將蕭靖北訓練鳥銃手，在防守時給了韃子意外的痛擊一事細細講述了一遍。

「哦？」周正棋饒有興致地問道：「哪位是蕭總旗？」

蕭靖北本來坐在最下首的一桌上，他心不在焉地飲著酒，心中期盼著快些結束宴席，好回去看看半個多月未見的家人。此刻聽到自己的名字被叫到，愕然抬起頭，卻見王遠對著自己笑道：「蕭總旗，還不快過來拜見周將軍。」

蕭靖北一愣，隨即反應過來，急忙起身上前，拜見了周正棋。

周正棋看到蕭靖北英姿勃發，英氣逼人，眉宇間一股浩然正氣，他本是愛才之人，此時忍不住道：「想不到張家堡還有這樣的人才。我們這邊境的將士都不會使用火銃，因為以前出過炸膛事件的緣故，他們也不願意用。說實話，本將以前也不相信這玩意兒，不過此次看到京城神機營派下來的火器隊，其威力非比尋常，這鳥銃使用得當，確實比我們的大刀、長槍要厲害許多。」

他看著蕭靖北，突發奇想道：「本將倒是也打算訓練一支鳥銃隊，不知蕭總旗可願意到我軍中效力？」

話音剛落，方才還一片吵雜之聲的議事廳瞬間安靜了下來，各將士吃驚地看著周正棋和蕭靖北，神色各異。他們都知道周正棋軍隊精銳，戰功赫赫，進入他的軍隊，只要敢拚敢闖，升遷晉階的機會比待在普通軍堡要多得多，因此邊堡中人人都嚮往能進入他的軍中；可是周正棋對將士的選擇十分嚴格，非一般人也很難得被選入。

此時他們有的由衷地羨慕，有的惡意地嫉恨，王遠則是內心十分複雜，他緊張地盯著蕭靖北，心中很是忐忑。

蕭靖北想也未想地拱手笑道：「下官感謝周將軍的抬愛。好男兒自當馳騁沙場，為國效力，只是下官剛到張家堡不久，家中尚有老母、幼子，一切均未安定；再加上張家堡遭此重創，還需一段時日的恢復重建，下官還是想留在張家堡，既可以盡心看顧家人，又能盡力守衛一堡軍民的平安，還請周將軍見諒。」

周正棋有些愣然地看著蕭靖北，王遠卻放下了一顆懸著的心，輕鬆地打著圓場。「周將軍，這蕭總旗可是難得的重孝道、盡責任的好男兒。」想了想，又半開玩笑、半認真地說：「下官這裡難得有這麼一個當用的人才，您可別一來就給我挖走了啊？」

一番話畢，他見周正棋默然不語，張家堡的其他將士也有些面色尷尬，便忙笑呵呵地轉移話題。「周將軍，下官今日看到您的軍隊軍容整潔，軍紀嚴明，作戰時勇猛非常，實在是欽佩讚嘆不已；特別是衝在最前面的那一支騎兵隊，更是驍勇慓悍，領頭那員猛將，行動時好似一道閃電，真是看得人眼花繚亂。」

周正棋呵呵笑了。「哪裡哪裡，那是我騎兵營的前哨，衝在最前面的是前哨長。」他皺眉想了想，眼神一亮，笑道：「說起來，這位前哨長也是張家堡之人啊，王大人你不認識嗎？」

王遠一愣，搖頭笑道：「下官還真的不知道，我們張家堡還有這樣的人才。」

周正棋道：「本將的這位前哨長姓許名安平，是你張家堡的軍戶，到我軍中也快有一年的時間了。他平時作戰勇猛，敢闖敢拚，又靈活機智，懂得以巧取勝，頻頻立功，短短時日，他已由伍長升為隊長，隊長又升為哨長。此次作戰，他又斬殺了十幾個韃子，回去後少不得又要給他晉升一下了。」

說罷，側身笑看著王遠，意有所指地說：「王大人，想不到你這小小的張家堡，還真是人才輩出！以後若有這樣的人才，還請多多推薦，不要藏私為好啊！」

王遠訕訕地笑了笑，顧左右而言他。「周將軍，不知這許哨長在不在，下官想見見這為我們張家堡揚名的猛將。」

周正棋往下首看了看，皺眉問道：「這許安平為何沒有來？」

下面一位武將上前回道：「將軍，許哨長說想回去看看母親，之前已和末將打過招呼了。」

周正棋沈下臉。「今日王大人盛情款待我軍中將士，他怎能因私事擅自離席，就算要看望母親，等宴席結束了再去不行嗎？」

「周將軍，王大人，那許安平是下官妻弟，他已有大半年時間未曾歸家。方才他在城門口見到我，聽聞他家裡被韃子的巨石擊中，很是擔心。他心中記掛寡母，便忍不住先行回去看看，下官這就去將他找來向各位大人請罪。」鄭仲寧起身站了起來，替許安平解圍。

暮色正濃，雪花紛飛。

宋芸娘在許家吃完晚飯，幫著王姨娘她們一起收拾完桌椅碗筷後，便和宋思年一起回到宋家。

宋家小院裡，宋芸娘看著滿地狼藉、倒塌了的廚房和雜物間，深深嘆了一口氣。這半個月來，每日不是躲藏，就是走上城頭作戰，倒是第一次正視被破壞的家。

荀哥兒仍留在小院協助柳大夫救治傷員，估計今晚不會回來。院子裡，宋思年就著天空尚存的微光，心疼地在倒塌的雜物間旁翻尋，期盼能找出一些損失不大、修修整整還能使用的農具。

宋芸娘看著院子裡越堆越高的積雪，擔心不利於父親行走，便尋出一把鐵鍬鏟雪，慢慢地鏟到院門口。

巷子裡傳來一陣腳踩雪地的咯吱咯吱聲，到了院門口越來越緩，最後停了下來。

宋芸娘剛好鏟到門口，她正彎著腰，費力地鏟著雪，一雙軍靴出現在她的眼簾。

「蕭大哥，你回來啦！」芸娘驚喜地抬起頭，笑容凝結在她的臉上，變為驚訝，隨後又是歡喜。「安平哥！」

許安平穿著作戰時的盔甲，身上還留有韃子的血跡，帶著鐵甲冰冷的味道和血腥氣，讓人一下子想到了肅殺的戰場，殘酷的拚殺；但是他的臉卻是生動的、熱情的，帶著暖暖的笑意，他癡癡看著芸娘，默默不語，唇角微微彎起，閃亮的眼睛裡跳動著兩簇熾熱的火苗。

芸娘在他熾熱的目光下有些躲閃地垂下眼簾，她雙手緊緊抓著鐵鍬的木柄，正在躊躇該說些什麼。

宋思年聽到聲響已經一跛一跛地走了過來。「安平！你小子回來啦！」他興奮地喊了起來，忍不住走到許安平身前拍了拍他的肩膀。「好小子，長黑了，也瘦了，不過人精神了，你娘看到你一定十分高興！」又問：「你回家見你娘了沒有？」

許安平一怔，有些尷尬地撓頭笑了笑。這一笑之下，他已不再是那個萬軍叢中馳騁縱橫、所向披靡的驍勇小將，而還是鄰家那個靦覥的、熱情的、可親的大男孩，他傻傻地笑著。「還……還沒有來得及回家呢。我……我見芸娘在……在門口，便……先來打個招呼。」

宋思年愣了下，隨即換上笑容。「傻小子，快回家去見你娘吧，可把你娘給想死了。」

許安平熾熱的目光在芸娘身上又停留了一會兒，這才告辭宋家父女兩人，回了隔壁的許家，不到一盞茶的工夫，他又來到宋家。

仍在雜物間翻尋的宋思年看到走進院門的許安平，微微愣了愣，隨即露出笑容，熱情地迎接許安平到正屋坐下。「安平，見到你娘了，怎麼沒有多敘敘話？」

許安平面上浮現一絲尷尬之色，淺笑道：「聊了一會兒，家裡一下子突然多了幾個女眷，說話不方便。」

方才許安平回家之時，張氏正和蕭靖嫺在屋內說話，見到許安平，自然是又驚又喜，她激動得老淚縱橫，拉著許安平的手噓寒問暖了好一番。

當時，礙於蕭靖嫺還留在屋內，許安平滿腔心事無法向張氏吐露。好不容易蕭靖嫺識趣地退出了房間，張氏卻說起了許安平的婚事，又問他覺得這蕭靖嫺如何，許安平又羞又惱，便隨便支吾了幾句，藉口軍中還有點事情，這才暫時脫身，來到了宋家。

宋思年自然是不知道這些緣故，他只當許安平面嫩，家中女眷多了不好意思多待，便笑呵呵地招呼許安平喝茶。

「安平，你家的確被女眷住滿了，你不方便的話不如在我家住一晚，待會兒我要芸娘炒兩個菜，咱爺兒倆喝喝酒，聊聊天。」想了想，又問：「安平，你只怕還沒有吃飯吧！」

許安平一愣，似乎這才感到飢腸轆轆，肚子也彷彿回應地咕嚕叫了起來。

剛好宋芸娘正端著一杯茶遞給許安平，便笑道：「剛好還多幾個饅頭，我這就去你家廚房熱一熱，再炒兩道菜，一會兒給你端過來。」

許安平謝過了宋芸娘，又有些不好意思地說：「芸娘，妳別跟我娘說我在這邊，我娘還以為我回軍營裡了。」

芸娘掩嘴笑了笑，看著許安平那張尷尬的臉，似乎又回到了過去。那時，許安平一旦惹惱了許大志或張氏，便會躲到宋家，也會和此時一樣，小心地懇求芸娘千萬不要告訴他們自己躲在這裡。

芸娘神情微微恍惚了下，衝著宋思年和許安平福了福，轉身出了房門。

許安平待看到芸娘出了院門，轉頭興奮地看著宋思年。「宋大叔，此次回來，我有一個大大的好消息要告訴您。」

「哦？是什麼好消息？」宋思年見許安平神色激動，雙眼都在放著光，便饒有興致地問道。

許安平從懷裡掏出一個小布包，小心翼翼地打開，裡面是一張疊得整整齊齊的紙。他一邊遞給宋思年，一邊說：「我之前在定邊城得知消息，朝廷剛頒發了《軍政條例》，對軍戶除籍有了規定，我知道您一定會感興趣，便將它抄了下來，您看看。」

宋思年接過紙張打開，剛看了一眼，手就無法控制地哆嗦，眼淚也忍不住湧了出來，他用顫抖的聲音唸道：「故軍戶下，只有一丁，充生員，起解兵部，奏請翰林院考試，如有成效，照例開豁軍伍。如無成效，仍發充軍。」

宋思年嘴唇顫抖了半天，終於顫顫巍巍地起身，對著京城所在的方向拱手深深一拜，吐出四個字。「聖上英明……」

許安平忙扶著宋思年坐下，面上笑意更濃。「我一得知這個消息，就知道您一定會高興，恨不得快馬加鞭趕回來告訴您，可惜軍務太緊，一直無法抽身。這次剛好回來助張家堡解圍，周將軍又同意多留一晚，正好讓我可以將這個好訊告訴您。」

宋思年更加激動。「安平，你有心了，謝謝你啊……」

許安平拿過那張紙，一邊看，一邊笑著說：「宋大叔，我看聖上雖然遠在京城，也知道咱們軍戶的苦痛，這條規定啊，就是對著您制定的呢。您看，您家的荀哥兒可不就是這種情況。雖說不但要取得生員的科名，還須經過翰林院的考試，方能除去軍籍，這對一般人來說可能有些困難，但荀哥兒是什麼人啊，相信他考個生員，通過翰林院的考試一定沒有什麼問題。」

得知許安平帶回的消息，宋思年只覺得眼前豁然開朗，擋在前方的一切陰暗和霧霾都煙消雲散。

他畢竟是被沈重的生活打擊怕了的人，剛欣喜了一會兒，又覺得老天爺似乎不會如此善待自己，忍不住問道：「安平，怎會有如此好的規定，這……是真的嗎？」

許安平笑了。「我開始也是不敢相信，特意尋人問了個清楚。據說，開始是潮州有一個生員，本是軍籍。他的父親死後，要他襲替軍職，後來這事不知怎的鬧到聖上那裡。聖上說：『國家得一卒易，得一士難』，特許其脫離軍籍。後來這樣的事例又有好幾個，朝廷便制定了《軍政條例》，頒發天下，這對我們這些一心讓子弟從文的軍戶們來說，可真的是天大的好消息啊！」

宋思年此刻才真正相信了這喜訊，忍不住又抬起顫抖的手，用衣袖擦著眼淚。

「宋大叔……」許安平見宋思年慢慢平靜下來，便猶豫著開了口，聲音中透著幾許忐忑和徬徨。「您……您得知了這個消息，便……便不會再堅持讓芸娘招贅了吧？」

宋思年一時怔住，他還沈浸在這喜訊的驚喜之中，一時有些反應不過來。他呆呆看著許安平，卻見許安平一雙眼睛亮亮的，充滿了希望和期盼。

「宋大叔，如果……如果您同意的話，我……我想求娶芸娘……」

宋思年愣住了，臉上浮現了濃濃的難受和自責。他靜靜看著許安平，心中思量了半天，方才緩緩開口。「安平，你是個好孩子，宋大叔我從來都是將你當作自己的孩子一般疼愛；

可是……可是……只當是我家芸娘和你沒有緣分吧……芸娘已經訂親了啊！」

許安平失魂落魄地走向院門。方才，宋思年為了不讓許安平太難過，還特意將芸娘匆忙訂親的緣由講述了一遍，可這並不能讓許安平的痛苦減少半分。他走到門口，正好碰到提著一籃子飯菜走進來的芸娘，一股誘人的香氣和熱騰騰的暖意從籃子裡傳出，許安平心中卻是一片冰涼。

芸娘先是一愣，隨後淺笑盈盈地看著許安平。「安平哥，肚子餓壞了，等不及了吧？」

許安平停住腳步，神色木然地盯著芸娘，眼神冰涼似水，裡面蘊藏著痛楚和悲哀，看得芸娘一陣心驚。良久，聽到許安平酸楚的聲音。「芸娘，妳……訂親啦……」

芸娘心中深嘆了一口氣，終於要面對這一刻。她鼓起勇氣，抬頭看著許安平，目光鎮定，沈默了片刻，終是輕輕「嗯」了一聲。

四周一片寂靜，只聽到雪花落下的沙沙聲，許安平彷彿還聽到了自己心碎的聲音。他懷著最後一絲希望，輕聲問道：「方才聽宋大叔說，妳匆忙訂親有著不得已的苦衷，這場親事……作數嗎？」

芸娘愣了愣，她知道自己不能再給許安平任何希望，猶豫了會兒，終是狠下心，低聲道：「自然是作數的。」

許安平忍不住倒退了一步，低頭死死盯著芸娘，目光悲戚而絕望。這是他意料中的回答，他知道芸娘是重信守諾之人，自然不會隨意允人親事；可他偏偏要不死心地多問那麼一句，此刻更是心痛難忍。

許安平只覺得自己的心一陣刺痛，好似出現了一個空洞，刺骨的涼風颼颼穿過。戰場上，他不知捅穿過多少韃子的心臟，一招斃命，而此刻，他似乎也嚐到了心臟被捅穿的滋味，是那麼冰冷，那麼劇痛，那麼痛不欲生。而捅這一刀的，卻是自己最心心念念的女人。

他看著眼前的芸娘，還是那麼熟悉的一張俏臉，卻不再有熟悉的、令人心跳加快的醉人笑容。她似乎也十分激動，低頭不語地站在那裡，睫毛微微顫抖著，胸脯也一上一下起伏得厲害。

許安平忍住擁她入懷的衝動，儘管他在午夜夢迴中，無數次地憧憬過這個場景，那時哪怕距芸娘千里，也覺得她和自己十分親近；可是此刻芸娘就站在自己眼前，觸手可及，他卻覺得芸娘和自己之間已經有了一道不可逾越的鴻溝。

雪紛紛揚揚地飄下，很快在他兩人身上覆下了薄薄的一層。

宋思年早已站在正房的門前看到這一幕，沈默了一會兒，此刻忍不住開口打破這尷尬的場面。「芸娘，是不是妳回來啦，給安平做好了飯沒有啊？」

芸娘如夢初醒，她應了一聲，許安平卻呆站著不動。芸娘低聲急急求道：「安平哥，你今日累了一天，此刻好歹先吃點東西吧。」

許安平看著芸娘，並不言語。正當芸娘焦急之時，巷子裡傳來了腳步聲，腳步重而沈穩，很快來到門前，隨即響起鄭仲寧洪亮的聲音。「安平，你果然在這裡，周將軍見你未出席宴席，剛剛發了脾氣，你快快隨我去向他告罪。」

鄭仲寧雖是武人，卻也心細。他本就對許安平的心思有些瞭解，此刻見此情景，心中更是了然，他忍住心酸，快步走上前來，不由分說地便拉走了許安平。

第二十二章　風雪夜的廝鬥

熱鬧的守備府議事廳裡，眾官員都有了幾分醉意，此刻高聲談笑，傳杯換盞，觥籌交錯，案桌上已是一片狼藉。

在縱情豪飲、恣意歡笑的一群人中，有一個人分外格格不入。許安平默默坐在角落，一杯接一杯地埋頭飲酒。

方才鄭仲寧帶著他向周將軍和王遠請罪，這兩人都是愛才之人，哪裡會真的責怪於他，隨便說了兩句，便令他回席。

鄭仲寧見許安平一路上意志消沈，沈默不語，此刻也是一人喝著悶酒，便擔心地守坐在他身旁；若有人過來向許安平敬酒寒暄，鄭仲寧便笑著為許安平抵擋和應付一二。

許安平又猛飲了一杯酒，都說借酒澆愁，可他卻是越飲越愁，只覺得頭痛欲裂，心裡卻是一片清明，該忘記的痛楚卻是一點也未能忘記。

模模糊糊間，他眼前出現了兩個高大的身影，他慢慢仰頭看去，卻見身前站著兩個人，一個高大魁梧，一個英挺修長，他們都捧著酒杯含笑看著自己。

高大魁梧的那個面容粗獷，有著洪亮的嗓音。「許安平，我是王二山啊，你還記得我嗎？你以前在我手下幹過幾天。行啊，你小子現在跟著周將軍，越發厲害了啊，為我們張家堡爭光了啊。來，哥哥我來敬你一杯。」

英挺修長的那個面容英俊，一雙眼睛在燈火的襯托下熠熠生輝，臉上帶著淡淡的笑容，聲音清朗而有磁性。

「許哨長，在下蕭靖北，今日被許哨長在戰場上的神勇無敵深深折服，特來敬你一杯。」停了一會兒，又道：「不知你是否還記得，我們曾經在靖邊城見過？」

許安平醉眼矇矓地仰頭看著眼前的兩人，燈火搖曳中，這兩個人漸漸合為一個，又慢慢分開。

許安平正在努力辨識著，卻聽蕭靖北說道：「許哨長，家母和舍妹等女眷全靠令堂慷慨提供住所，才能安然避過這場圍城之亂，這份大恩大德，蕭某感激不盡。」

許安平腦中一片空洞，此刻又分外清明。他已經知道，這個姓蕭的就是和芸娘訂親的那個男人，在自己不在的這段日子裡，他不但奪走了芸娘的芳心，連他的家人也滿滿擠占了自己的家，他突然產生了一股強烈的孤獨感和被遺棄感。

一股熊熊怒火在許安平的心中燃燒，越燒越烈，直沖大腦，又透過雙目噴發出來。他怒視著蕭靖北，微微躬身半直起身體，一隻手不受控制地按住了掛在腰側的刀柄，一副蓄勢待發的模樣。

王二山和蕭靖北愕然地站在那裡，鄭仲寧已經眼明手快地按下許安平。

他一邊牢牢按著許安平的肩膀，一邊笑著對眼前兩人說：「王兄弟，蕭兄弟，安平他喝醉了，有些站不起來，我代他飲這杯酒。」

說話間，許安平已經掙扎著搖搖晃晃地站了起來，他口齒不清地說：「誰……誰說我喝醉了，不……不就是喝酒嗎，誰怕誰，我……我喝！」

說罷，彎腰拿起桌上的一壺酒，斜睨了蕭靖北一眼，仰著脖子一飲而盡，冰涼的酒水順著他的脖子流下來，一直淌到心裡，隨後他將酒壺重重摔在地上，發出「啪」的一聲脆響。

議事廳裡剛才還是一片人聲鼎沸，此刻卻突然安靜了下來，眾人都看著地上的碎酒壺，一陣愣然。

鄭仲寧一邊拉著許安平，一邊賠笑道：「各位大人，對不住得很，安平他喝醉了，不如下官先扶他回去歇息。」

周正棋愣了下，也呵呵笑了，朗聲道：「也罷，這小子難得回一次家，今日就破破例，讓他回去歇息一晚吧，明早再回軍營。」

鄭仲寧忙謝過周正棋，又向王遠等人告退，扶著晃晃悠悠的許安平出了議事廳。

蕭靖北忍不住追了出去，只見門外寂靜而清冷，寒風凜凜，雪花紛飛，議事廳門外早已不見人影，只看見地上厚厚的積雪上，兩行深深的腳印。

他站在門廊下靜立著，聽到寒風送來了不遠處許安平的隻言片語，聲音哀傷而淒涼。

「我……我不回家，我……我沒有家，我的家已經……已經被姓蕭的一家子占了，芸娘的心……也被他占了，我……無家可歸了……」

深夜的張家堡一片寂靜，只有呼嘯的風聲在街頭巷尾徘徊，雪花繼續瘋狂地飛掃著，帶著綿綿不絕的氣勢，很快掩住了地上的腳印。

因韃子圍城半個多月來蕭靖北一直未回過宋家，田氏又從柳大夫家搬到了許家，令許家住房更加吃緊，宋芸娘便搬回自己房間。此刻，她躺在炕上，聽著窗外呼嘯的風聲，輾轉難以入眠。她在腦子裡不斷回想著，許安平那蒼白的臉，心碎的神情，他離去時孤單落寞的身影，內疚自責不已。

「咚，咚，咚。」院門上響起敲門聲，開始是緩緩的、輕輕的，帶著遲疑和試探，之後卻越來越響，越來越急，隱隱聽到有人在門外含糊不清地叫著「芸娘，開門」。

雖然呼呼的風聲掩蓋住這些聲音，也許無法驚醒睡夢中的人們，但芸娘此刻分外清醒，她清晰地聽出這模糊不清的聲音正屬於許安平。

芸娘心中大驚，她匆匆穿好衣袍，快步走出房間，只聽得敲門聲越來越響，在寂靜的暗夜裡分外清晰。

她一把拉開門閂，打開門，一陣夾雜著雪花的寒風湧入，隨即看到黑漆漆的門口站著一個高大的人影，房屋裡照出的微光印在他瘦削的臉上，正是醉意醺醺的許安平。

門開後，許安平一愣之下，一把扯過芸娘，緊緊摟在懷裡，就像他無數次在夢裡做過的一樣。

芸娘幾乎被許安平身上濃重的酒味給醺倒，她大驚失色，又害怕驚動宋思年等人，只好無聲地奮力掙扎；可是許安平強健的胳膊緊緊摟住她，將她牢牢箝制住，半點動彈不得。

芸娘急得眼淚一下子湧了出來，一邊使力掙扎，一邊低聲求道：「安平哥，求求你快放開。」

許安平越摟越緊，他的呼吸沈重，帶著濃濃的酒氣，含糊不清地說：「芸娘，芸娘，不要嫁給別人……不要不要我……」

芸娘心中又羞又氣，偏又掙脫不開他，忍不住也哭了起來。「安平哥，你不要這樣……」

許安平略略鬆開芸娘，他雙手改為緊緊勒住芸娘的肩膀，強迫她抬頭看著自己，強烈酒氣已經沖昏了他的頭腦，將他變成一個凶狠的、陌生的人。暗夜裡，他狠狠盯著芸娘，眼睛裡閃著憤怒的火苗，好像一頭受傷的猛獸，他蠻橫地說：「芸娘，妳不准嫁給別人，不准！」

芸娘愣愣看著他，眼中湧現出幾分害怕，她下意識地搖著頭。這一舉動卻越發激怒了許安平，他藉著酒意，用力將芸娘拉近自己，低頭粗暴地意圖吻住芸娘……片片雪花在他們的四周飄舞，發出無聲的嘆息。

芸娘又害怕、又羞惱，只能無聲地掙扎，無助地哭泣。她心中既徬徨又恐懼，她從未見過這樣散發著濃濃戾氣的許安平，她害怕這樣的動靜會驚醒宋思年，甚至驚醒一牆之隔的張氏、李氏和王姨娘他們；只要他們有一個人看到這一幕，自己便要陷入萬劫不復之地……

她的臉上很快布滿了淚水，許安平的唇觸及到冰涼的濕意，他微微愣了愣，腦中倏地清醒幾分，他殘存的幾分理智和清醒在問著自己。「我這是在幹什麼？芸娘為什麼哭泣？」可是，內心對芸娘瘋狂的渴望和濃濃的醉意卻令他甩開了這最後尚存的理智，他將芸娘摟得更緊……

宋芸娘心中生出了幾分絕望，她的兩隻手無力推開許安平，便只能改為用力捶著他的背，希望能將他捶清醒；可是許安平全身肌肉硬如鋼鐵，芸娘這點力氣又哪裡能撼動他半分？

正在宋芸娘又羞又惱又無助之時，從門外進來一個高大的人影，他快步衝到他們身邊，抬手劈向許安平的胳膊。

許安平只覺得胳膊一麻，便不由自主地鬆開了芸娘。

芸娘乘機掙脫開來。「蕭大哥！」她如同見到救星，向著蕭靖北撲去。

蕭靖北心中既痛又澀，他壓抑著滿腔的怒火，將宋芸娘牢牢掩護到身後。

這時，回過神來的許安平已經惱怒地朝著蕭靖北撲了過來，蕭靖北迎上前去，和他對打起來。

方才，蕭靖北見天色已晚，便準備在休息室歇息，卻總覺得心神不寧，腦中一會兒閃過芸娘的身影，一會兒又出現許安平醉意朦朧的模樣。他始終無法靜下心來，便和守城的士兵們交代了幾句，踏著濃濃的夜色，冒著風雪，向著宋家走來，卻真的見到了令他心驚膽戰、怒火中燒的一幕。

宋芸娘緊緊合上院門，將呼呼寒風關在門外，將他們的打鬥之聲關在院內。她背靠著門，神色茫然，全身無力，只能呆呆地看著小小院子裡扭打在一起的兩個人。

他們一個帶著醉意，一個滿腔怒火，招招蠻狠，拳拳粗野，再加上狹小的院子限制了他們的身手，這兩人就像兩個毫無武功基礎的魯莽漢子在廝打，看不到半點練武之人的技巧。

幸好地上已經鋪了一層積雪，蕭靖北和許安平兩人撲倒在積雪上，倒也沒有發出很大的聲響，只是濺起滿地的雪花飛揚，幾招之後，便將宋家的小院打得一片凌亂。

宋芸娘見他們越打越急，便忍不住撲上去，不自量力地想將兩人勸開，可剛一靠近他們，就被拳風擊倒，被重重推倒在地上。

蕭靖北見芸娘撲倒在地上，心中大急，他開始只是以防守招架為主，現在便開始還擊。

許安平畢竟是醉酒，意識模糊不清，全然憑著一股蠻力，漸漸便落了下乘。

眼看著蕭靖北一拳即將擊到許安平的臉上，宋芸娘忍不住出口叫道：「蕭大哥，不要傷他！」

蕭靖北一愣，這片刻的停頓，許安平卻反擊一拳，重重打到蕭靖北的臉上。

蕭靖北被這一拳打得後退了好幾步，許安平趁勢又逼上來，兩人又扭打在一起。

宋芸娘一籌莫展地跌坐在雪地上，剛才她突然發聲，害得蕭靖北被擊中，此刻她不敢再發出任何聲音。

兩人又扭打了一會兒，漸漸的，蕭靖北又占了上風，雙手箝制住了許安平。他看了一眼滿臉擔憂和緊張的宋芸娘，猶豫了下，卻還是一掌劈向許安平的後頸，將他劈暈了過去。

這時，宋思年的房間終於有了動靜，他哪怕睡得再熟，此刻也被這打鬥聲給驚醒。他點燃了煤油燈，披著棉襖，虎著臉站在房門口，看著這亂糟糟的一幕。見到突然照亮的燈光和出現在房門口的宋思年，芸娘和蕭靖北俱是一愣，尷尬十分。

宋芸娘窄小的廂房裡，窗縫裡擠進來的細風，吹得桌子上那盞昏暗的煤油燈光不斷地跳動，忽明忽暗的燈光照到坐在桌子旁的蕭靖北和宋芸娘臉上，顯得面容模糊，神色不清。

一旁的土炕上，躺著迷迷糊糊的許安平，他緊緊皺著眉，時不時發出幾句囈語。「芸娘……芸娘……不要離開我……」

宋芸娘心中一驚，身子微微一震，她小心翼翼地看了一眼神色不明的蕭靖北，見他沒有明顯的反應，便繼續擰起一塊浸在冰水裡的帕子，輕輕敷著蕭靖北被打腫了的臉。

蕭靖北看到宋芸娘小心的神情，忍不住一陣心疼。他輕輕握住芸娘的手，柔聲安慰道：「芸娘，妳不要太自責，今日的事情與妳無關，許安平只是喝醉了，說不定他明日酒醒後便什麼也不記得了。」

宋芸娘心想，許安平也許會忘記，可自己怎麼可能忘記，蕭靖北也眼睜睜看到了自己被許安平侵犯的那一幕，他又怎麼可能忘記，萬一蕭靖北對自己心生誤會，對自己有了芥蒂……

蕭靖北似乎明白芸娘心中所想，繼續輕聲說：「芸娘，我很開心。」

宋芸娘驚訝地看著他，卻聽蕭靖北低沈醇厚的嗓音在低矮狹窄的房間裡緩緩響起，帶著一股令人心神鎮定的魔力。「妳今日雖然阻止我傷害許安平，但我卻知道，那是因為妳在心裡將我看得更親近。」

芸娘怔怔看著蕭靖北，盈盈美目裡水光瀲灩，在跳躍的燈光下閃著晶瑩璀璨的光芒。她停下手裡的動作，拿著帕子的手呆呆貼在蕭靖北受傷的臉上。

蕭靖北順勢一把扯過芸娘，緊緊摟在懷裡，喃喃道：「芸娘，芸娘，我能夠擁有妳，真的是幸運。」他轉頭看了一眼靜靜躺在炕上的許安平，輕聲道：「今日的事情，我不會怪罪許安平，希望許安平也能同我一樣幸運，早日找到屬於他的女子。」

宋芸娘無聲地靠在蕭靖北胸前，看著煤油燈裡抖動跳躍的火苗，心中一片安寧。

雪紛紛揚揚下了一夜，第二天早上，終於停下來了。張家堡鋪上一層銀白的毯子，到處都是一片粉妝玉砌、瓊枝玉樹的美麗景象。久違的太陽也終於露了臉，雪後的第一縷晨光傾瀉而下，照得這片銀妝素裹的世界分外妖嬈。

宋芸娘蜷縮著身子，睡在宋思年昨晚在正屋裡用木板和長凳臨時搭成的小床鋪上，覺得腰痠背疼。雖然宋思年還細心地放了一個火盆在旁邊，可畢竟比不上土炕，睡到半夜只覺得寒氣逼人。迷迷糊糊地睡了大半宿，清晨時，卻被院子裡傳來的說話聲驚醒。

來到院子裡，只見蕭靖北正在院子裡鏟雪，宋思年站在旁邊，有一句、沒一句地和他聊著天。

院子裡堆了幾個雪堆，看來蕭靖北已經鏟了一會兒。他穿著青色的短棉襖，腰上紮著一條黑色的腰帶，顯得精壯幹練。幹了半天體力活，他的臉紅紅的，似乎冒著熱氣，昨夜被打腫的臉已好了很多，只留下一點點痕跡。

「爹，蕭大哥，你們早啊！」宋芸娘笑盈盈地打著招呼。

蕭靖北放下鐵鍬，含笑看著芸娘，眼中充滿無限的柔情密意。宋思年看了看這眉目傳情的兩個人，咳嗽了兩聲，問道：「芸娘，昨晚睡得好不好？」

宋芸娘心道，您老人家親自鋪的床鋪，能說不好嗎？她正準備開口，忽然聽到自己的廂房裡傳來一陣呼嚕聲，不覺愣住。

三個人走到西廂房門口，透過窗縫，看到許安平在裡面睡得正香，還有一股濃濃的酒氣從窗子縫裡鑽出來。

宋思年忍不住笑罵道：「這個臭小子，把我們折騰得一晚上沒有睡好，他現在倒是睡得香。」

宋芸娘看向蕭靖北，兩人面色都不是很輕鬆。她在心中擔心，不知道許安平醒來後又是怎樣一番局面。

日上三竿，溫暖的陽光照在晶瑩潔白的積雪上，發出耀眼的白光。張家堡裡開始喧鬧起來，家家戶戶都在忙著鏟雪，準備收拾被戰火破壞的家園。

熱鬧的動靜並未驚醒許安平，他仍是睡得深沈。在他熟睡的時候，宋、許、鄭三家卻早已亂了套。

先是鄭仲寧和許安慧早起後，看到昨晚安置許安平留宿的房間空無一人，不禁大吃一驚。鄭仲寧匆匆趕到城外，好一番查找後，得知許安平並未回營，便只好返回來，又同許安慧一起到許家尋找。

在許家自然是找不到許安平，反而讓張氏好一陣子的擔心。幸好沒一會兒，芸娘來到許家小院，準備到廚房做早飯，看到急得團團轉的三個人，便告訴他們許安平正好好地睡在自己家裡。

三人匆匆趕到宋家，隔著窗子縫看到睡得沈沈的許安平，張氏的一顆心總算安定下來，可是她看著芸娘，又有了新的疑問：昨晚許安平明明因醉酒留在鄭家，為何又睡在了芸娘的房裡。

芸娘臉色一紅，有些無措。

這時，薑還是老的辣，宋思年坦然地看著張氏，鎮定地說：「昨天晚上，安平這小子喝得爛醉，他只怕記掛著妳這個娘，便摸黑從鄭家走回來，可是卻敲錯了門，找到我們家來了。我見天色已晚，又想著你們家一屋子的婦孺，也沒有空的房間和床鋪讓他歇息，便作主讓他在我家歇下來。許大嫂，讓妳擔心了，是我考慮不周全啊！」

兩家人心不在焉地吃了早飯後，張氏便留在宋家，等候著許安平醒來。

此時鄭仲寧和蕭靖北都早已出門去忙軍務。

鄭仲寧臨行之前特意囑咐許安慧，讓許安平多睡一會兒，不用催促他起來。因為他早上去駐紮在城外的軍營時，得知昨晚好些將領和士兵都喝多了，故此周將軍推遲了出發的時間，決定稍晚一會兒再走。

有了鄭仲寧的這番話，張氏她們便都不去打攪熟睡的許安平，而是任由他舒舒服服地睡到自然醒。

在刺眼的白光和一片喧鬧聲中，許安平終於醒了過來。他掙扎著坐起來，只覺得頭痛欲裂，腦袋一片模糊。

一直守坐在桌旁的張氏忙撲過去。「安平，你醒啦！」

許安平摸了摸頭，環顧了四周，怔了半晌，疑惑地發問：「娘，我這是在哪兒？我是不是在作夢？」

張氏鼻子一酸，她伸手心疼地摸著許安平睡得亂糟糟的頭髮，輕聲道：「傻孩子，你昨晚喝醉了。你姊夫本來讓你睡他那兒，可是你半夜裡自己跑回來了，卻又走錯了門，進了你宋大叔的家，這是芸娘的房間啊。」

許安平越發迷糊，似乎張氏說的都是和他不相干的事情，他的腦海裡沒有一點兒記憶。

他皺著眉頭，努力地回想，依稀記得自己在防守府了喝酒，再之前……再之前……他想起來了，只覺得心中一片刺痛，頭腦中只剩下了一個念頭：芸娘訂親了，她訂親了，訂親了……

許安平愣愣看著張氏，木木地問道：「娘，芸娘是不是訂親了？」

張氏一陣心酸，她點了點頭，沈默了一會兒，輕聲道：「好孩子，這世上比芸娘好的女子多的是，我兒這麼有本事，男子漢大丈夫何患無妻。」

許安平呆呆看著張氏，只覺得渾身都痛，頭也痛，心更是一片刺痛。

院子裡，宋芸娘得知許安平已經睡醒，便去許家廚房做了一碗醒酒湯，剛剛端出廚房門，就碰到了穿戴一新，打扮鮮亮的蕭靖嫻。

只見她上身一件玫紅的小襖，下穿墨綠色襖裙，腰身收得極好，越發顯得纖纖細腰，纖不盈握；頭髮也精心梳了一個桃心髻，上面還插著及笄那日的玉簪；面上更是用上了芸娘送給她的面脂、妝粉和唇膏，打扮得唇紅齒白，一張小臉粉嫩得似乎可以掐出水來。

看到這樣的蕭靖嫻，宋芸娘倒是一愣。她心想，莫非蕭靖嫻這些日子天天灰頭土臉地躲在地窖裡有些生厭了，此刻危機解除，便想精心打扮一下？

只是這段日子以來，芸娘對蕭靖嫻始終還是有些心結，便只是對她微微點頭笑笑，準備離去。

誰知，蕭靖嫻主動開口。「芸姊，不如我幫妳端這碗醒酒湯吧。廚房裡的事情這麼多，都是妳一個人在忙活，我心裡很是過意不去，這些小事也讓我幫幫忙。」

芸娘一愣，轉念想到自己此刻若端著這碗醒酒湯去給許安平，還不知他又會是怎樣的表現，想到這裡，她便將醒酒湯遞給蕭靖嫻，淡笑道：「如此就有勞了。」

芸娘的廂房裡，許安平坐在床上，有些木然地看著張氏的嘴巴一張一合地說著什麼，可是一個字也沒有進入他的耳朵裡。突然，門簾被掀開，一陣寒氣從門外襲來，隨即一名俏麗的年輕女子端著一碗湯，風擺扶柳般地走了進來，笑吟吟地看著許安平。「安平哥，喝點醒酒湯吧！」

許安平一怔之下還以為是芸娘，心中一陣歡喜，再仔細一看卻是那日在母親房裡見到的那名年輕女子，他不覺又失望、又煩悶，呆了一會兒，冷冷道：「我又不認識妳，是妳哪門子的安平哥？」

蕭靖嫻一怔，臉刷的紅了，嘴唇微微顫抖著，眼淚也在眼眶裡打轉，端著醒酒湯無措地站在那裡，好像受了委屈的小媳婦。

張氏看到蕭靖嫻這番尷尬的模樣，忙為她解圍。「這是和芸娘訂親的蕭靖北的妹妹，叫蕭靖嫻。她現在暫住在咱們家，你不在的這些日子啊，可都是靖嫻在照顧我。」

許安平一聽到芸娘、蕭靖北、訂親，這樣的字眼，便更是煩悶。他氣沖沖地起了床，藉口要趕回營中，便急急出了門。

周正棋將軍見天氣晴好，便謝絕了王遠的午宴，決定在午飯之前出發，率領著游擊軍回駐地。

考慮到張家堡人員傷亡慘重，兵力大大減少，又擔心阿魯克的軍隊會反撲，周正棋決定留一小隊人馬在張家堡駐紮數日。

本來他屬意許安平，可是意興闌珊的許安平謝絕了周將軍的好意，推薦了另一名也是張家堡軍籍的小將。

大軍開拔之前，許安平還是抽空回了許家一趟。他同張氏、宋思年一一告別，還去了救治傷員的小院看望了荀哥兒，卻獨獨避開了宋芸娘。

許安平昨晚雖然醉得厲害，可是今晨酒醒後，他努力回想，對昨晚的事情有了模糊的記憶。他雖然無法完全想起，但他大略知道，自己昨天半夜出現在宋芸娘家，絕對不會是簡單地走錯了門，而是衝著宋芸娘而去。

今日早上，他除了因飲酒過量，頭痛腦脹，渾身痠痛，身上竟有多處打鬥後的瘀傷。他想，莫非自己和人打過架？可是到底是誰，他卻全無印象。

他擔心自己半夜醉醺醺地出現在宋家，是否對芸娘有了衝撞和冒犯，怪不得芸娘一直對自己躲躲閃閃……

許安平思前想後，只覺得對芸娘又氣又惱又羞愧，便忍下一顆心沒有去同芸娘告別，而是轉身毅然決然地離開了許家小院。

三千大軍來也一陣風，去也一陣風，轉眼間，已經消失在茫茫雪原，只留下地上成片的馬蹄印。

暫時留下來的那幾十人的小隊，王遠自然不會讓他們繼續在城外駐紮，而是迎進了兵營。

張家堡外一片凌亂，白皚皚的積雪被大軍踏過，已經變成了髒亂的黑褐色，埋藏在深雪裡面的屍體也露了出來，看得人觸目驚心。王遠擔心過幾天雪凍得硬了，越發難以收拾，便命軍民趁著天氣晴好，將這片戰場清理一番。

蕭靖北站在高高的城頭上，遙望著周將軍的游擊軍遠去的方向。他那日目睹了許安平作戰時勇猛果敢的一幕，對他產生了幾分英雄惺惺相惜之感；可是因為芸娘之故，兩人不但未能深交，還先打了一架。

周將軍他們離開的時候，蕭靖北特別留意了下隊伍裡的許安平，只見他情緒低落，半垂著頭，耷拉著肩，毫無生氣地坐在馬上，哪裡還有半點那日衝鋒陷陣如入無人之境般的颯爽英姿。

蔚藍的天空飄浮著幾朵白雲，一輪紅日放射出溫暖的光芒，遠處的青雲山覆蓋了一層厚厚的雪衣，在陽光的照映下放射出耀眼的光芒。

張家堡外，軍民們分成了幾支小隊，有條不紊地忙碌著，有的撿兵器，有的抬屍體，有的搜尋屍體上還能再次利用的皮甲和武器。

突然，遠方的原野上出現了幾十個小黑點，越來越近，原來是幾十個流民穿著破破爛爛的袍子，深一腳、淺一腳地向張家堡走來，看到張家堡外勞作的人們，他們似乎很是興奮，步伐也越來越快。

被韃子圍了半個多月的人們此刻已如驚弓之鳥，這些流民又是出現在阿魯克剛剛退兵的第二天，越發引起了張家堡軍民的警覺。他們神情戒備地站在那裡，有的士兵甚至舉起手中的弓箭。

「別射箭，別射箭，是自己人。」流民中有人覺察到士兵的動靜，急忙揮舞著手高喊著。

待得這群人跌跌撞撞地走到門前，站在高高城樓上的蕭靖北赫然發現居然是張大虎他們一群人。

蕭靖北快步走下城樓，一陣小跑來到張大虎他們面前，激動地打量著他們。只見張大虎等人神色狼狽，面黃肌瘦，穿著不知從哪兒扒來的破棉衣，一個個好似流浪許久的難民；若不是張大虎招牌的滿臉大鬍子和額上醒目的刺字，蕭靖北幾乎認不出他們來。

蕭靖北和他們幾人一路充軍過來，又一起守過邊墩，也算得上是患難之交，此刻見他們安然無恙地站在眼前，不禁十分激動，忍不住伸手按住張大虎的肩膀，大聲道：「大虎，你們還活著！」

「廢話，這不好生生地站在這兒嗎？」旁邊一個人不鹹不淡地插了一句。

蕭靖北側頭看去，旁邊一人身材修長瘦削，灰撲撲的臉上又是皴皮、又是破口，嘴唇乾裂，只有那雙狹長的眼睛還是亮亮的，閃著不安分的光。

「白玉寧？」蕭靖北愣了半晌，不相信地問道。

白玉寧翻了個白眼，懶懶道：「現在才認出我啊。」

他自認為容貌俊雅、一表人才，在充軍途中都十分注意自己的儀表，現在卻戴著一頂破爛的冬氈帽，衣衫襤褸，髮絲凌亂，鬍子拉撒，哪有半點玉樹臨風、白面書生的模樣。

除了他們兩人，蕭靖北仔細辨認，發現還有劉仲卿、劉大柱等一起在邊墩駐守的人，他們都一樣面黃肌瘦，神色狼狽，此刻卻激動非常。

蕭靖北見他們神色疲憊，便急急迎他們進堡，讓他們去休息室稍作休整。

這些人都是張家堡駐守在邊墩的守軍，除了張大虎他們那個邊墩的，還有其他幾個邊墩。

原來，阿魯克的軍隊進攻張家堡時，並未將那幾個小小的邊墩放在眼裡，而是直接繞過。韃子在張家堡四周駐紮後，張大虎他們便趁著夜色偷偷溜出邊墩，聯絡了其他幾個邊堡的守軍。

以張大虎為首的這些守軍脫下了身上的梁國軍服，穿上從被韃子殺死的流民身上剝下來的棉衣，扮成普通農民。他們白天躲在邊墩裡，晚上便悄悄溜入韃子的軍營暗地破壞。

這半個多月來，他們破壞過韃子的楯車、投石機，燒過韃子的帳篷，還破壞過韃子天天供奉的神像。白玉寧將他偷香竊玉，出入女子閨閣如入無人之境的本事充分發揮出來，韃子祭師帳篷裡神像流血淚一事便是他的傑作。

蕭靖北聽完了他們七嘴八舌的講述，不禁讚嘆不已。想到他們在危機重重的韃子軍營裡，還能做出這麼多頗有難度的破壞，為張家堡抵抗住韃子的攻擊提供了極大的助力；特別是那一次火燒軍營，若不是那場火，只怕張家堡已被韃子攻下。

蕭靖北領著這幾十個邊墩的守軍去了防守府。王遠本來並未指望他們還能活著，說實在話，他早已忘了在張家堡的外面還有這麼幾十人的守兵。此刻見他們猶如難民、乞丐一般地回來，又聽聞了他們這半個月的功績，不覺又驚又喜，又有些愧疚。

王遠撫掌笑了半天，重重誇讚了他們，又想到此次守城戰中，負責城門駐守的士兵傷亡最多，便讓蕭靖北在剛剛回來的這幾十名邊墩守軍中挑選一些作為補充。

能夠回到城門駐守，而不用繼續留在邊墩，這些守軍都十分興奮。蕭靖北便選了二十名身材高大、目光清明的士兵，其中自然包括熟悉的張大虎、白玉寧、劉仲卿等人。

離開防守府後，這些守軍大多住在張家堡內，此刻歸心似箭，便紛紛告辭，各自回家向家人報平安。張大虎和白玉寧了無牽掛，城牆外的小屋又被韃子攻城時拆了填壕溝，現在只好和劉仲卿一起暫時去兵營安置。

蕭靖北陪著他們一起去了兵營。這裡住的除了張家堡外的軍戶和入了軍籍的流民，還有剛剛安置進來的游擊軍，顯得十分擁擠和雜亂。

蕭靖北他們正在左顧右盼地打量，一個瘦小的女子已經哭著撲了過來，她撲到劉仲卿懷裡，抱住他痛哭，劉仲卿也回抱著她流淚不已。

這女子是劉仲卿的妻子孫宜慧，只見她比之前更瘦小，臉色更蒼白。她已經顧不得羞澀，激動得抱著劉仲卿，一邊大哭，一邊斷斷續續地說：「仲卿……仲卿……真好，你還活著，仲卿……我……我對不起你，我……沒有保住我們的孩子。」

一旁的張大虎、白玉寧縱使一副堅硬的男兒心腸，見此又激動、又悲戚的一幕，也不禁有些不勝唏噓。

第二十三章　宋芸娘的備嫁

宋芸娘剪下了最後一個線頭，放下手裡的針線。她將這件大紅的嫁衣輕輕披在身上，想到離婚期只有短短不到四、五日的時間，心中又是緊張、又是甜蜜。

嫁衣上的紅色好似會擴散，披上它後，宋芸娘的廂房裡氤氳出一片暖暖的紅意和洋洋的喜氣，芸娘的臉上也是緋紅一片。

此時距張家堡解除圍城危機，已經過了近一個月。這段時日裡，張家堡家家戶戶忙著修整被戰火破壞的家園。宋、蕭兩家除了修理住房之外，還忙著準備蕭靖北和宋芸娘的婚事。

宋芸娘的廂房裡，炕上擺放了幾床新製的棉被，屋角堆放了幾只樟木箱，裡面裝滿了這些日子趕製的嫁妝，有一年四季的衣物、鞋襪，還有各式布料。

因時間趕得緊，嫁妝準備得簡單而倉促，加上經費有限，有些是直接在靖邊城購買的成品，大多數衣物還是宋芸娘夜以繼日地趕製出來，張氏、田氏和許安慧也幫了不少忙。這件色澤豔麗，繡工精美的嫁衣是費了宋芸娘不少心血和時日才趕製完工。

若是一年之前，恐怕連這點嫁妝都無法備得齊全；不過幸好之前賣面脂掙了一些錢，蕭家又給了不少的聘禮和聘金，宋芸娘便和許安慧一起去靖邊城置辦嫁妝。

許安慧順便領著芸娘去了自己的舅母家。許安慧的舅母是一個四十多歲的和氣婦人，親切慈祥，她熱情招待了芸娘她們，拿出了賣面脂掙的五兩銀子。

宋芸娘自是好一番感謝，她推託了半天，最終還是給許家舅母留下一兩銀子的謝資。

當時，許安慧一是陪著芸娘購置嫁妝，二是順便接寄住在舅母家的婆母和兩個孩子，以及已經放假的許安文回家。

誰知，許安文得知宋芸娘居然要和蕭靖北成親，立即氣鼓鼓的，一路上都沒有給宋芸娘好臉色。回到張家堡後，他更是連宋思年和荀哥兒都怨上了，回家十多天，居然從未進過宋家的門，路上碰到了宋芸娘，也是仰著鼻子冷哼一聲，令芸娘又好氣、又好笑，又忍不住悵然。

張家堡經過了近一個月的修整，已經漸漸恢復了原樣。許家倒塌的廂房和宋家倒下的雜物間、廚房已翻修一新。

當時，蕭靖北帶領著他手下十幾個弟兄，沒花幾天工夫，不但修好了倒塌的房屋，還順便將其他的房屋也翻修了一下，屋頂上加固了瓦片，窗子也重新安裝，牆壁更是刷得亮堂堂。

王遠將張家堡立功的將士們名單透過靖邊城層層報上去後，現在已經有了回音。張家堡以幾百人的軍隊、數千人的軍戶，抵擋住了慓悍凶猛的阿魯克軍隊，讓整個宣府城、整個邊境乃至朝廷都為之震驚。

為了表彰張家堡的將士們，朝廷撥了大量的銀兩和獎賞物資，大多數立功將士都官升一級，立功特別突出的，還連升兩級甚至三級。

王遠由正五品升為正四品，實際任職還未下來。劉青山和嚴炳都由從五品的副千戶升為正五品的正千戶，蔣雲龍升了副千戶，鄭仲寧升了百戶，其他人等也各自有了不同的升職。

按照蕭靖北的功勞，理應連升三級，最少也是個百戶。不過，百戶以上的官員要報到兵部批准，王遠等官員考慮到他出身於犯了謀反之罪的長公主府，擔心將他作為百戶報送上去，上面說不定會壓下他不批，萬一連同張家堡其他升職人員一同不批，反而是將好事做成了壞事。

因此，蕭靖北仍是總旗；不過，王遠為了補償蕭靖北，給了他許多的銀兩和物資獎勵，特別是房屋。

王遠在張家堡的富民區——上西村為蕭靖北一家安排了一個寬敞、牢固、還比較新的小院。

蕭靖北本捨不得搬離宋家，畢竟住在這裡，可以日日看到宋芸娘；可是李氏心中記掛著準備蕭靖北的婚房，住房一分下來，就忙不迭地收拾行李，帶著王姨娘和鈺哥兒搬了過去。

蕭靖嫻本有些猶豫，當她看到新分的小院比許家小院更加寬敞整潔、高大堅固，便也毫不猶豫地告別了張氏，藉口照顧母親和幫忙準備哥哥的婚事，也一同搬了過去。

張家堡的房屋本來十分緊張，再加上韃子圍城前原來堡外的軍戶搬進堡內，使得住屋更加擁擠。

但是，張家堡在這場戰爭中傷亡慘重，死了大約有五、六百人。王遠便按照軍堡的慣例，將這些孤男寡女重新進行婚配，死了丈夫的嫁給死了老婆的，兩家合為一家，一些房屋便空了出來。

張家堡畢竟是軍堡，實行軍事化的管理，在戰爭和生死面前，情感和禮數總歸比不上生存和繁衍子孫來得重要。這些強配在一起的男女雖然開始有些不習慣和不願意，時間長了，也是一樣關起門過起了日子。

富民區的上西村更是空出不少房屋，因當初一些富戶離開張家堡時，王遠已經放話不再讓他們回來，他們的房屋本是軍堡的財產，便任由王遠安排處置。蕭靖北一家就分到了這間寬敞的小院，更讓宋芸娘欣喜的是，這家小院還和鄭仲寧家十分近。

張大虎、白玉寧和劉仲卿等人也在張家堡內分配到了房屋，不過他們沒有蕭靖北那麼幸運地分到上西村的寬敞小院，而是分在擁擠一些的下東村。

白玉寧終於可以不用和張大虎共擠一間小院，而是單獨擁有自己的住宅。

不過，張家堡在分配他住房的同時，隨房屋附贈了一個妻子和兩個孩子；確切的說，是白玉寧「嫁」給了一個有房有子、只是丈夫在守城戰中犧牲的寡婦。

白玉寧的妻子吳氏本是一個王姓小旗的妻子，二十五、六歲，因生育了兩子，又長期在田間地頭耕作、操持家務，便有些顯老。

白玉寧本是貪戀美色之人，哪裡看得上這樣既無姿色、又有拖累的婦人；但拒絕是不可能的，要麼重新選擇，只是其他可供婚配的婦人要麼年歲更老，要麼容貌更醜，倒只有這吳氏稍微能看得入眼一點。

張大虎仍然是獨門獨戶、孑然一身。王遠雖然實行拉郎配（注），但大抵還是徵求了一下雙方的意願；張大虎因面貌凶惡，一身煞氣，儘管已經升職為副總旗，但是張家堡仍然沒有一名女子願意嫁他為妻。這張大虎是自由慣了之人，倒也樂得清靜自在。

張大虎、白玉寧和劉仲卿三家雖重新分配了房屋，但都離得十分近，張大虎和劉仲卿甚至還是鄰居。

這三人雖然出身、個性、待人處世全然不同，但畢竟也算同生共死，在無親無故的張家堡，也自覺地紮成了堆，變得十分親密。

徐富貴又一次充分發揮了「有錢能使鬼推磨」的作用，徐文軒居然升了小旗，還在上西村分得一間小院，距離蕭靖北的小院也很近。

更巧的是，徐文軒的這間小院正是萬總旗的住房；事實上，這是他透過徐富貴，特意向分配房屋的官員要求。

徐文軒既感念萬總旗的恩情，要照顧他的家人，又見萬總旗留下的一對兒女乖巧又可憐，特別是那個十幾歲的女兒，十分善於持家，能幫自己操持家事，便乾脆讓這一對子女繼

注：拉郎配，指撮合無感情基礎的男女。

續留在這裡，以全他一顆報恩的心。

柳大夫的房屋在戰火中被燒為灰燼，無法那麼快重建，因此，這段時日，柳大夫都是住在醫治傷員的小院，便於隨時看護傷員。此時，一些輕傷人員早已各自歸家，留在小院的都是一些重傷員，反而更需悉心照料；因此，柳大夫往往忙得幾日不見人影，連帶著荀哥兒也跟著十分繁忙。

許安文回來後，田氏不好再繼續住他的房間，便搬到宋家與芸娘一起住，兩人常常夜裡就著煤油燈，一邊說著話，一邊繡著嫁妝。芸娘看著昏暗燈光下田氏慈祥的面容，忍不住想到若自己娘親還在，只怕此刻也是這般和自己一起準備著嫁妝，眉眼安詳柔和，充滿了女兒長大成人的欣慰和感觸。

宋芸娘將披在身上的嫁衣脫下，小心翼翼地疊好，平放在炕頭的那床新被子上。被子也是準備好的嫁妝，被面上繡了百子圖，這是張氏和田氏兩人這些日子趕製出來的。大紅的被面上精心繡製了好些個白白胖胖、憨狀可掬的娃娃，代表著她們對芸娘的祝福和期望。

被子旁邊還有一對大紅色的鴛鴦戲水枕套，這是許安慧婆媳兩人聯合繡製的，昨天剛剛送過來。婆媳兩人的繡工都很是精緻，鴛鴦繡得活靈活現，親密依偎著，恩愛非常。

許安慧她們除了幫助芸娘準備嫁妝，還送了她添妝禮；張氏送了幾疋布料，許安慧送了一對鑲紅寶石金耳墜子，田氏則送了一對銀手鐲。

宋芸娘見這銀手鐲是田氏僅有的財產，本不欲接受，可田氏生氣道：「妳既然叫我一聲義母，怎麼就受不得我的禮物？我現在就當妳是我自己的女兒，只是義母太寒酸，不能送點更好的添妝給妳。」

芸娘無語，只能拉著田氏的手，感動得眼淚汪汪。

宋芸娘正在收拾著她的嫁妝，忽聽得宋思年在院子裡和誰說話，再之後便是宋思年大聲喊著。「芸娘，防守府的錢夫人差人來找妳。」

芸娘一愣，急急走出門來，見院子裡站著一位俏麗的年輕女子，雙目靈動，臉頰上嵌著一對深深的酒窩，未語先笑。她笑咪咪地看著芸娘，是錢夫人的心腹丫鬟秋杏。

芸娘以前去防守府時見過秋杏幾次，在守城戰中也和她一起並肩作過戰，因此還算熟悉。

「秋杏姊，什麼風把妳這個大忙人給吹來了。」宋芸娘笑吟吟地迎了上去。

「芸娘，我們夫人請妳去府裡一聚。」說罷又笑道：「我們這些日子天天被妳未來的相公拉著練習打鳥銃，偏只有妳這般舒適地待在家裡。」

守城戰之後，王遠見識了鳥銃的威力，便決心再多訓練一些鳥銃手。他從靖邊城要回了更多的鳥銃和彈藥，命令蕭靖北抓緊時間訓練鳥銃手，除了建立女子鳥銃隊，還要再訓練一批男子鳥銃手。因此，這些日子，蕭靖北將守城的任務暫時交給身為副總旗的張大虎負責，自己的主要精力都放在訓練鳥銃手上。

宋芸娘因為要備嫁，便暫時退出女子戰兵隊。這秋杏也是女子戰兵隊的一員，今日因防守府裡有事，便沒有去訓練，她平時和芸娘比較熟悉，此刻便忍不住打趣她。

芸娘笑了笑，也不言語，急急忙忙跟著秋杏向防守府走去。

兩人一邊走，一邊有一句、沒一句地聊著。

「秋杏姊，不知錢夫人找我有何事情？」

「這個倒沒有說，總不會是什麼壞事情。妳也知道，我們夫人很是喜歡妳，不過妳待會兒到了府裡，言語上注意點；前日我們老爺將那小妖精從宣府城接回來了，夫人只怕心裡正有些不痛快呢！」

芸娘在心裡暗暗嘆了口氣。王大人有了錢夫人這樣一個卓越超群、才識膽略均不遜於男子的妻子，偏偏還記掛著什麼小妾，她不禁深深為錢夫人感到不值。

到了防守府，宋芸娘在秋杏的帶領下，熟門熟路地進了錢夫人的偏廳。

一進偏廳，便是一陣香風帶著暖意襲來。屋內暖意融融，香霧裊繞，光線有些昏暗，令眼前的一切都模模糊糊，好似不那麼真實。

錢夫人已經不再是戰場上英勇果敢的巾幗英雄，又恢復成那個慵懶的貴婦人。只見她斜靠在軟榻上，穿著家常的銀紅色珠邊襖，下著湖水藍百襉裙，頭髮隨意綰著，看到芸娘，眼睛一亮，立即坐直了身體，衝著芸娘招手笑道：「芸娘，妳來啦！快過來！」

宋芸娘上前拜見了錢夫人，錢夫人急急扶起了她，笑問：「芸娘，妳的婚期快到了，不知嫁妝什麼的都準備得如何了？」

芸娘心中一暖，忙笑著答道：「謝謝夫人關心，嫁妝都準備得差不多了，我們小戶人家，也沒有什麼好準備的。」

錢夫人笑了笑，對身旁的丫鬟使了個眼色。丫鬟轉身進裡屋，雙手捧著一疋桃紅色的綢緞走了出來，綢緞上面，還放著一個精緻的小木盒。

「芸娘，妳馬上就要成親了，我也沒有什麼好送妳的，這疋綢緞給妳做身衣裙。妳看看妳，年紀輕輕的小娘子，長得又鮮亮，可身上穿的不是灰的，就是麻的，以後嫁人了可不能再這樣，要好好拾掇拾掇自己。妳家蕭總旗好歹也是個小官了，妳也要有個官太太的樣子才行。」

宋芸娘忙笑著謝過錢夫人。

錢夫人又令丫鬟將綢緞上的小木盒打開，只見裡面是一對金累絲鑲寶石蝴蝶簪，簪頭處，是一隻細若毫髮的金絲累成的蝴蝶，蝴蝶身上還鑲滿了米粒般大小的紅藍寶石。金簪做工精細，花紋繁而不亂，顯得既活潑又輕盈，丫鬟遞過來時，兩隻蝴蝶的翅膀微微顫動，好似即將比翼雙飛。

芸娘一驚，忙跪下推辭道：「夫人，這兩支金簪太貴重了，民女受不起。」

錢夫人面色一沈，假意惱怒道：「怎麼，莫不是瞧不上？」

芸娘忙道：「民女不敢，只是這對金簪做工精細，價值不菲，芸娘愧不敢當。」

錢夫人又露出了祥和的笑容。「這對金簪雖然是我年輕時戴過的，但前後沒有戴過幾天，這樣活潑可愛的金簪就適合妳這樣年輕俏麗的小娘子戴，我現在老了，戴不得嘍。」

宋芸娘忙笑道：「夫人您正值盛年，風華正茂，豈能言老；只不過，您身上有一股超凡大氣的氣度，非一般的首飾自然配不上您。」

芸娘的這個馬屁拍得錢夫人很是舒坦，她笑咪咪地說：「芸娘妳真會說話，我雖然和妳接觸的次數不算太多，但我就覺得妳的脾性很對我的胃口，我在心裡將妳當作妹子看待，妹妹要出嫁，收姊姊一點添妝又算得了什麼。」

宋芸娘一聽，便覺得若此刻再推辭未免太過矯情，只好再次跪謝了錢夫人。「芸娘能夠得錢夫人如此厚愛，實在是愧不敢當。夫人的美意，芸娘卻之不恭，如此多謝夫人了。」

錢夫人臉上笑意更盛。她想起了王遠的囑託，便親切地對芸娘招了招手，示意芸娘過去坐。

芸娘猶豫了下，還是輕輕走過去，微微側著身子坐在錢夫人軟榻前的一張矮凳上。

錢夫人示意屋子裡的幾個丫鬟出去，等屋內無人後，她親切地拉起了芸娘的手，微笑著說：「芸娘，這次委屈你們家蕭總旗了。」

芸娘一驚，忙道：「夫人您這是從何說起，食君之祿，忠君之事，守衛張家堡是蕭大哥的本分，何來委屈之說。」

錢夫人輕輕笑了。「這次張家堡的有功之士人人得以加官晉爵，你們家蕭總旗在守城之戰中立下大功，論功勞的話，他怎麼樣都得升個百戶才行，只是老爺考慮到他剛到張家堡，升得太快怕有人不服，所以暫時壓了一壓。」

她小心覷了一眼芸娘的神色，試探地問：「你們家蕭總旗……沒有不滿或抱怨吧？」

芸娘心中暗驚，表面卻不動聲色。這次守城戰之後，張家堡官員和士兵死傷眾多，空了不少職位出來，因此只要略有功勞的官員和士兵都晉升了職務；連一直守在韃子沒有進攻的東城牆上、毫無作為的胡勇都升了個試百戶，立下卓越功勞的蕭靖北卻只是總旗。

蕭靖北雖然從未提及此事，但芸娘心中多少有些怨言。此刻見錢夫人問得如此透澈，她的面上卻是擺出一副感激涕零的神色。「夫人您說的是哪裡話，王大人給了蕭大哥那麼多的賞賜，想著我們即將成親，還特意分給蕭大哥寬敞的仕房，我們感激都來不及，怎麼會抱怨？」

錢夫人盯著芸娘看了一會兒，見她表情不似作偽，便笑得更加真摯。「那就好。蕭總旗還年輕，只要以後繼續好好幹，還怕不能升官晉級嗎？」

宋芸娘半垂著頭，盯著自己的膝蓋，輕聲道：「升官晉級倒是不敢想，只是做好自己的本分就行。蕭大哥和我能夠得到王大人和夫人您的抬愛和提攜，實在是我們的幸運和福分，我們真的是感激不盡。芸娘和蕭大哥無以為報，唯有更加盡心盡力地效忠王大人和夫人。夫人請受芸娘一拜。」

說罷，又恭敬地跪拜了錢夫人。

錢夫人忙攙扶起芸娘，臉上的笑意更盛。

此時年關將近，防守府的丫鬟、婆子們都在忙著準備過年事宜。宋芸娘出入這防守府已是熟門熟路，她告辭了錢夫人後，便沒有讓人帶領，自己捧著錢夫人送的添妝慢慢往防守府外走。

防守府裡十分熱鬧，丫鬟、婆子和小廝們正忙著大掃除，有的收拾院子，有的打掃屋子，有的在屋簷下掛著大紅燈籠，既忙又混亂；但人人臉上都興高采烈，喜氣洋洋，提前感受著過年的喜慶，似乎要乘機將韃子圍城的晦氣一掃而空。

宋芸娘也感染了他們的喜氣和活力，她加快了步伐，想著快些回家，趁著出嫁之前，將家裡好好整理收拾一下。快走出內宅門時，牆角突然傳來一聲小小的聲音。「宋娘子，請留步。」

宋芸娘循聲側頭看去，卻見牆角處，站著一個十二、三歲模樣，瘦瘦小小的小丫鬟，正躲躲閃閃地看著自己。

芸娘一愣，她回頭四下看了一看，見左右身後均無人影，便伸出手指著自己的鼻子，驚愕地問：「妳是在叫我？」

小丫鬟點了點頭，略略走近了幾步，小聲道：「我家主人請宋娘子過去一敘。」

芸娘更是吃驚，問道：「妳家主人是誰？是我認識的人嗎？妳確信沒有找錯人？」

小丫鬟巴掌大的小臉上，閃著一雙圓溜溜的靈動大眼睛，她眨了眨眼睛，笑著說：「我家主人說，她是妳的故人，宋娘子一去便知。」

宋芸娘儘管疑惑萬分，但她想著這防守府自己來來去去也有好多次，和錢夫人的一些丫鬟、婆子也算得上熟悉，在這小小的防守府裡也不怕出什麼事；再加上好奇心使然，便跟著小丫鬟往防守府的內宅走去。

過了兩道門，經過兩個小院，宋芸娘跟著小丫鬟來到一處僻靜的庭院。如果說，錢夫人的住所是防守府內宅的正中心，這個小院便是內宅的偏僻一角，院子狹小，只有方寸之地，房屋也矮小、逼仄。院子裡靜悄悄的，十分冷清。

小丫鬟領著宋芸娘進了小院的西廂房。一進房門，芸娘便覺得視線陡然一暗，空氣中充滿了甜膩的香味，慢慢適應下來後，才看清房間裡格局簡單，窗前一張矮榻上，坐著一位身材纖細玲瓏的女子。

坐在矮榻上的女子看到芸娘，急忙站起身來，往前走了幾步，看著芸娘激動地喊了一聲。「芸姊姊！」

宋芸娘愣住了，只見這名女子身穿鵝黃襖月白裙，一身淡雅的衣裙越發襯出她一副楚楚可憐的模樣，好似冬日裡的一株嬌弱的水仙花。她的相貌極其秀美，一對遠山般的秀眉微微蹙著，一雙鳳眼略帶迷濛，此刻瀰漫了淚水，好似濛上了一層水霧，小巧紅潤的嘴唇，此刻也激動地微微發抖。

芸娘依稀覺得這女子有幾分面熟，仔細回想，好似那日在錢夫人的偏廳裡見到過，當時錢夫人正在教訓王遠的四名妾室，這名女子當時跪在地上，看上去最年輕，應該是王遠新納的四姨娘。

想到這裡，宋芸娘疑惑地問道：「妳是王大人的侍妾吧！為何說是我的故人？我以前沒有見過妳吧。」

這女子更加激動，突然放聲哭了起來，邊哭邊斷斷續續地說：「芸姊姊，妳不記得我了，我是殷雪凝啊！殷雪潔的妹妹殷雪凝啊！」

「殷雪潔……殷雪凝……」

這些既陌生又熟悉的名字喚起了芸娘久遠的記憶。她忽然想起了杏花煙雨的江南，精巧雅致的庭院裡，春意盎然，處處一片花紅柳綠，鳥語花香。

幾個活潑秀美的少女，穿著薄薄的春衫在庭院裡嬉戲、玩鬧。她們撲一會兒蝶，盪一會兒秋千，採一會兒花，歡快地在亭臺樓閣間追逐。她和一名身材高䠷的少女跑在前面，她們一人著粉紅，一人穿鵝黃，輕薄的裙襬隨著輕盈的步伐在空中飄舞，在綠意盎然的庭院裡格外耀眼。

在她們身後，一個小一點的女孩一邊喘著氣追著，一邊大喊。「姊姊，芸姊姊，等等我。」

「雪凝？妳是殷雪凝？殷雪潔的妹妹殷雪凝？」宋芸娘不敢相信地瞪圓了眼睛。

殷雪凝眼睛綻放出了亮光。「芸姊姊，妳終於認出我了！」

芸娘很是呆了一會兒，方問：「雪凝，妳……妳怎麼也到了這張家堡，還……還做了王大人的……妾室？」

殷雪凝面上笑意一滯，略略垂下頭，露出幾分難堪和羞愧的神色。「芸姊姊，說來話長，我們坐下慢慢聊吧。」說罷請芸娘坐下，又命剛才引路的小丫鬟奉茶。

「芸姊姊，我們大概有五、六年未見了吧。最後一次見妳，還是在我姊姊的及笄禮上，後來沒多久，你們家就出事了……你們家當時走得那麼急，我姊姊沒能在妳臨走前見上妳一面，在家裡哭了好些日子……」

芸娘面上浮現一層哀意，她想起了那個曾經無話不談的閨中密友。殷雪潔的父親殷望賢和宋思年是同年，又同在江南為官；殷望賢當時任著杭州府的同知，比宋思年官職要高，兩家住得近，平時也走得極近。

殷望賢有兩女一子，大女兒殷雪潔只比宋芸娘小數月，二女兒殷雪凝和萱哥兒年歲差不多，幼子殷雪皓則和荀哥兒年歲相近，因此兩家的孩子也常在一起玩耍。宋芸娘因為和殷雪潔年歲相近，個性相投，便成了極為相好的朋友。

宋芸娘陷入了往事的回憶中，殷雪凝也垂著頭，神色不明，一時室內有些沈默。

「對了，我記得當時妳父親並未捲入那場貪墨案，為何妳也會來到這裡？」沈默了一會兒，芸娘開口問道。

殷雪凝低聲道：「這些官場上的事情我也不是很清楚，只知道我父親雖然逃脫了當年那一次官場鉅變，暫時得以保全，可是才過兩年，又捲入一場科舉舞弊案，也和你們家一樣被充軍到這邊境。」

梁國法紀嚴苛，文官動輒獲罪，且牽連極廣，小有過錯，輕則充軍，重則刑戮。此刻，宋芸娘聽到殷家也被充軍，倒也不是很驚訝，想到殷雪潔，她關心地問道：「那妳姊姊現在怎麼樣了？還有，妳家人現在在哪裡？」

殷雪凝面露哀色，眼淚又開始湧出眼眶。她掏出帕子一邊輕輕擦拭著眼淚，一邊悲聲說：「我姊姊在家裡出事以前便嫁了出去，我姊夫是杭州知府的公子，只不過，知府大人當時也捲入那場案子，他們家也被判了充軍，充到貴州。我們現在已是天南地北，中間隔著千山萬水，還不知有生之年能否見她一面。」

宋芸娘想起了那個活潑愛笑的少女，沈默了一會兒，又問：「那妳父親他們呢？」

「我爹娘和幼弟都在靖邊城。兩年前，我們本來充軍到新平堡，那裡比張家堡還要貧寒艱苦；後來，王……老爺去新平堡公幹時，偶然遇上我，便納我為妾，還將我們一家安置到靖邊城。」

殷雪凝語氣平淡，面上表情有如一池靜水，平靜無波；但芸娘可以感受得出，她內心的苦楚和怨言，她父母為了換取更好的生活條件，竟然不惜讓女兒為妾。

宋芸娘靜靜看著殷雪凝，腦海中想起當年那個紮著雙髻，一身粉嫩衣裙，玉雪可愛的小丫頭，不禁深深嘆了一口氣。

殷雪凝似乎知道芸娘所想，忙擠出幾分笑意。

「芸姊姊，其實我們家現在都過得挺好，我爹在靖邊城守備府做了一名書吏，這份差事很是輕鬆；老爺也……也對我極好……這次他只接回我一人，其他的三位姊姊仍留在宣府城……」

芸娘道：「王大人是個好人，錢夫人也寬和大度，他們都不是心思歹毒、個性殘暴之人，只要妳言行謹慎，凡事依順，他們應該都不會為難妳。」

殷雪凝心道，錢夫人也只不過是對不覬覦她丈夫的女子寬和大度，這世上，又有幾個女子願意和別人分享相公。

她拭了拭淚，輕聲道：「我現在也沒有什麼別的想頭，只盼著能有一兒半女傍身，將來也有個依靠。」

芸娘看著她尚顯稚嫩的臉龐上，流露出的神色卻猶如老婦人般歷經滄桑，她心中暗嘆了一口氣，安慰道：「妳這麼年輕，王大人又對妳甚是寵愛，還怕沒有孩子。」

殷雪凝突然一把抓住芸娘的手，面色哀戚，顫抖著說：「芸姊姊，不知為何，我心裡很是害怕，老爺這麼大的年紀，才只得了一女，不知是他的子女緣分太淺還是怎樣？我前頭的幾個姊姊雖然也有過幾次身孕，可是不但未能順利生下，還傷了身子，現在老爺更是將她們留在宣府城不聞不問。有了前頭幾個姊姊的例子在那兒，我也不知道能否順利有個孩子。以色事人者，色衰而愛弛，若沒有孩子，我不知還能得老爺多久的寵愛。」
看著面色惶惶的殷雪凝，芸娘無聲地拉住她的手，只覺得觸手一片冰涼。芸娘輕輕拍了拍她的手，似乎想給她力量。
芸娘憐惜地看著殷雪凝，這樣蘭花般美好的女子，本應嫁給一個偉丈夫，受人憐愛，可是現在卻做人妾室，那王遠又是貪戀美色、喜新厭舊之人，她的前程更是一片渺茫。
她在心中奇怪殷雪凝的父母怎捨得讓自己的女兒與人做妾，難道些許的小恩小惠竟比女兒終身的幸福還要來得重要？沈默了一會兒，芸娘忍不住心痛道：「雪凝，當時……妳……為何不反抗？」
殷雪凝抬眸看著芸娘，面上滿是淚水，她悲聲道：「我自然是百般不願，可是身為女子，本就是身不由己。我們家之前充軍的新平堡貧寒疾苦，父親每日在外勞作，瘦得如皮包骨頭，母親沈痾病榻，皓哥兒更是瘦得脫了形。
「我父母當時本已有意將我嫁給堡裡一個喪妻的總旗，他年歲大，還有好幾個孩子，王……老爺怎麼樣也要好過他吧。」
宋芸娘無聲地握著她的手，眼裡既是同情又是痛惜。她心想，那總旗再不好，也是嫁他為正妻，總好過現在做人小妾。
「芸姊姊。」沈默了會兒，殷雪凝輕聲問道：「你們一家人現在都怎麼樣？萱哥哥……他……還好嗎？」她垂下眼簾，兩隻手緊張得抓著裙子，面色局促，好似有幾分羞澀。

芸娘愣了下，猛然回想起當年兩家相好之時，大人們曾經有過結為兒女親家的戲言。

當年，宋萱小小年紀，已生得眉清目秀、翩然俊雅，有如芝蘭玉樹一般，又天資聰慧，一心向學，頗有才氣。

殷望賢的夫人愛惜宋萱品貌出眾、才智過人，曾經流露出將殷雪凝許配給他的想法，但是那殷望賢因自己官職高於宋思年，不願讓女兒低嫁，所以並未付諸行動。

宋芸娘曾經從殷雪潔的戲言中聽到過這樣的意思，自然並未當真，此時看到殷雪凝羞澀中又帶著濃濃的自卑，神色局促而忐忑，又帶著幾許期盼，便明白當年的戲言，已讓這情竇初開的少女在心中有了嚮往。

萱哥兒是花一般的少年，自然容易讓小女孩心生愛慕之心。只是宋芸娘沒有想到，時隔多年，又是在兩家均遭遇鉅變的情況下，殷雪凝居然還記掛著萱哥兒。

宋芸娘心中一陣劇痛，嘴唇微微顫抖著，低聲說道：「萱哥兒……萱哥兒已經不在了……」

殷雪凝面色一下子慘白，身子猛然坐直，激動地問道：「怎麼會這樣？萱哥哥怎麼會……」

宋芸娘便將自己家充軍途中，母親和萱哥兒雙雙病逝的事情慢慢講述了一遍。雖然已經過去了五年，但是再次提及，還是覺得心痛難忍。

殷雪凝也是垂淚不已，她顫聲道：「芸姊姊，我只當我們家已經是極其悲慘，但我們好歹家人俱在……」

宋芸娘沈默了一會兒，卻是淡淡笑了。「好在再艱難的日子都過去了，現在家裡的日子已經走上正軌，以後也只會越過越好。如果娘親和萱哥兒在天有靈的話，也會含笑欣慰地看著我們。」

殷雪凝也認同地點了點頭，拿帕子拭了拭眼淚，展開笑顏。「對了，芸姊姊，還沒有恭喜妳呢，聽說妳快要成親了。」

宋芸娘笑著謝過了殷雪凝。

殷雪凝繼續道：「那日我在夫人的偏廳裡，聽到妳的聲音，便覺得很是熟悉，又聽到她們喚妳宋娘子，回過身見到妳，便知道妳就是芸姊姊。芸姊姊，妳的相貌、神態還和五年前一樣，只是比以前更加沈穩，神色更加堅毅。

「當時，我一直想找個機會見一見妳，可是過沒多久便被老爺送到了宣府城，後來，張家堡被圍，我還一直為妳憂心。此次一回來，我便讓丫鬟時時打聽，看妳什麼時候會進防守府，好見上妳一面。」

宋芸娘很有些感動，居然遇到幼時的舊友，令她既激動又生出幾分恍惚。她打量著殷雪凝，眼前這張如花美顏漸漸和記憶中的那個小丫頭重合在一起，芸娘露出由衷的笑意。「雪凝，真是女大十八變，當年還是個黃毛小丫頭，現在卻出落得亭亭玉立，好一個標致的大美人。只是，妳和雪潔長得不是太像。」

殷雪凝也掩嘴笑了，柔柔道：「我姊姊長得像父親，我長得像母親。」說罷又神色一黯。「都說女子似父才有福氣。我姊姊雖然充軍到貴州，但她和姊夫品貌相當，又情投意合，只要夫妻恩愛，哪怕吃苦也猶如吃蜜；可是我卻做了妾室，成天看人眼色，每日連背都不敢挺直……」

宋芸娘同情地看著殷雪凝，卻無法說出安慰的話語，只好無聲地拍了拍她的手背。

「哦，差點忘了。」殷雪凝猛地站起身來，走到妝奩前，從抽屜裡取出一個精緻的小木盒，一邊轉身走回來，一邊說著。「芸姊姊，只顧著說話，差點兒忘了正事。此次約妳一聚，一是為了敘舊，更重要的是為妳添妝。」

說罷，將小木盒輕輕打開，遞給宋芸娘。

宋芸娘愣了一下，她接過木盒，只見裡面是一只潤白細膩的羊脂玉手鐲，呈現出凝脂般含蓄的光澤。

芸娘下意識地推回給殷雪凝。「雪凝，這個太貴重了，我不能要。」

殷雪凝的臉刷的一下子脹得通紅，嘴唇也顫抖了起來。「芸姊姊，莫非是妳嫌髒……妳放心，這個手鐲不是老爺送給我的，這是我姊姊去貴州之前給我的，這手鐲本有一對，還有一只在我姊姊那裡。」

宋芸娘也十分尷尬，急急道：「雪凝，妳誤會我了，我不是那個意思。我看這手鐲品相極好，應該價值不菲；更何況還是妳姊姊所贈，妳留在身邊，也有個念想。」

殷雪凝露出了幾分淒慘的笑意，竟是比哭還讓人心痛，她似乎陷入了回憶之中，目光迷離，輕聲道：「這對羊脂玉手鐲是姊姊的嫁妝，她甚是喜愛，終日戴在手上。當年，姊姊去貴州之前，曾回家和我們見了一面。當時，她從手腕上褪下這只手鐲遞給我，跟我說，我們姊妹雖然即將分離，但不管在怎樣的境地，我們都要像這白玉一般純潔無瑕，不能因為身陷逆境，就輕易地讓自己蒙上污點……」

說罷又苦笑了幾聲。「可惜我終是讓她失望了……芸姊姊，妳是我姊姊最好的朋友，當年你們離開之時，她被我父親拘在家裡，沒能為妳送行，她一直耿耿於懷。今日，我有幸在張家堡見到妳，這實在是我們的緣分，我代替姊姊將這只鐲子送給妳添妝，她若知道必定十分高興。」

芸娘接過木盒，心中甚是感慨，她看著殷雪凝，語氣堅定。「雪凝，妳說得對，我們居然能在這張家堡相遇，實在是緣分。妳在這裡沒有親人，就將我當作妳的姊姊，我會代替妳的姊姊關心妳、疼愛妳……」

「芸姊姊！」殷雪凝拉住芸娘的手，伏在她的肩頭，失聲痛哭。芸娘一邊輕撫她的背，一邊輕聲安慰。她想到殷雪凝雖然父母雙全，但還是比自己可憐得多。她父母為了自己得到小小的安逸居然忍心讓自己的女兒與人為妾，想到這裡，她不禁為自己擁有一個真心疼愛自己的父親而感到驕傲和自豪。

久別重聚，自然有說不盡的話，她們又聊了許多相識的人和事，特別是宋家離開後發生的一些事。

當芸娘聽到在自己一家離開後不到半年表哥便娶妻之事，她的內心居然毫無波瀾，好似聽著與自己毫不相干的事情。她現在心心念念想著的便是宋、蕭兩家都能在這張家堡安安樂樂地過下去，從前的諸事已經如雲煙，都已是風吹雲散，消失得無影無蹤。

第二十四章　京城來的舊友

宋芸娘捧著錢夫人和殷雪凝送的添妝，踏著地上的殘雪，回到家時，已近傍晚。廚房裡，田氏正在忙碌，裊裊炊煙正從煙囪裡升起，慢慢在半空中擴散開來。

宋芸娘先去廚房和田氏打了個招呼，田氏一邊炒菜，一邊回頭對著芸娘笑道：「芸娘，妳回來得正好，馬上便可以吃晚飯了。」

這段日子，因芸娘忙著準備嫁妝，田氏便承擔了大量的家務事。她與柳大夫雖然是名義上的夫妻，但對芸娘義母一職卻是擔了個貨真價實，她與自己的兒子失散，便將滿滿的母愛傾注到芸娘身上。

「義母，您辛苦了！我一會兒就來給您幫忙。」芸娘笑著謝過田氏，便出了廚房，去尋宋思年。

正房、宋思年的房間均看不到他的人影，院子裡靜悄悄的。宋芸娘帶著疑惑和失望回到房間，想不到宋思年正蹲在自己的廂房裡，靜靜打量著堆在角落裡的那些嫁妝。房間裡光線昏暗，只看得到他花白的頭髮和佝僂的背影。

「爹，您這是在幹什麼？」宋芸娘忍不住叫了起來。

宋思年回頭看了一眼芸娘，又支撐著身子慢慢站起來。他的腿還未好全，動作有些艱難，昏暗的房間裡，他的身形越發顯出了幾分虛弱和老態。

芸娘心中一酸，她將手中的綢緞擱在桌上，忙走過去攙扶著宋思年站起來，一邊埋怨道：「爹，您的腿傷還沒有完全好，還是要注意些，別又加重了傷情。」

宋思年不在意地笑了笑，語氣中有幾分悵然。「芸娘，過幾日妳就要出嫁了，爹看看妳的嫁妝還有哪些沒有準備好的。」

看著宋思年刻滿皺紋的臉，芸娘不禁又是心暖、又是心酸，忍不住嗔怪道：「爹，都準備好了，您不要太操心了。」

宋思年看了看那幾口簡陋的箱子，忍不住面帶愧疚之意。「芸娘，爹沒有用，不能給妳一份豐厚的嫁妝，對不住妳啊。就連這些嫁妝，也多半是妳自己掙錢買的。」

「爹，看您說的，再多的嫁妝都比不過自己勤勞持家，靠自己掙一份家業。再說，您辛辛苦苦養育了我和荀哥兒，又對我們百般疼愛，若不是您，我和荀哥兒又哪能支撐到今日？」一邊說，一邊扶著宋思年在桌子旁坐下。

宋思年欣慰地看著女兒，露出了慈愛的笑容，又問：「芸娘，今日錢夫人找妳有何事啊？」

「哦，差點忘了告訴您了。」芸娘指著桌子上錢夫人她們送的添妝給宋思年看。「今日，錢夫人找我過去，原來是要為我添妝，她送了我一疋綢緞和一對金簪。」見宋思年面露驚訝和不贊同之色，芸娘忙道：「我當時已經推辭半天，可錢夫人堅持要送，若堅決不受，反而辜負了錢夫人的美意。她既然決心要送，便絕沒有收回去的道理；只不過以後要蕭大哥多為堡裡的事務盡心盡責罷了。」

宋思年見女兒能夠將事情看得清楚，分析得透澈，便很是讚賞。他點了點頭，含笑看著芸娘不語。芸娘又道：「此外，我今日在防守府還見到了另一個人。爹，您肯定不會想到。」

宋思年好奇地看著芸娘，芸娘便將今日遇到殷雪凝以及他們一家的遭遇一一告訴了宋思年。

宋思年面上神色複雜，沈默了半晌，突然低低開口。「想不到，殷望賢也有這樣的一日，我還以為他會平步青雲，混一個大好的前程，想不到他也淪落得和我一樣。果然老天爺是公平的，不會輕易放過任何一個人。」他的語氣低沈，說到最後，卻帶了幾分恨意和幾分咬牙切齒的意味。

宋芸娘不解地看著宋思年，問道：「爹，我記得您和殷伯父關係甚好，怎麼會……」

宋思年看著芸娘，淡淡笑了。「芸娘，妳記住，這世上很多事情往往不是妳眼中看到的那麼簡單。

「我和殷望賢可能曾經交好過，當年我們同榜中進士，又同在杭州為官，開始的時候，倒是真心誠意地交往，彼此在官場上相互扶持；只是後來，他升了杭州府同知之後，我們的交往便變了味道，他在我面前，總是帶了幾分居高臨下的姿態……」

宋芸娘知道父親為人耿直，又不善逢迎，為官多年也只是個小小的七品知縣。當年，眼見與自己一般資歷的好友升為自己的上司，他自然不甘心在殷望賢面前伏低做小、阿諛奉承。

本是平級的兩個人突然身分、地位發生變化，再加上殷望賢在宋思年面前總擺出一副倨傲的姿態，難免宋思年會有不滿之心。

沒想到父親遠離官場多年，居然還對這樣的事情耿耿於懷，芸娘便開導道：「這些事情都已經過去了。想那殷伯父為人倨傲，當時的官職也高，現在淪為和我們一樣的軍戶，只怕是落差更大，更不好受。」

「那也是他自作自受。」宋思年冷哼了一聲。「妳可曾想過，當年那場貪墨案牽連的官員甚多，為何殷望賢卻能獨善其身？」

芸娘不解地搖了搖頭，宋思年面上浮現幾分痛色。「開始的時候，我也有很多事情不明白，還將殷望賢當作摯友知己，哪怕他升職後態度有變，我也只當他個性使然，並未真正計較。只是後來，我在牢中待了一個多月，又經歷了好多次審問，聽到了許多隱情，有些事情不明白也不行了。

「當年那場貪墨案，朝廷派來查案的欽差大臣和殷望賢是同鄉。當時，我們都以為靠著殷望賢和他的交情，可以大事化小，小事化無；可誰知那欽差大臣一心立功，聖上又對貪污一事極為憎恨，查到最後，所有的人都脫不了干係，卻偏偏沒有確鑿的證據。

「那欽差大臣靠著與殷望賢的交情，以他為突破口，將這個案子查了個透澈，有罪的、沒罪的、罪大的、罪小的一個都未能逃脫。殷望賢出賣了所有人，他卻搞了個將功抵罪，推卸了自己在貪墨案中的罪責。」

宋思年停下來，略略喘了會兒氣，繼續恨恨道：「當年，若不是他們一心立功，將這場案子鬧得更大，水攪得更渾，爹又怎會被牽連在內，我們一家又怎會流落於此，妳娘和萱哥兒又怎麼會慘死……」

宋芸娘也是第一次聽到父親說出這樣的隱情，她看著宋思年激動的神色，心裡卻是想得清楚透澈。她明白，當時若只是殷望賢一人，怎會有能力將事態鬧得那麼大，總歸還是朝廷想借題發揮，將江南官場來場大清洗、大換血罷了，只怕那殷望賢也只是其中的一枚棋子而已。當時，即使沒有殷望賢，也必會有其他人出頭。

可是在宋思年眼裡，他遭到好友的出賣和背棄，又無端受到這麼大的挫折和鉅變；他有著忠君之心，自然不敢埋怨朝廷和皇上，便難免對殷望賢心生怨恨。

芸娘心中明白，卻不好太明著勸說父親，以免引起他的激憤之心，便只好輕聲安慰道：「爹，過去的事情都已經過去，也不必始終耿耿於懷，既不能有任何改變，還徒增煩惱。殷伯父當年雖然暫時得以保全，但現在也一樣充軍到邊境……」

宋思年冷笑了幾聲。「他倒是越過越出息了，還幹起了賣女求榮的勾當。可惜雪凝那個孩子了，我還記得她，是個好孩子，妳娘當年還有過為萱哥兒求娶她的想法……」

宋芸娘沈默了下來，她並沒有告訴宋思年殷雪凝掛念萱哥兒的事情，畢竟，這樣的事情有損女兒家的聲譽，在長輩的眼裡也是不能容忍。她想著造化弄人，那殷家充軍到哪裡不好，偏偏也來到這裡的軍堡，還在近在咫尺的靖邊城，也不知以後是否會遇上，更不知萬一以後遇上，父親又會有如何的態度和舉動。

宋芸娘正在和宋思年聊著往事，忽然聽到田氏的聲音在院子裡響起。「四郎，你來看芸娘啦！」

芸娘心突地一跳，她悄悄看了一眼宋思年，只見他滿眼都是戲謔的笑意，便紅著臉站起身來，急急出了房門。

院子裡，蕭靖北穿著一身威風的總旗官服，身手挺拔，英姿勃發。他身揹鳥銃，腰掛朴刀，一手還拎著幾隻野兔和山雞，袍服的下襬和靴子已然濕透，一看便是剛剛從青雲山回來，連家都沒有回便直接來了宋家。

這些日子，蕭靖北訓練鳥銃手，為了不影響張家堡軍戶們的安寧生活，又不浪費彈藥，便乾脆將隊伍拉上青雲山，既可以練習射擊，又順便打獵。

只可惜青雲山上的小動物們遭了殃，時間長了便罕見蹤跡。難得過了這麼些日子，蕭靖北居然還可以每日都有收獲，並以送獵物之名為藉口來到宋家。

田氏已笑嘻嘻地接過蕭靖北手裡的野兔和山雞，轉身進了廚房，留下芸娘和蕭靖北站在院子裡。

芸娘看著蕭靖北濕透的棉袍和靴子，皺起了眉頭。她忙請蕭靖北進正房，取來為蕭靖北新做的棉衣和棉靴讓他換上，又將他濕透的棉袍和靴子放在炭盆旁烤著。

忙完這一切，才有空埋怨起蕭靖北。「蕭大哥，這麼大的雪，你怎麼不趕緊回家，小心著涼了怎麼辦？」

蕭靖北含笑看著宋芸娘的一舉一動，目光似乎黏在她的身上捨不得移開。他換上芸娘新做的棉衣和棉靴，只覺得渾身暖意洋洋，心中更是一片火熱。他小聲道：「有妳在的地方，才是家。」

芸娘一愣，只覺得心撲通撲通跳得劇烈，她斜了蕭靖北一眼，小聲嗔道：「你什麼時候變得這麼油嘴滑舌了，定是跟那幫人學壞了。」

蕭靖北瞪圓了眼睛，面露無辜之色。「我哪有？這可是我的肺腑之言。」

他深深看著芸娘，眼神深邃，蘊藏著無限的柔情。「芸娘，我一想到還有幾日，妳便是我的娘子，我們便是真真正正的一家人，我……我實在是歡喜，這幾日，我都無法安然入眠……」

宋芸娘低頭烘烤著蕭靖北的棉袍，炭盆裡散發出來的熱意讓她的臉更紅，身上也更熱，她支支吾吾地說：「蕭大哥，我……我也……」

突然，門口傳來幾聲咳嗽，宋思年慢慢踱著步子走了進來，蕭靖北急忙起身行禮，拜見準岳父大人。

宋思年杵在這裡，好似一盞最亮的明燈，兩個人便都噤口，正有些尷尬時，院子裡響起了田氏的聲音。「芸娘，我已經將野兔和山雞處理好了，妳的手藝好，要不，妳來燒這兩道菜？」

宋芸娘忙應了一聲，匆匆去了廚房。

芸娘出去後，屋內的氣氛更加怪異，宋思年和蕭靖北兩個人正在大眼對小眼、無話找話的聊時，從廚房裡飄來了誘人的香味，在下著雪的寒冬，越發引得人飢腸轆轆，兩人都如釋重負，欣然起身往廚房走去。

廚房裡，田氏和芸娘已經架好桌椅板凳，擺放了碗筷。小小的方桌上，放了四菜一湯，剛剛燒好的野兔和山雞放在正中間，色澤紅亮，香味濃郁，令人食慾大開。

室外寒風呼嘯，雪花飛舞，在宋家小小的廚房裡，卻暖意融融。一家人正吃得興致高昂時，突然，院門傳來了「咚咚」的敲門聲。

芸娘愣了愣，急忙放下碗筷走出去開門，卻見門外站著一名士兵，正在颯颯寒風中跺著腳。

看到芸娘出來，急切地問：「請問蕭總旗是否在這裡？」

此時，蕭靖北也跟著走了過來，他認得這名士兵是王遠防守府的一名侍衛，便問道：「可是王大人找我？」

士兵見到蕭靖北，頓時鬆了一口氣。「蕭總旗，可算找著您了，王大人有急事找您呢！」

防守府內的會客廳裡，王遠正戰戰兢兢地招待從京城遠道而來的貴客。

桌上擺了十幾道上好的佳餚，可圍坐在桌子旁邊的卻只有寥寥三人，除了王遠，還有一位身材高大壯實的中年男子；坐在上位的，卻是一位年輕的男子，他穿著緋色的袍服，胸前的補子上繡有虎豹花紋，正是三品武官的服飾。他的面容極其俊朗，眼睛略微狹長，深邃明亮，鼻梁高挺端正，雙唇緊抿，神色冷峻。

席上的幾道熱菜早已涼透，可這位貴客冷冷地坐在那裡，既不舉杯，也不拿筷，目光定定看著門外不言不語，一張俊臉有如寒冰，好似入定了一般。

今日下午，靖邊城劉守備的心腹——靖邊城鎮撫高雲峰帶著這位貴客來到了張家堡，略略寒暄了幾句之後，開門見山地就問堡內是否有叫蕭靖北的軍戶。當得知蕭靖北已是總旗後，貴客那張冰山般的俊臉終於露出了幾絲笑意。

此時，酒席已備好多時，可是蕭靖北卻遲遲不至。眼看著貴客的臉色越來越冷，王遠不禁又是心憂、又是暗暗埋怨，張家堡總共就這麼大，也不知這蕭靖北為何還未找來。

這貴客年紀輕輕，來頭卻不小，聽高鎮撫介紹，他是京城神機營的右掖副將，品級也很高，乃正三品都指揮斂事使。

王遠心想，這位副將這般年輕，卻已是皇城裡最威風的神機營的副將，還有這麼高的品級，只怕背景來頭不小，不知和蕭靖北是何關係。那蕭靖北來自犯了事的前長公主府，在京城貴族圈裡盤根錯節的關係肯定少不了，看這位貴客對蕭靖北分外關心的模樣，應該是他京城的友人……

王遠正在胡思亂想著，卻聽得高雲峰小心翼翼地對那貴客道：「大人，這酒席已備下多時，不如我們邊吃邊等？」

那貴客卻搖了搖頭，俊臉上閃過一絲不耐，淡淡道：「急什麼，還早著呢，再等一會兒。」他的眼睛只那麼略略一斜，凜然的氣勢卻令高雲峰不寒而慄，立即噤口不語。

王遠更是大氣也不敢出，他和高雲峰對看一眼，苦笑了一下，便都正襟危坐，有如老僧入定般不言不語。

三人又等了一會兒，終於，門外傳來士兵的通傳聲。「大人，蕭總旗到了。」王遠精神一振，卻見那貴客更加激動，已立即站起身來，急切地看著門口。

伴隨著一陣寒風，蕭靖北走了進來，身上還帶著外面的雪花和寒意。他看到屋內的三個人，頓時愣住，卻見那貴客已提步向蕭靖北走去，嘴裡激動地叫著。「姊夫！」

王遠和高雲峰均是目瞪口呆，如同石化般愣在那裡。

只聽蕭靖北驚喜地道：「潤甫，你怎麼來啦！」

王遠命下人將冷了的菜端下去，又上了幾盤剛做好的熱菜，終於開始了宴席。

因蕭靖北官職最低，此刻只能坐在最下首，王遠坐在他和那位京城貴客——孟雲澤的中間。

「姊夫，自從上次一別，你我已有一年未見。這一年來發生的事情實在是太多，變化太快，好在你一切安好，我便也心安。姊夫，我敬你一杯。」孟雲澤端起酒杯，對著蕭靖北微微一笑，仰頭一飲而盡。

蕭靖北微微苦笑了一下。「潤甫，我現在已經不再是你的姊夫，你還是喚我蕭四哥吧，或者叫我季寧也行。」說罷，也乾了杯中酒。

王遠坐在蕭靖北和孟雲澤中間，愣愣看著他們你一杯、我一杯地對飲著，慢慢敘著舊。出於主人的責任和義務，他幾次想插話卻又無法介入，還被孟雲澤冷冷地看了幾眼。

終於，孟雲澤啪的一下放下筷子，站了起來，結束了這場尷尬的晚宴。他和蕭靖北兩人平分了三壺酒，可現在他們不但不見醉態，反而神色清明，眼神明亮，精神也格外抖擻。

王遠和高雲峰兩人也陪著喝了不少，此刻卻是有了幾分醉意。王遠晃晃悠悠地站起來道：「孟大人，高大人，下官已經準備了兩間房，供您二位休息，我們這裡條件簡陋，還請兩位大人將就一下。」

孟雲澤終於不再是一副冰山臉，他唇角一彎，露出淡淡的笑容。「多謝王大人的盛情款待，只是我與蕭四哥許久未見，今夜想與蕭四哥促膝長談。」

夜深人靜的張家堡，家家戶戶都關上院門，熄燈上炕，四周黑漆漆的一片，只聽得到呼呼的風聲。

南北大街上，遠遠地出現了一團火光，襯映著兩個高大的人影，肩並著肩，慢慢走著。蕭靖北和孟雲澤踏著地上的積雪，發出沙沙的腳步聲，在寂靜的夜裡顯得格外清晰。蕭靖北手裡的羊角燈籠，發出溫暖昏黃的光芒，在暗黑的夜幕裡形成一個光圈，將他和孟雲澤籠罩在其中，火光的照耀下，漫天飛舞的雪花也反射出奇異的微光。

「姊夫——」

「不是已經跟你說了嗎，不要再叫我姊夫了。」蕭靖北打斷了他，面上顯出幾分不悅。

孟雲澤一愣，有些難堪，轉念想到當時父親逼著蕭靖北與姊姊和離，只怕蕭靖北心裡仍有著怨恨，便訕訕道：「我這不是叫了這些年，習慣了，一時半刻改不過來嗎！」

「改不過來也要改。」蕭靖北斬釘截鐵地說。

「姊——蕭四哥，你們家出事的時候，我正在福建抗倭，等我回到京城時，你們家已經貼上了封條，人去樓空。他們那幫人將你們的訊息封鎖得緊，我查訪了許多人，才知道你們一家並未和英國公他們家一起充軍到雲南，而是單獨充軍到了宣府城一帶，只是具體地方卻始終查不出來，也不知為何單單將你們一家幾口人充到北方邊境？」

蕭靖北淡淡笑了笑，無所謂地說：「誰知道呢，也許是為了防止我們充軍後繼續在一起密謀造反吧。」

轉念又想到，自己若不是充軍到這北地的張家堡，又怎會遇上芸娘，成全一段姻緣，想到這裡，他不禁露出了溫暖的笑意。

蕭靖北走了幾步又問：「對了，你怎麼到這張家堡來了？」

孟雲澤心道，你總算記得問我了，面上卻露出幾分促狹的笑容。「若我說是專程來找你，你可信？」

蕭靖北淡笑道：「我自然是想信，只是我知道這必不可能，你必定還有其他的公事在身。」

孟雲澤收斂了笑容，喪氣地說：「蕭四哥你這人就是說話太透澈，容易得罪人。」說罷又笑道：「不過你說得很對，我此次前來，一半是為了找你，一半的確是因為公事。你知道兵仗局那幫傢伙終於造出了還過得去的鳥銃了吧？」

蕭靖北點點頭。「當然知道，這次張家堡能夠擋住韃子的圍城，這批鳥銃的作用不小。」

「他們這次除了鳥銃，還造了一些輕便好用的火炮。兵部送鳥銃和火炮到各個邊境的衛所，又讓咱們神機營派出人手到各衛所訓練鳥銃手，我一聽有這樣的機會，立即主動要求到宣府城，打算乘機查找你。

「只是查了許久，卻始終無法找到你的下落。那日，在宣府總兵府裡，見到了周正棋將軍，他談起張家堡有一個姓蕭的總旗，訓練了一支鳥銃隊，在抵抗韃子圍城時發揮了不小的作用。我當時就想著，這蕭總旗只怕就是你，今日一來，果不其然。蕭四哥你是有能力的人，到哪裡都能夠脫穎而出。」

蕭靖北看著興奮地侃侃而談的孟雲澤，心中很是感動。孟雲澤是他的妻弟，更是他的至交好友，當日自己家犯事時，孟雲澤並不在京城，現在卻費盡心機地四處查找自己。

「蕭四哥，你不知道，你走了之後，京裡的那些弟兄們也很少聚會了。」孟雲澤突然有些情緒低落，聲音也低沈了下來。

「自從你不在之後，我們雖然聚了幾次，但不論是喝酒還是打獵，少了一人，總覺得不大對勁，想到你，便有些意興闌珊，缺少興致，後來大家也沒怎麼聚了。這次我來之前，和他們又聚了一次，大伙兒都很關心你，囑託我若找到你後，一定要鼓勵你挺住，千萬別從此沈淪下去。」

蕭靖北不語，只是眼中微微有了濕意。

雖說當時和他們日日混在一起，有混淆家裡人視線的意圖，但日積月累的，也建立了兄弟般的感情。沈默了一會兒，他低低問道：「大家現在都過得怎麼樣？」

「都挺好的。孫二哥終於添了個兒子，樂得嘴都合不攏；劉琦那小子訂親了，對方是昭武將軍的女兒，聽說很是刁蠻凶悍，劉琦他以後有的是苦頭吃了。」說罷便忍不住笑。

「那你呢，你這次回京，你父親沒有為你說一門親，讓你也收收心？」

「他操那幾個嫡子的心都操不完，哪裡能顧及到我這個庶子的身上？我也是樂得逍遙自在。」孟雲澤嘴上說得輕鬆，但蕭靖北對他甚為瞭解，從他的語氣中還是聽出了幾絲淡淡的哀傷。

在京城時，蕭靖北的這幫朋友都是豪門貴族之家的邊緣子弟，大多是庶子，也有像蕭靖北這樣身分尷尬、不甚受寵的嫡子。他們有的閒散在家，有的和蕭靖北、孟雲澤一樣在軍中任職。

孟雲澤在孟家排行第六，上面還有三個嫡兄，兩個庶兄。孟家內宅明爭暗鬥地複雜，孟雲澤便乾脆將身心全部投在軍務上，他常年待在軍中，一有外出作戰的任務更是主動爭取。

蕭靖北看著孟雲澤身上正三品武官的錦袍，不禁誇道：「你也很不錯，升職了？」

孟雲澤淡淡笑了。「這次去福建抗倭，立了點功勞。」說罷又笑著看向蕭靖北。「蕭四哥你才是真的不錯，現在已經是總旗了。」

蕭靖北也是淡淡一笑。「這次抵抗韃子圍城，立了點功勞。」語罷，和孟雲澤兩人相視一笑。

羊角燈籠的映照下，兩張年輕英俊的臉上，黑亮的眼睛反射著璀璨的亮光，生機勃勃的面容上洋溢著傲人的英氣，都閃著自信的光彩。

兩人很快走到了上西村的地段，離開南北大街，拐進通往蕭靖北家的長巷。

孟雲澤只覺得視線陡然變暗，一條悠長的巷子兩旁，排列著密密的小院，此時都是黑燈瞎火，一片寂靜，好似無人之境。他不禁想到，此時若是在京城，富豪之家只怕剛剛結束晚宴，仍是燈火通明；繁華的大街上更是熱鬧非凡，觀者如織，街道兩旁一排排店鋪門口的燈籠照得如同天明；酒樓裡高朋滿座，行酒猜拳之聲不絕，青樓裡美女如雲，正站在門口熱情地招喚……

可是，這裡卻是冷靜的、孤寂的，幾乎感覺不到人煙般的荒涼。孟雲澤看著黑漆漆的長巷和兩旁暗沈沈的房屋，只覺得無端生出一種沈悶和壓抑。他看向穩步走在一旁的蕭靖北，卻見他神色如常，嘴角微微勾起，卻不知想著什麼開心事，神情很是愉悅。

孟雲澤不禁心中淒然，他不知蕭靖北從繁華的京城到這荒涼的邊堡後，是怎樣從不適應到處之泰然，他可以想像，那應該是極其艱難的過程。

「姊——蕭四哥，剛才忘了問，侯夫人她們怎麼樣了，還有鈺哥兒，他現在好嗎？」孟雲澤忍不住出聲，打破這令人壓抑的寂靜和沈默。

蕭靖北一愣，他剛剛步入小巷後，便想著幾日後如何用花轎將芸娘沿著這條小巷抬回家裡，此刻被孟雲澤打斷，才驚覺剛才只顧自己發呆，忽視了一旁的孟雲澤。他忍不住生出幾分愧疚，忙道：「謝謝潤甫關心，他們都挺好的。」

「蕭四哥！」孟雲澤突然停住腳步，叫住了蕭靖北，他的面色十分複雜，似乎在掙扎什麼。

他猶豫了許久，終於打算向蕭靖北道明，卻見蕭靖北指著身前一座小院笑道：「潤甫，已經到我家啦！」

院門並未閂上，而是虛掩著。蕭靖北輕輕推開門，帶著孟雲澤一起進入小院。

走進小院，只見幾間正房、廂房都修建得高大堅固，西南角還建有單獨的茅廁；平整寬敞的院子裡種了幾棵樹，其中有一棵梅樹，臘梅迎雪綻放，散發出沁人心脾的香味，充斥了整個小院。

正房左側的耳房裡，傳出微弱的燈光，那是李氏的住所。蕭靖北心中一暖，看來母親仍在等著自己。他對孟雲澤笑了笑，提步向李氏的房間走去，他停在李氏房門前，恭敬地道：「母親，孩兒回來了。」

「哦，四郎，你回來啦！」房內傳來李氏的聲音，一陣腳步聲後，房門被打開，房內的暖意和光亮撲面而來。

昏暗的燈光下，孟雲澤看到房門口立著一位普通的農家婦人，她梳著簡單的髮髻，頭髮盤得整整齊齊，身穿青色的粗布棉衣，全身上下沒有半點飾物，和當年那個一身精美華服、滿頭珠翠的侯夫人判若兩人。不過，仔細辨別下，孟雲澤看到她的眼睛仍然明亮，面容依然沈靜，周身仍然隱隱約約顯現著一股端莊雍容的氣質。

李氏看到蕭靖北身側還站了一名高大的男子，不禁一愣，卻見孟雲澤已經上前拜道：「孟家六郎拜見李夫人。」

李氏一下子愣住，蕭靖北已在一旁笑道：「母親，這是孟家小六啊，以前常去我們家的，您認不出啦？」

李氏回過神來，她急忙伸手攙扶起孟雲澤，笑道：「孟六郎也算是我看著長大的，我怎會認不出他，只是剛才太突然，一下子有些恍惚了。」說罷，一邊喚王姨娘，一邊請孟雲澤進正房去坐。

西廂房是王姨娘和蕭靖嫻、鈺哥兒的住所，蕭靖嫻一人住在裡間，王姨娘帶著鈺哥兒住在外間。她們雖然已經歇下，但都睡得不熟，此時李氏一聲呼喚，不但王姨娘，連蕭靖嫻也被叫醒。

正房裡的桌上，已經點上煤油燈，一旁還放置了炭盆，散發出陣陣暖意。李氏坐在上首，蕭靖北和孟雲澤坐在下首，慢慢敘著話。

王姨娘端來熱茶後，便習慣性地站在李氏身側，李氏看了她一眼，淡淡笑道：「玥兒，這裡也沒有外人，妳就坐下吧。」

王姨娘推辭了一下，還是側著身子坐在一旁的凳子上，便聽李氏問道：「六郎，你母親他們可都好？」

孟雲澤恭敬答道：「我母親身體還好，只是很掛念您。」又問：「侯夫人，不知您身體可好？」

李氏笑著搖搖頭。「六郎，別叫我什麼侯夫人啦，那都是過去的事情了，你就叫我李嬸嬸吧。我在來張家堡的路上，生了一場大病，幸好在這裡遇上了一位醫術極好的大夫，不但治好了我的病，我的身體也比以前好上許多。」

孟雲澤笑道：「那就好。對了，不知鈺哥兒如何？」

李氏露出慈愛的笑容。「鈺哥兒也好得很。他現在已經睡下了，明早起來，看到你這個六舅，一定會樂得跳起來。」

孟雲澤也笑了起來，他看了看李氏和蕭靖北，試探著說：「我三姊——」

「孟六哥！」一聲嬌柔的聲音打斷了他，聲音裡帶著嬌俏和掩飾不住的驚喜。

孟雲澤循聲看去，卻見門口站著一位身形玲瓏的少女，她上身一件玫紅的小襖，下穿墨綠色襖裙，梳了雙螺髻，打扮得很是俏麗。昏暗的燈光下，她的面容瑩白如玉，一雙杏眼閃著晶亮的光，滿臉的興奮和欣喜之色。

孟雲澤有些愣住，卻見她一邊快步走過來，一邊開心地問道：「孟六哥，你是來接我們的嗎？」

孟雲澤有些不知所措，一旁的李氏已經大聲道：「靖嫻，妳有沒有規矩，有妳這樣和人打招呼的嗎？」

蕭靖嫻腳步一滯，她停下來，對著孟雲澤襝衽為禮，低頭輕聲道：「孟六哥萬福。」剛才雖然看得不甚清晰，但她已經隱約看到孟雲澤穿著三品武官的服飾，不但比以前更加穩重堅毅、英氣逼人，面容也更加成熟英俊。她半低著頭，已經微微紅了臉。

見剛才親熱地喚自己「孟六哥」的女子居然是蕭靖嫻，孟雲澤詫異非常。

他雖然以前在蕭家見過蕭靖嫻，但那時蕭靖嫻眼界十分之高，她雖然是庶女，卻瞧不起庶子。她一心想嫁給哪家豪門貴胄可以承爵的世子，最起碼也要是嫡子，所以對孟雲澤這樣的庶子是不大看得上眼的，平時見到了，也只是淡淡行禮，道一聲「孟六哥」而已。

孟雲澤愣了下，卻也急忙起身回禮，笑道：「原來是靖嫻妹妹啊，果然是女大十八變，我都有些認不出來了。」

蕭靖嫻面色更紅，低著頭，輕移蓮步退到王姨娘身旁坐下。

李氏淡淡斜了蕭靖嫻一眼，蕭靖嫻做出些微的舉動，她便已知她心中所謀、所想。李氏在心中暗暗嘆了口氣，繼續含笑和孟雲澤聊著天，問他京城一些故人的近況。

「孟六哥，不知我四嫂現在可好？」突然，一旁的蕭靖嫻插話問道。

孟雲澤心中有些酸澀。他之前在防守府和回蕭家的路上已經和蕭靖北聊了許久，在蕭家又和李氏聊了半天，可偏偏沒有人主動問起孟嬌懿，自己好幾次想把話語引到她身上，卻都被打斷。他深知這蕭家人大概對三姊怨念太深，故此不願提及她。

他想，若自己對他們解釋清楚，消除他們的誤會，那麼自己也算沒有辜負三姊的託付，也算是不虛此行。

現在蕭靖嫻主動提起孟嬌懿，正是給了孟雲澤機會。

他正待開口，卻聽李氏已經怒聲喝道：「靖嫻，和妳說過多少遍了，那孟家小姐已經不再是妳的四嫂了，妳的四嫂還有幾日就要進門，妳趁早給我收回以前那些亂七八糟的想法和小動作。」

李氏居然在外人面前毫不留情地訓斥了蕭靖嫻，蕭靖嫻不禁又羞又氣，眼淚也奪眶而出，她嘴唇顫抖了半天，卻說不出一個字，最後站起來，跺一跺腳，扭身回房痛哭去了。

王姨娘手腳無措地站起來，抱歉地看了看李氏，也跟著追了出去。

孟雲澤倒並未留意到蕭靖嫻的舉動，他還停留在李氏剛才那番話帶給他的震驚之中。他愣然看向蕭靖北，問道：「蕭四哥，李嬸嬸剛才那話是什麼意思？」

蕭靖北面上揚起笑容，還未開口，李氏已笑道：「什麼意思，我家四郎要娶親了。」

孟雲澤只覺得猶如當頭棒喝，不置信地看著蕭靖北。「娶親？你怎麼可以娶親？」

李氏收斂了笑容。「我家四郎為什麼不能娶親？他和你家三姊早已和離，現在是男婚女嫁各不相干，他現在遇到了合適的女子，自然可以娶親。」

蕭靖北也笑道：「潤甫，你來得正好，我的婚事定在臘月二十八，你不如就在這裡吃了喜酒再回去吧。」

孟雲澤看著蕭靖北臉上掩飾不住的笑容，忍不住喃喃道：「蕭四哥，那我三姊呢？」

蕭靖北一愣。「我已經與她和離，這是你們家的要求，你三姊更是沒有說半個不字。」

停頓了一會兒，又遲疑地問：「她……現在可還好？我們家離開京城之前，聽說你們家已經準備為她議親。」

孟雲澤沈默了一會兒，無聲地點了點頭。

李氏也忍不住道：「六郎，雖然這些事情和你無關，我也忍不住要說說。當初，可是你們家害怕受到牽連，逼著我們四郎與你三姊和離，你三姊也是千肯萬肯地願意離開我們家，連幼小的鈺哥兒都不顧了。你別看我們現在住的房子不好，我們之前住的比這裡更是差上千百倍，你三姊可能跟我們受這樣的苦？她既不願和我們繼續在一起，又怎能強求我家四郎不能娶妻？」

孟雲澤面上神色變幻複雜，他看了看這四周的環境，自然知道自己高傲的、嬌貴的三姊無法在這樣的地方生存，自己的父親也不會允許她再和蕭家有半點關係。他猶豫了半天，看著蕭靖北的眼睛問道：「你可是真心實意地願意迎娶新人？」

蕭靖北眼睛裡閃著晶亮的光彩，充滿自信地道：「自然是真心實意。潤甫，你們不是都希望我能在這邊境之地挺住嗎？說實話，若不是有幸遇到芸娘，我和我們一家人都不知能否在這裡安然生存到現在。」

李氏想到了剛到張家堡的那一場重病，不禁認同地重重點了點頭。

孟雲澤看著容光煥發的蕭靖北，突然明白了他會在這貧瘠之地神采煥發的原因。他想起當初蕭靖北迎娶自己三姊時，他的面容是木然的，神色是淡定的，好似在完成家族分配給自己的任務一樣，哪裡有現在這樣激動和興奮的神色。

孟雲澤深深嘆了一口氣，終是沈默了下來。

次日一大早，風收雪歇。明媚的陽光照射到白皚皚的積雪上，反射出耀眼的光芒，戰後重建的張家堡美麗、幽靜，猶如冰雪世界、水晶宮殿一般。

王遠一早就派士兵給蕭靖北傳話，命他這兩日既不用去青雲山訓練鳥銃手，也無須記掛著城門上的防守，而是好好在家休息，務必陪好那位京城裡來的貴客。

那日在防守府裡，孟雲澤既是出於真情，也有對王遠他們的暗示，特意對蕭靖北表現得十分親暱和關心。

王遠本就知道蕭靖北出身不一般，現在見他還有著京城的權貴好友，心中暗自慶幸自己一直對蕭靖北不薄，以後只怕要對他更好才行。

蕭靖北送走了傳話的士兵，轉身回到自己的房間。蕭靖北住的東廂房，也分裡外兩間，裡間作為婚房已經佈置妥當，因此蕭靖北一直睡在外間。昨夜，孟雲澤也是歇息在這裡。

回到房間，只見孟雲澤已經穿戴整齊，正站在窗前，愣愣地看著貼在窗子上的紅囍字發呆。

昨夜，兩人促膝長談到夜半時分，蕭靖北詳細講述了家破後的經歷，將來到張家堡後的種種艱難輕描淡寫地帶過，重點談及了充軍後遇到的一些人和事，其中，自然也包括芸娘一家。

孟雲澤早已淡化了對蕭靖北即將成親的不滿和責怪，畢竟他和蕭靖北從孩提時就是要好的朋友，蕭靖北是他的摯友在先，成為他的姊夫在後。

他知道蕭靖北一直對女色比較淡然，認為他本性如此。但昨晚見他談及那位姓宋的女子時興奮的神色和掩飾不住的愛意，孟雲澤這才知道，蕭靖北不是對女子平淡，只是不夠動心而已。現在，他的心已被那位姓宋的女子擄獲；他更知道，以蕭靖北的個性，一旦動了心，便已是無法收回。

孟雲澤將對孟嬌懿的心酸和遺憾藏在心底，他清楚地知道，畢竟，孟嬌懿已經不可能與蕭靖北破鏡重圓。

「潤甫，在想什麼呢？」蕭靖北看到孟雲澤入定般地站在窗前，忍不住笑著問。

孟雲澤看到蕭靖北進來，掩飾住臉上的失落，笑道：「蕭四哥，我是在想，那宋娘子是怎樣一位奇女子，可以讓我們不好女色的蕭四郎魂牽夢縈。」

蕭靖北也笑道：「不如你就多待幾日，喝了喜酒再回去吧，也可以見見她。」

孟雲澤愣了下，下意識地搖了搖頭。「不了，我還有公務，要趕在年前回京述職；現在已經知道了你所在之處，以後我會儘量爭取機會多來，還怕沒有機會？」

正說著話，突然聽到門外傳來一陣小而碎的腳步聲，還有王姨娘的聲音。「小祖宗，你跑慢點兒。」

孟雲澤眼睛一亮，急忙走到門口，卻見鈺哥兒已經跑了進來，他穿著一身厚厚的花布棉襖，包裹得像個小肉球。他仰頭看著孟雲澤，又大又圓的黑眼睛彎成了小月亮，伸著兩隻短短肥肥的小胳膊叫道：「六舅！」

孟雲澤過去即對鈺哥兒十分疼愛，來到張家堡後，鈺哥兒心心念念的人，除了母親，就是六舅孟雲澤了。

孟雲澤一把抱起鈺哥兒，使勁親了他一口，笑問：「小子，倒是長沈了，六舅都快抱不動你了。鈺哥兒，你想不想六舅啊？」

鈺哥兒雙手緊緊抱住孟雲澤的脖子，親暱地挨著他的臉，奶聲奶氣地說：「想，每天都想。六舅，我母親有沒有和你一起來啊？」

孟雲澤笑容一滯，愣了愣方道：「你母親沒有來，但是她託六舅代她來看你啊。」

鈺哥兒垮下臉，滿臉沮喪，眼淚也湧了出來，小聲泣道：「母親是不是不要我了？」

孟雲澤心中一痛，緊緊抱住鈺哥兒。「你母親當然要你，她天天都在想你，只不過她有事要留在京城，以後一有機會便會來看你。」

鈺哥兒滿臉的失望之色，晶瑩的淚水掛在睫毛上要掉不掉，小嘴也一癟一癟的。

孟雲澤忍住心中的酸楚，轉移話題，笑著問道：「你父親馬上要給你娶新母親了，你喜歡她嗎？」

小孩子畢竟是單純的，鈺哥兒小臉上綻放了笑容。「我可喜歡芸姑姑了。」他伸出自己的胳膊給孟雲澤看，如數家珍地說：「六舅你看，這是芸姑姑給我做的新衣服；芸姑姑還會做好吃的飯菜，她還給我講故事，跟我玩遊戲……」

孟雲澤心中更酸。「鈺哥兒，你喜歡就好，這樣的話，我也就放心了。」

轉眼已到了正午，太陽高高掛在正上空，曬得屋簷下的冰柱開始融化，一滴滴地滴著水，將地上的積雪滴出了一個個的小坑。

廚房裡，李氏和王姨娘正在準備午飯，她們打算盛情招待孟雲澤，忙得不亦樂乎。

院子裡，孟雲澤帶著鈺哥兒玩耍，一大一小兩個人在小小的院子裡追著跑著，鈺哥兒格格笑個不停，蕭靖北和蕭靖嫻兄妹站在一旁，笑咪咪地看著他們。

突然，院門被推開，只見許安慧走了進來，手裡提著一只籃子，籃子上蓋著厚厚的棉布。

蕭靖北忙迎上去，許安慧一邊遞過籃子，一邊說：「這是芸娘託我拿過來的，她說昨晚你走得匆忙，燒好的這兩碗野兔和山雞都沒有帶，她剛剛又炒了一遍，還熱乎著呢！」

蕭靖北謝過許安慧，又詫異道：「芸娘呢？她為什麼自己不來？」

「人家芸娘講規矩，知道婚前不能和你見面，誰像你，天天想著往宋家跑。」李氏從廚房裡走出來，一邊接過籃子，謝過許安慧，一邊又嗔怪了蕭靖北一番。

蕭靖北不好意思地笑了笑，突然提步跑出門外。正在和鈺哥兒瘋鬧的孟雲澤心中一動，也急忙跟著走出院門，跟著蕭靖北一樣伸長脖子往巷子盡頭看；卻見長巷的盡頭，隱約可見一個窈窕的身影，越走越遠，只剩下一抹淡淡的身影，已然看不太清。

孟雲澤見蕭靖北癡癡看著那幾乎看不見的人影，心中不禁湧出一種奇怪的複雜感覺，既為好友能找到知己愛人而欣慰，又忍不住為自己的三姊感到心酸。

孟雲澤在蕭家住了兩日後，因急著要回京述職，任蕭靖北如何挽留，他也執意要走。

臨走之前，他解下身上的佩劍，送給蕭靖北。「這次我來得匆忙，什麼也沒準備，這把龍吟劍是京城名師鑄造，削鐵如泥。寶劍贈英雄，蕭四哥，這邊境戰亂頻頻，你務必要保重。這裡雖然條件艱苦，但你也可以不用再像在京城之時那樣束手束腳，為了你和你的家人，你只管放開手腳去拚，我相信你一定會有一番作為！」

蕭靖北接過寶劍，眼中光芒閃動。他深知這龍吟劍是孟雲澤的心愛之物，但他更知道自己不能拒絕好友的一片心意。蕭靖北看著孟雲澤的眼睛，鄭重道：「潤甫你放心，這把龍吟劍到了我的手上，我定會好好發揮它的作用，絕不辜負你的期望。」

孟雲澤重重點了點頭，猶豫了會兒，還是真誠地祝福道：「雖然我不能喝你的喜酒，但我祝你和那宋娘子恩恩愛愛，百年好合，一起在這邊境打下一片天地。」

蕭靖北忍不住重重拍了拍孟雲澤的肩，感激道：「潤甫，謝謝你！」

他見孟雲澤眼中神色複雜，想到這兩日他每每都是欲言又止，便還是問道：「你……三姊現在一切都好吧？」

孟雲澤愣了下，猶豫了會兒，終是點了點頭。

蕭靖北便嘆了口氣。「一日夫妻百日恩，我畢竟還是對不住你三姊。她嫁給我一場，我不但未能給她安逸的生活，還與她和離……她沒有選擇和我們一起充軍到這裡，也有她的道理。我對她沒有怨，只有愧疚……你回去若見到你三姊，請告訴她我們一切都很好，鈺哥兒也很懂事、很聽話，我們已經開始了新的生活，也祝她有更好的歸宿。」

孟雲澤沈默了會兒，低沈道：「這番話我會帶到。蕭四哥，我這就告辭了。」他同李氏和王姨娘告別後，便準備去防守府向王遠告辭，蕭靖北自然要陪他一同前去。

孟雲澤雖然只待了短短兩日，卻給蕭家上下帶來了無盡的生氣和歡笑。分別之時，李氏不禁有些傷感，淚眼婆娑，鈺哥兒更是哭著拉著孟雲澤的衣袍不肯放。孟雲澤狠了狠心，他彎腰抱著鈺哥兒親了親，終是頭也不回地離開了蕭家。

孟雲澤和蕭靖北沿著小巷走了一會兒，離別在即，兩人心情都有些低落，步伐也很緩慢。

剛剛走到南北大街上，卻見蕭靖嫻慌慌張張地跑了過來，喘著氣道：「四哥……方才守城門的……士兵來家裡找你，說是有急事，要……你去城門上一趟。」

蕭靖北一愣，想到自己的確有幾日未去城門，他畢竟是責任感極強之人，此時擔心城門上有事情，便有些心急。他看著孟雲澤，猶豫了下，還是道：「潤甫，你先去防守府，我隨後就到。」說罷急急去了城門。

蕭靖北走後，孟雲澤見蕭靖嫻低著頭站著不動，欲言又止的模樣，便有些心知肚明。他看向蕭靖嫻，面上似笑非笑，眼中卻是一片清明，懶洋洋地說：「說吧，靖嫻妹妹，特意將妳的傻四哥支走，是不是有什麼話要對我說？」

蕭靖嫻脹紅著臉，半垂著頭，她掙扎了半天，終於放下所有自尊，大著膽子抬頭看著孟雲澤，一雙大眼睛裡閃著激動的光芒。「孟六哥，你帶我回京城吧。」

孟雲澤愣了下，轉瞬又笑道：「那妳說說我要如何帶妳回京呢？拐帶女子可是要問罪的。」

「孟六哥，我……我是自願的……我願意跟隨你。」蕭靖嫻低下頭，有些扭捏地低聲說。她心中忐忑不安，女子的矜持固然重要，但重回京城富貴生活的誘惑就在眼前，孟雲澤又是知根知底、品貌均佳、前途無量的侯門貴公子，比張家堡裡的那些貧窮粗俗的漢子不知要好上多少倍，她一定要抓住這個難得的機會。

「哦，那妳要怎麼個跟隨法？妳也知道，以妳現在的身分，肯定是不可能嫁與我為妻，若為奴為婢的話，豈不是又太委屈了妳。」

這兩日，蕭靖嫻一有機會就往孟雲澤身邊湊，一個勁地問著京城裡的人和事。他不禁有些嘆息這小姑娘為何這麼長時間都不能接受現實，還沈浸在不切實際的幻想中。想到她畢竟是蕭靖北的妹妹，孟雲澤便乾脆將話講得殘忍透澈，以絕她的幻想。

「我……願意跟隨你，伺候你，哪怕……哪怕不能做正妻我也願意……」

孟雲澤再鎮定，聽完此話也不禁睜圓了眼睛，他忍不住為蕭靖北有這樣一個大膽無知的妹妹感到頭痛。他沈下臉，冷冷道：「妳願意，可是我不願意。我孟雲澤只會有妻，不會有妾。」

他見蕭靖嫻蒼白著臉愣在那裡，眼淚奪眶而出，嘴唇顫抖個不停，一副可憐兮兮的模樣，便忍不住嘆了一口氣。

他想到她從侯門貴小姐淪落到低賤的軍戶，也確實可憐，又想到她畢竟是好友之妹，便放柔了聲音勸道：「靖嫻妹妹，妳我都是庶出身分，也深知做人妾室，這一生都抬不起頭來，連帶著子女都低人一等。你們家雖然現在條件十分艱苦，但相信以妳四哥的能力，一定可以很快改善，妳只管安下心來，以後自然可以尋一良人。京城現在對你們來說仍是是非之地，豈可貿然回去？」

蕭靖嫻見孟雲澤語氣柔和，以為還有挽回機會，便抬眼望著他，眼中充滿了期盼。「那以後有機會了，你能不能帶我離開這裡？」

孟雲澤一愣，忍不住冷下臉來。「妳也曾是侯門貴女，還是長公主的血脈，豈可自輕自賤。這兩日來，我見你們家除了妳之外，蕭四哥、妳母親、姨娘，連鈺哥兒都能夠正視現實，接受這裡的生活，只有妳，始終念念不忘京城。這裡雖然是邊境，但也有著大把的好兒郎，妳以後若有中意之人，堂堂正正地嫁給他為正妻，總比在京城做見不得人的人下人要好。我言盡於此，妳好自為之吧。」

孟雲澤對蕭靖嫻拱了拱手。「靖嫻妹妹，告辭了！」說罷，頭也不回地邁開大步離去，留下蕭靖嫻愣愣站在那兒，良久，才掩面痛哭不已。

第二十五章　蕭靖北的迎親

「哎哎哎，出去出去，你們這群小搗蛋鬼，出去玩去。」

許安慧穿著一件簇新的銀紅色襖裙，梳著高高的髮髻，髮髻上還插了金釵銀簪，打扮得很是隆重。她面帶喜意，連推帶抱地將齊哥兒、大妞妞和荀哥兒等一眾大大小小的孩子們推出了房門口。

又笑著對荀哥兒道：「荀哥兒你是小大人了，就領著這幫小傢伙們在院子裡玩，別到處亂跑。你姊夫他們的迎親隊伍馬上就要到了，到時候你們可千萬記得關門，別讓他們輕易地進來了。」說罷，又掩嘴笑了笑，轉身進了芸娘的廂房。

廂房裡，芸娘已經穿戴整齊，她挺直了腰背端坐在炕上，身旁圍了嘰嘰喳喳說笑的十幾個女子。

芸娘穿上了大紅的嫁衣，雖然沒有鳳冠霞帔，但她一頭烏黑亮麗的秀髮盤成高高的髮髻，插上了幾支金飾。正中間插著蕭家聘禮送的一支鳳口銜珠金釵，展翅欲飛的金鳳凰口中啣著一串紅寶石吊墜，落在芸娘光潔的額頭，分外雍容華貴。

最精美俏麗的要數錢夫人送的那兩支金累絲鑲寶石蝴蝶簪了，兩隻蝴蝶並排著簪在髮髻上，纖薄的翅膀隨動作微微顫動，好似在髮間翩翩起舞。除了幾支金簪，髮髻上還簪了一朵精美的紅色絨花，取「榮華富貴」之意，顯得既端莊又喜氣。

房間裡或坐或站地陪在一旁的幾個女子，除了許安慧之外，還有錢夫人派來的秋杏等幾個丫鬟。錢夫人雖然沒有前來，但是將她身邊最會裝扮的幾個丫鬟派過來幫忙。此外，還有芸娘在女子戰兵隊中結識的幾位好友和相熟鄰近人家的幾個女孩。此刻，十來個女子正在嘰嘰喳喳地聊著天，十分熱鬧。

剛才，許安慧和秋杏等丫鬟圍著芸娘忙碌了半天，許安慧作為兒女雙全的全福人，親自為她絞面開臉。

秋杏她們則幫著描眉塗脂，將芸娘的一張小臉塗抹得紅紅白白，平時清麗的面容頓時變得分外豔麗，又將她一頭秀髮全部盤起，梳成精緻的髮髻，插上了精緻的髮飾，最後才為她穿上嫁衣。

宋芸娘面色緋紅，不知是臉上過濃的胭脂還是內心的緊張所致，她坐在炕上，只覺得心跳得厲害。

許安慧和秋杏等一幫小姊妹們正笑嘻嘻地聊著天，可是芸娘卻是一個字也聽不進去。她藏在寬大袖子下的一雙手緊緊絞在一起，儘管正值數九寒天，可是她只覺得渾身躁熱，後背、手心都是汗。

昨日，作為「全福人」的許安慧和張家堡另一個同樣兒女雙全的「全福人」一起去蕭家為新房鋪床。回來後，許安慧笑嘻嘻地告訴芸娘，那蕭家很是大方，新房裡連一件舊的家具都沒有，全是重新置辦，連炕都是拆了重新搭建，新房裡也佈置得乾淨整潔。看來，李氏他們的確是花了血本，費了一些銀兩和精力裝修新房、籌備婚事。

李氏他們搬去新家時，芸娘曾經去過一次，當時既忙亂又倉促，所以也沒有仔細打量過他們的新家。後來，遵守著宋思年婚前不能見面的囑咐，芸娘更是一次也沒有去過。昨晚聽許安慧說得誇張，芸娘心生好奇和嚮往之餘，又有些埋怨蕭靖北太過於鋪張浪費。

她知道，這次王防守雖然獎勵了蕭靖北一些銀兩，可也不能隨意花費。前些日子蕭家送來了聘禮和聘金，除了豐厚的各色聘禮，聘金居然也給了五十兩銀子，這在張家堡普通軍戶家裡，可是前所未有的大手筆。

當時，宋芸娘本想用十兩採買嫁妝，二十兩留下作為私房錢，剩下的二十兩留給宋思年。可是宋思年說什麼也不肯接受，還激動得老淚縱橫，一個勁地說自己沒有用，他都沒有為女兒備下豐盛的嫁妝，哪能要女兒的錢，他又不是賣女兒，怎可收女兒的聘金。

芸娘無奈，只好收回銀子，心中卻暗自打定主意，開年後，便送荀哥兒去靖邊城的書塾唸書，她來負擔荀哥兒的學習、生活等一概費用。想到荀哥兒，芸娘不禁神色一振，挺直了腰背，覺得前途一片光明，生活充滿了希望。

許安平上次歸來，雖然給宋、許兩家帶來了不小的波動，但是他帶給宋思年的那個關於軍戶除籍的新規定，卻好似在漆黑的小屋上開了一扇天窗，讓燦爛的陽光照耀到宋家的每一個人，讓他們重新開始新的人生規劃。

宋思年已經和柳大夫展開過一番長談，兩人一致決定，讓荀哥兒牢牢抓住這個難得的機會，不再繼續學醫，而是以讀書為主。

柳大夫在張家堡圍城之戰中更加出名，王遠已經免了他的稅糧，讓他不必成日種田，要他全力輔助胡醫士，正式重新開始他大夫的生涯。柳大夫雖然不捨聰明好學的荀哥兒，但是為了荀哥兒的前途，他還是忍痛割愛。同時，為了讓荀哥兒不記掛自己、安心讀書，他還挑選了兩個機靈的少年做學徒。

雖然前幾天下了雪，但是這兩日天氣晴好，宋家院子裡的積雪早已清除掉，院子裡擺了桌椅，已經坐了一些街坊鄰居和好友，此時正在說說笑笑，熱鬧非凡。

張氏和田氏自然也來宋家幫忙。張氏的心情最是複雜，前幾日，許安平已經讓人帶話回來，今年不回來過年。張氏自然清楚許安平不回家的原因，但是，她再心酸，在芸娘成親之日，也仍是強作笑容過來道喜，畢竟她一直將芸娘視作女兒，從心裡疼愛她，此刻便也忍住心酸，笑嘻嘻地去廚房幫忙。

可是許安文卻留在家中沒有過來，他心裡畢竟有著一根刺，一直對宋家人彆彆扭扭的，在宋芸娘的大喜之日，他想到自己孤零零一人在外的二哥，便越發氣悶。

「來啦，來啦，是花轎！花轎來啦！」隨著院子裡小孩子們激動的歡呼聲，隱隱約約聽到遠處傳來歡快喜氣的嗩吶聲和鑼鼓聲。

坐在屋內的芸娘聽到蕭靖北居然是用花轎來迎親，心裡又是喜悅、又是埋怨，畢竟花轎的費用高，張家堡一般軍戶人家成親都是用牛車的。

身旁一個女子羨慕地說：「芸娘，妳家蕭總旗真有心，居然請了花轎來接妳，妳這般風風光光地出嫁，真的是羨煞旁人啊。他們蕭家這般看重妳，妳嫁過去後，想必會對妳更好。」

許安慧得意地笑著。「那當然。那蕭四郎有幸娶到了我們芸娘這樣又美貌、又能幹的女子，還不得全心全意地疼愛。」她一向視芸娘為妹妹，雖然內心深處忍不住為許安平惋惜，但還是真誠地為芸娘歡喜。

芸娘半低著頭，只覺得渾身躁熱，雙頰滾燙，一顆心也撲通撲通跳得厲害。

一會兒工夫，嗩吶聲和鑼鼓聲已經近在門口，還響起了噼哩啪啦的鞭炮聲，將這一向寂靜的小軍堡吵得分外熱鬧。

荀哥兒他們早已關上了院門，一群嘻嘻哈哈的小孩子擠在門口，頭靠著頭，透過門縫往外看。

蕭靖北騎著高頭大馬，身穿威風的總旗官服，頭戴官帽，披紅挂綵，器宇軒昂地走在前面。他的身後，是白玉寧、張大虎、劉仲卿等一干朋友，一個個高大威猛、氣勢逼人。

迎親的隊伍裡，還有十二名敲鑼打鼓、吹著嗩吶的樂手，四名壯漢抬著一頂大紅花轎走在隊伍的中間，走在花轎旁的，是打扮得花枝招展、一身喜氣的劉媒婆。

蕭家的迎親隊伍一路上吹吹打打、熱熱鬧鬧地行過來，引得附近的軍戶們紛紛跟著跑出來看熱鬧。

來到宋家院門前，看到緊閉的院門，蕭靖北還沒動作，張大虎已經忍不住圓目一瞪，一邊捲袖子一邊大步向前，嘴裡嚷道：「來來來，蕭老弟，讓俺老張來為你將這門給捶開。」

一旁的白玉寧和劉仲卿等人忙忍俊不禁地將張大虎拉住，白玉寧更是促狹道：「大虎兒，使不得，等你以後娶新娘子的時候再去捶門吧！」

蕭靖北已經翻身下馬，笑著走到院門口，伸手輕輕敲了敲門。

隔著一扇門，只聽到裡面嘻嘻哈哈、嘰嘰喳喳分外熱鬧，一會兒，卻又安靜下來，聽到荀哥兒稚嫩又一本正經的聲音響起。「蕭大哥，你今日來迎娶我姊姊，卻也沒有那麼容易，要先過我這一關才行。」

隨後又聽到一個聲音慫恿著。「荀哥兒，你可是個才子，快出個極難對的對子，難一難他。」

另一個聲音道：「對，讓他作詩，你們一家都是文人，這個女婿也不能差。」

蕭靖北不在意地笑了笑，他雖然熱衷於武藝，但是以前畢竟唸了那麼些年書，在詩文上雖不是很拿手，倒也不是很怕。他一邊抬手示意迎親隊伍裡的人們安靜下來，一邊朗聲道：「沒問題。」

門裡門外安靜了一會兒，只聽荀哥兒清脆的聲音響起。「蕭大哥，你要我開門，須得回答我三個問題。」

蕭靖北笑著點了點頭，心想，別說三個，三百個也沒問題，嘴上卻鄭重地回道：「荀哥兒請問。」

「第一個問題，請問我姊姊最喜歡吃的是什麼？」此言一出，眾人都紛紛笑著搖頭，心道，到底是小孩子，只記得吃。

蕭靖北卻愣住了，軍堡貧苦，每日裡吃的粗糙，不是饅頭就是稀粥，再就是白菜、蘿蔔加野菜，他哪裡知道芸娘最喜歡吃什麼，遲疑了會兒，試探著說：「餃子？」

荀哥兒收斂了笑容。「錯了。我姊姊最愛吃的菜，是樓外樓的西湖醋魚，最愛吃的點心，是知味居的玫瑰松子糕。」頓了頓，又問：「第二個問題，我姊姊最愛穿的是什麼樣的衣服？」

蕭靖北又被難住了，他見到的芸娘，每日裡不是麻布粗衣，就是青布衫，他撓了撓頭，決意賭一賭，答道：「紅色的襖裙。」

「又錯了。我姊姊最愛的是上穿淺粉或鵝黃的繡花襦衫，下配月華裙，行動時飄飄欲仙，如蟾宮仙子。」當年在江南之時，荀哥兒雖年幼，但記憶中仍記得那時芸娘的模樣，此時回憶起來，不覺帶了些淚意。

「第三個問題。」荀哥兒繼續道：「我姊姊閒暇時最愛做什麼？」

蕭靖北額上已經冒出了密密的汗，想了想，答道：「她喜歡做面脂。」

一時間，院門內外分外安靜，眾人見蕭靖北連錯兩次，都希望蕭靖北能夠答對這最後一個問題。

可最後眾人還是失望，只聽到荀哥兒嘆了一口氣。「閒暇時，我姊姊最喜歡與知己好友焚香烹茶，彈琴下棋，做面脂只不過是為了生計而已。」

蕭靖北呆呆站在門外，難堪之餘，眼中蒙上了一層霧氣，他已經有些明白荀哥兒的用意，卻忘了言語，只能無聲地站在那裡。

突然，門一下子打開了，瘦小的荀哥兒站在門口，小小的臉上露出與他年齡不相符的凝重表情。

他看著蕭靖北淡笑著說：「蕭大哥，我今日問你三個問題，絕不是為難為你，而是想讓你知道，我姊姊也曾是富貴人家嬌養的女兒。在這張家堡的五年，她為了爹爹和我，受盡了磨難，吃盡了苦頭，從未吃過一餐好飯，穿過一件好衣，更別提閒暇放鬆玩樂。今日，蕭大哥迎娶了姊姊，我只期盼蕭大哥以後能善待我姊姊，讓她過上真正舒心的日子。」

蕭靖北定定看著荀哥兒，眼中淚光閃爍，重重點了點頭。院子裡，宋思年已經淚流滿面，柳大夫、張氏、田氏等人也都抹著眼淚。

廂房裡，芸娘坐在床上，更是捂住嘴泣不成聲。一旁的許安慧急得直冒汗，一邊抹著眼淚，一邊勸著芸娘。「我的小姑奶奶，今日大喜的日子，妳哭個什麼呀？」

秋杏也勸道：「是呀，好不容易裝扮好了，這下可好，妝都給哭花了，待會兒，蕭總旗娶回去，掀開蓋頭一看，得了，娶了個大花臉回來了。」芸娘啐了她一口，又忍不住想笑。

院門打開後，蕭靖北帶來的一幫人一擁而進，越發顯得小小的院子分外擁擠。人群裡，劉媒婆的聲音脆亮而高昂。「宋老爹，讓你家宋娘子快些出來吧，可別耽誤了拜堂的吉時了啊！」

廂房裡，許安慧和秋杏等人正手忙腳亂地為芸娘重新整理妝容。方才她已經哭花了臉，現在沒有時間重新裝扮，便只能略略補些粉，好在芸娘天生麗質，稍稍一打扮，便已是嬌美得不可方物。

打扮完畢後，許安慧為芸娘戴上了紅色的蓋頭，和秋杏一左一右扶著她出了房門。

院子裡，蕭靖北剛剛又接受了宋思年的一番訓誡，此時，見芸娘步出房門，不禁屏住了呼吸。他已經有好幾日未見到芸娘，此刻見她身著精美的大紅嫁衣，俏然挺立在自己面前，雍容華貴，可惜一張紅蓋頭遮住了她的面容，卻越發顯得神秘。他傻傻地看著芸娘，不覺有些呆住。

柳大夫在一旁咳嗽了幾聲，一旁的劉媒婆等人已經回過神來，忙讓許安慧扶著芸娘走過來。芸娘和蕭靖北一起跪拜了宋思年和柳大夫，又去亡母的牌位前跪拜了一番，跪拜父母的時候，芸娘又忍不住哭了一場，也惹得宋思年頻頻垂淚。

最後，柳大夫勸慰道：「宋老弟，蕭家的新居離這兒也就不到一千步的距離，你平時散個步就去了，哪有那麼捨不得？」

宋思年雖然點頭稱是，但心想著，芸娘出嫁後，畢竟就成了蕭家婦，做人媳婦總歸是沒有做女兒家舒適。他看著眼前的一對璧人，有欣慰，更多的卻還是不捨。

宋芸娘最後拜別了院子裡的眾位親朋好友，便要隨蕭靖北一起出門了。

按照習俗，新娘應由娘家哥哥揹上花轎，芸娘沒有哥哥，只有荀哥兒一個弟弟。荀哥兒雖然瘦小，卻堅持要揹著姊姊上轎，宋思年他們勸說無果，只好應允了他。

芸娘雖然纖瘦，但此時畢竟正值寒冬，她的嫁衣裡面穿上了棉襖，伏在瘦小的荀哥兒身上，荀哥兒便有些吃重。

走到門檻時，荀哥兒不小心腿一軟，身子一下子收不住便往下一沈，一直緊張地伏在他背上的芸娘大吃一驚，緊緊地抓住了荀哥兒的肩。

荀哥兒的身子晃了兩下便穩住了，透過紅蓋頭，芸娘看到一旁伸過來一雙手，已經緊緊扶住了荀哥兒。

「小心！」聲音有些粗嗄，卻是已經處於變聲期的許安文。他這些日子一直氣著芸娘、躲著芸娘，此刻到底還是忍不住，出來觀看芸娘的婚事。

芸娘心中又酸又軟，微微側頭，輕聲道：「三郎，謝謝你。」

那雙手僵硬了一會兒，隨即又放鬆，仍是緊緊地扶住荀哥兒，托著他一起揹著芸娘慢慢向停在院門外的花轎走去。芸娘聽到許安文有些生硬的聲音在耳邊響起。「芸姊姊，妳選擇了這個人，務必要過得好好的；否則，我饒不了他，也不會原諒妳。」

芸娘心中湧上一股暖意，還未開口，卻聽得一旁響起了蕭靖北的聲音，穩重而堅定。

「放心，我一定會好好待芸娘，她日後若受了半點苦，你們唯我是問。」

說話間，荀哥兒揹著芸娘來到花轎前，扶著她上了花轎。芸娘坐進了花轎，她不捨地拉住荀哥兒的手，重重地捏了捏。

荀哥兒自然知道芸娘心中所憂所想，他沈聲道：「姊姊，妳放心，爹爹和家裡的一切都有我，我現在已經長大了，妳只管安安心心地嫁給蕭大哥，不要老是記掛著家裡。」

一番話畢，一旁的劉媒婆笑道：「喲，還真是個懂事的小大人，只不過，你還叫什麼蕭大哥，還不改口叫姊夫。」

荀哥兒小臉一紅，看著笑咪咪地站在一旁的蕭靖北，低聲道：「姊……姊夫，你……務必要善待我姊姊。」

蕭靖北拍了拍他的肩，鄭重地吐出三個字。「你放心！」

坐在花轎中的宋芸娘只覺得心中湧出陣陣暖意，又為荀哥兒的懂事欣慰不已。正待開口再囑咐荀哥兒幾句，突然只覺得眼前一暗，花轎的門簾已經放了下來，隨後，身子一輕，花轎已經抬了起來。

蕭靖北再次拜別了站在門口的宋思年等人，翻身上馬，張大虎等人也紛紛跟在他身後。

一時間，鑼鼓聲、嗩吶聲響起，宋芸娘坐在晃晃悠悠的花轎裡，隨著迎親的隊伍一起，向著上西村的蕭家而去。

遵循著接親不走回頭路的習俗，接親隊伍貫穿了四條小巷，震動了大半個張家堡，熱熱鬧鬧、轟轟烈烈。十二個樂手敲鑼的敲鑼，打鼓的打鼓，吹嗩吶的吹嗩吶，張大虎等人還一路上放著鞭炮，將寂靜的張家堡徹底掀動起來。

許多軍戶人家紛紛跑到院子門口觀看，看到頗有陣勢的接親隊伍，特別是那一頂四人抬的花轎，都議論紛紛，有的羨慕，有的嫉妒，畢竟用花轎接親在張家堡並不多見，除了少數官員，就只有為數不多的富戶。

眾人站在門口，對著接親隊伍指指點點，還有一群小孩子乾脆追在後面跑著跳著，撒下歡聲笑語一片。

宋芸娘坐在搖搖晃晃的花轎裡，心中有欣喜，有期盼，更多的卻是緊張難安。雖說蕭家近在咫尺，和蕭家人也十分熟稔，但畢竟是嫁為人婦，對以後全然陌生的日子始終有著未知的惶恐。

耳邊的鑼鼓嗩吶聲不絕，鞭炮聲也響個不停，巷子兩旁人們的嬉笑聲和談論聲也聽得清清楚楚，芸娘便有些埋怨蕭靖北太過於招搖和鋪張。

騎著高頭大馬行在前面的蕭靖北卻覺得這場婚事辦得簡陋寒酸，他扭頭看了看身後那頂寒酸的小花轎，想起以前那場盛大豪華的婚禮，眼中閃過深深的愧疚之色。

敲敲打打的接親隊伍已經來到蕭家小院，院門口，早有人在翹首盼望，此刻立即點燃了鞭炮，噼哩啪啦響個不停。

宋芸娘只覺得聽了一路的鞭炮聲，此時這一串鞭炮，更是響得厲害，不禁令人震耳欲顰，再加上一路的顛簸，便越發有些頭昏腦脹。

昏昏沈沈間，卻發現花轎已經停下來，門簾外，正響起劉媒婆高昂響亮的聲音。「新郎官踢轎門啦！」

在經歷了踢轎門、跨火盆、跨馬鞍等全套儀式後，宋芸娘好似過五關、斬六將般突破重重關卡，終於被攙扶著進了正房。正房裡，李氏坐在正中的太師椅上，眼中含淚，望著這一對璧人，心情激動不已。

蕭靖北請了嚴炳和自己的上司兩人做儐相。他們兩人雖然做這樣的事情，也是和芸娘一樣，是新姑娘上花轎頭一回，但此刻也做得有模有樣，一本正經地主持著宋芸娘和蕭靖北拜堂。

蕭家的院子寬敞，擺下了六桌酒席，前來道喜的都是蕭靖北軍中的朋友，俱都是些粗人，此刻便站在門口鬧哄哄地笑著，有的乾脆粗著嗓子大喊著。「蕭總旗，快點拜了堂好進洞房啊！」惹得一眾粗野漢子哄堂大笑。

嚴炳瞪了他們一眼，制止了他們的喧譁，繼續一本正經地主持拜堂。

「一拜天地——」

「二拜高堂——」

「夫妻對拜——」

芸娘在一片歡笑聲中，終於完成了和蕭靖北的拜堂，被攙扶著進了新房。

宋芸娘忐忑不安地坐在炕上，雙手緊緊交握著放在腿上，聽到周圍有女子嘰嘰喳喳熱鬧的談笑聲，心中不免有些好奇。

她知道蕭家剛搬到這裡，結識的人家應該不會很多，外面的男子應該大多是蕭靖北軍中的同袍們，卻不知這些女子又是些什麼人。

「新郎官，還愣著幹什麼，看呆了吧，快掀蓋頭吧。」隨著劉媒婆一聲響亮的戲謔聲音，芸娘只覺得眼前一亮，頭上的蓋頭已經被掀開。

芸娘情不自禁地抬頭，對上了蕭靖北那雙深邃幽暗的眼眸，只見他俊朗的臉上容光煥發，喜氣滿面，眼中微光閃動，裡面是掩飾不住的驚豔和幾日未見的思念。

「四……四嫂，喝杯糖水吧！」一旁，身穿一身粉色衣裙、裝扮得分外嬌豔的蕭靖嫻端著一杯糖水遞過來。

「新娘子喝杯糖水，生活甜似蜜——」劉媒婆喜氣洋洋地高聲道。

芸娘對蕭靖嫻微微點頭謝過，接過糖水輕輕飲了一口。她雖然因為以往的事情和蕭靖嫻始終無法真正親密相處，但表面上始終維持著該有的禮貌和禮儀；這次她更是打定了主意，既然做了蕭靖嫻的嫂子，以後便要儘量和她好好相處，以免蕭靖北為難。

喝過糖水後，便是喝交杯酒了。劉媒婆笑道：「新郎、新娘喝交杯酒啦！」

蕭靖嫻已經端過來一個托盤，上面放著兩杯酒，酒杯用彩色絲帶繫在一起。

宋芸娘和蕭靖北一人端起一只酒杯，誰知繫著酒杯的絲帶太短，兩人不得不頭並著頭，肩並著肩，靠得極近，方能飲下杯中酒。

聽到周圍格格的笑聲，芸娘不禁脹紅了臉。她雖然曾經和蕭靖北有過更親密的接觸，但此刻畢竟是在眾目睽睽之下，不禁令她羞澀難當。她低垂著眼，不敢看近在咫尺的蕭靖北，心跳得劇烈，握著酒杯的手也控制不住地顫抖。

蕭靖北低著頭，一邊喝著交杯酒，一邊看著眼前的芸娘，只覺得她嬌羞的面容更勝往日，臉頰粉嫩豔若桃花，一雙晶亮的眼睛燦若星光。他的額頭輕抵著她的，只覺得皮膚光滑細膩，她的身上有著淡淡的幽香，越發令人心旌搖曳、全身酥麻。

蕭靖北不禁期盼快些結束這些繁瑣的儀式，趕走房裡這群礙事的人，只留下他和芸娘單獨相處。

小小的一杯交杯酒卻似喝了很久，他們先喝了一小半，交換酒杯後又飲下剩下的一半，最後一起將酒杯擲於床底。

「一仰一合，男俯女仰，天覆地載，大吉大利——」劉媒婆笑呵呵地喊了出來。

宋芸娘鬆了一口氣，臉也脹得更紅。她悄悄看了身旁的蕭靖北一眼，見他也是全身放鬆般地看著自己，眼中全是溫柔的笑意。

喝完交杯酒，劉媒婆笑呵呵地牽引著蕭靖北和宋芸娘肩並肩地在炕上坐下。當著這麼多人的面，和蕭靖北這般親密地挨在一起，宋芸娘有些局促地低著頭，身子也僵硬著，突然只覺得手上一暖，坐在她身側的蕭靖北在寬大衣袖的掩蓋下，已經緊緊握住了她的手。宋芸娘微微怔了下，也立即回握住他的手，心中安定了許多。

早已守候在一旁的兩位富態的中年婦人端著托盤來到床邊，盤裡有棗子、花生、栗子、銅錢等，她們一邊唱著撒帳歌，一邊把盤中的喜物撒到婚床上。

這是李氏費心請來的兩位「全福太太」，她們一位是百戶官的夫人，一位是總旗的夫人，都是家中兒女雙全，父母、丈夫俱在，在人丁凋零的張家堡，是極其難得的「全福人」。李氏希望藉她們的福氣，為蕭靖北和宋芸娘送上最好的祝福。

終於結束了這些儀式，劉媒婆完成了光榮的使命，又促成了一對孤男寡女，功德圓滿。她掩飾不住眉眼間的笑意，笑呵呵地走出去吃酒，房內還有幾個婦人也一起隨著她走了出去。

房內很快安靜了下來，蕭靖嫻已經扶著宋芸娘在炕上坐下。她心裡再不情願蕭靖北娶宋芸娘，此刻也不敢有絲毫的不當舉措，而是小心謹慎地完成著她的任務。

蕭靖北滿意地看了一眼循規蹈矩的蕭靖嫻，起身立在芸娘身前輕輕捏了捏她的肩，柔聲道：「芸娘，妳也累壞了，先稍稍歇息會兒，肚子餓了就先吃點東西，外面都是些軍中的弟兄，早就鬧著要我去敬酒，我出去招待一下他們，一會兒就回來。」

說罷又看向蕭靖嫻，沈聲道：「好好陪著妳四嫂。」又不捨地看了一眼芸娘，方才提步走了出去。

宋芸娘鬆了一口氣，目送蕭靖北步出房門，心中微微有些失落和不捨。

此時房中只剩下芸娘和蕭靖嫻兩人。蕭靖嫻呆坐在一旁的椅子上默不作聲，半垂著頭想著自己的心事，似乎大有將面前的桌子瞪出一個洞來的陣勢。宋芸娘也沒心情搭理她，便無聊地打量自己的新房。

這新房真的如許安慧所說，重新修整了一番。平整的地面，雪白的牆壁，嶄新的家具，連窗戶上都是新換的油紙，堅固而亮堂。土炕寬敞，上面鋪著芸娘準備的大紅色鴛鴦戲水枕和百子千孫被，這是許安慧昨日過來鋪好的。紅色的被子鋪在燒得火熱的炕上，紅紅火火地分外喜氣。土炕對面的窗下擺著一張軟榻，鋪著厚厚的褥子，芸娘想，閒暇時靠在上面做做繡活，倒是極好。

「宋嫂嫂，蕭大哥讓我問問妳肚子餓不餓，要不要在廚房裡給妳端點吃的？」突然，一聲清脆的聲音打斷了芸娘的遐想。

芸娘愣了會兒才反應過來，原來這是在喚自己。她忙回道：「謝謝，我還不餓。」一邊向門口看去，一個身材高䠷的女子笑嘻嘻地走進來，手裡端著一個銅盆，裡面冒著騰騰的熱氣。

這女子個子高䠷，面相卻極為稚嫩，雖然談不上美貌，但也是清秀可人，特別是一雙亮晶晶的眼睛和一對深深的酒窩，讓人忍不住生出親近之意。

她見芸娘好奇地看著自己，便笑著自報家門。「宋嫂嫂，妳還不認識我吧？我叫萬巧兒，我家也在這條巷子裡，和你們家就隔了幾家，以後我們多多走動。」說罷將手裡的銅盆擱到盆架上。「蕭大哥說，妳臉上的妝有些花了，問妳要不要先洗把臉。」

芸娘忙站起來謝過，心中已經知道這女子便是在圍城戰中以身殉城的萬總旗之女。她曾經聽蕭靖北提過，萬總旗留下了一對兒女，女兒萬巧兒只有十四歲，尚未及笄；兒子萬永征只有五、六歲，還是懵懂無知的幼兒。

萬巧兒雖然年幼，但她小小年紀便極為懂事，又聰明能幹，懂得操持家務，照顧幼弟。徐文軒雖然分到了萬總旗的房子，卻仍讓萬巧兒和萬永征住在原來的房間，並發下了代替萬總旗照顧這一對兒女的豪言。

除了徐文軒，萬總旗手下的那幫弟兄也時時幫襯著他留下的這一對兒女，重情重義的蕭靖北自然更是義不容辭。

宋芸娘看著萬巧兒，心道，這樣懂事乖巧的女孩，身世又甚是可憐，真的是令人忍不住心生憐憫和疼愛。

想到這裡，芸娘忍不住露出溫柔的笑意，起身向萬巧兒走過去。一直坐著發呆的蕭靖嫻此刻也突然回過神來，快步走過來笑道：「巧兒，妳是客人，怎好做這些事，放著我來吧。」

蕭靖嫻自從那日孟雲澤絕然離去後，便一直鬱鬱不樂，每日裡都在自哀自憐，只覺得上天好不容易給了自己一線希望，又毫不留情地收了回去。這些日子，她看著一家人歡天喜地地準備著四哥的婚事，似乎要在這貧瘠的邊堡生生世世扎根，便越發鬱悶氣惱不已。

今日，她作為蕭靖北唯一的妹妹，不得不充當伴娘的角色。她當著眾人，已經強顏歡笑地完成了自己的任務；當房內只剩下她和芸娘兩人之時，便懶得繼續費心力和芸娘言語，只沈浸在自己的哀傷裡。現在見外人進來，卻也不好意思繼續呆坐著不動，只好起身再次展現自己賢淑的一面。

芸娘聽著外面酒席上鬧哄哄的勸酒和高聲談笑聲，也笑道：「萬家妹子，妳是客人，怎好勞動妳，妳快出去吃酒吧。」

萬巧兒掩嘴笑了笑。「誰跟那一幫粗漢子們一起吃酒，我剛才已經在廚房裡和宜慧姊、秀貞姊她們一起吃過了。」

原來，萬巧兒、劉仲卿的妻子孫宜慧、白玉寧的妻子吳秀貞，還有其他幾個蕭靖北相熟軍戶的妻子們，這幾日都在蕭家幫忙，方才婚房裡嘰嘰喳喳的女子就是這些人。宋芸娘看著言笑晏晏的萬巧兒，突然覺得自己已經進入了另一個全新的世界。

洗臉之前，宋芸娘忍不住先照了照鏡子，卻見銅鏡裡，自己的眼睛下方有兩道哭花了的痕跡，便不禁又羞又氣又好笑。她想著當時秋杏她們雖然給自己補過妝，但出了房間之後，卻又哭了幾場，倒真應了秋杏玩笑說的「一掀蓋頭，看到一張大花臉」了。

蕭靖北當時立刻就注意到了，卻沒有表現出絲毫的異樣，只是暗暗記在心裡，現在又讓萬巧兒端水給自己洗臉，這貼心又細緻的小舉動令芸娘心中甜蜜不已，只覺得充滿了陣陣暖意。

洗過臉後，萬巧兒並未離去，而是留在房內和芸娘說話，她個性隨和，又極為活潑，聊了幾句，芸娘便立刻喜歡上了這個女孩。

蕭靖嫻一人百無聊賴地坐在一旁，看著這兩個人聊著做衣服、繡花、種田之類自己全然沒有興趣的話題，忍不住打了個呵欠。突然，聽到一陣細碎的腳步聲越來越近。

「芸姑姑，芸姑姑。」鈺哥兒蹬蹬蹬地跑了進來，撲在芸娘懷裡，仰臉看著芸娘，笑嘻嘻地說：「芸姑姑，妳今天真好看。」

鈺哥兒穿了一身紅色的小棉襖，襯著他白白嫩嫩的小臉蛋，好似畫上的年畫娃娃，既喜慶又可愛。芸娘紅著臉捏了捏他粉白的小臉蛋，笑著說：「鈺哥兒你也很好看啊！」

王姨娘已經追了進來，她一把抓住鈺哥兒。「今日是你父親的大喜日子，你不要亂跑。」說罷歉意地看著芸娘笑了笑。

芸娘不在意地搖了搖頭，隨手抓起散在炕上的一把棗子、花生遞給鈺哥兒。「鈺哥兒，吃不吃？」

鈺哥兒笑嘻嘻地接過。「謝謝芸姑姑。」

王姨娘面色一白，小心翼翼地看了芸娘一眼，見芸娘並未在意，心中一鬆，嘴上忙道：「鈺哥兒，還叫什麼芸姑姑，要叫娘了。」

鈺哥兒歪著小腦袋猶豫了下，看著芸娘溫柔的笑容，脆生生地喊了一聲。「娘。」

芸娘心突地一跳，彎腰抱起鈺哥兒，放到自己腿上坐著。

鈺哥兒小胳膊緊緊摟住芸娘的脖子，看著芸娘，似訴苦又似在撒嬌，嘟著小嘴道：「這裡的小孩都有娘，就是我沒有，他們都說我是沒有娘的孩子，現在我也有娘了。」

宋芸娘忍不住緊緊抱住鈺哥兒，在他白嫩的小臉上狠狠親了一口，眼中湧出幾分濕意。

王姨娘見鈺哥兒將芸娘的衣裙揉縐了，便要抱著他出去，鈺哥兒卻摟著芸娘的脖子不肯走。

蕭靖嫻乘機走過來。「鈺哥兒，外面來了許多小孩子，姑姑帶你出去和他們玩去。」

鈺哥兒歪著腦袋、皺著眉頭，似乎仍在猶豫，蕭靖嫻已不由分說地將他抱下來，拉著他走了出去。王姨娘一愣，尷尬地對著芸娘點頭笑了笑，也跟著走了出去。

房內又冷清了下來，萬巧兒見蕭靖嫻對芸娘連交代都沒有一句就自行離去，不禁皺了皺眉，她並未離開，而是代替蕭靖嫻留下來，陪著芸娘說話。

萬巧兒是很健談的女孩子，陪著芸娘慢慢聊著，才聊了一個多時辰，兩人已經親近了許多，萬巧兒親熱地喚著芸娘「芸姊姊」。

不知不覺已是暮色降臨。外面的酒席已近尾聲，前來道喜的賓客們一一告辭道別，只剩下與蕭靖北關係最好的一桌人還在鬧哄哄地喝著酒。

房間裡光線漸漸暗了下來，一對龍鳳紅燭的火苗輕輕跳動著，照亮了幽暗的婚房，映著芸娘白皙的臉龐，分外嬌豔，正聊得歡的萬巧兒也不禁愣住，忘了聊著的話題，情不自禁地說：「芸姊姊，妳真好看。」

芸娘羞澀地笑了笑。「巧兒妳別笑我了，謝謝妳一直陪著我。」

「和芸姊姊聊天很有意思啊，我今日也長了不少見識呢！」萬巧兒甜甜地笑著。

兩人正說著，突然聽到門外傳來年輕男子的聲音。「巧兒，我們要先回去了，妳要不要我等妳一塊兒回去？」

萬巧兒臉一紅，忙走到門口道：「徐大哥，你先回去吧，就幾步路，我等會兒自己回去。」

外面的人正是現在住在萬總旗家裡的徐文軒，他似乎猶豫了一下，停了一會兒，柔聲道：「算了，我讓徐富貴帶征兒先回去，我還是等妳一起吧。」

萬巧兒臉更紅，她局促地看了一眼芸娘，有些欲言又止。芸娘也是過來人，哪裡看不出這些小兒女情懷，笑著說：「我一個人不要緊的，妳快隨妳那徐大哥一起回去吧，天色已晚，他不放心妳也是對的。」

萬巧兒紅著臉嘟囔了一句。「又不是很遠，有什麼不放心的。」卻還是對著芸娘福了福身，告辭了芸娘，轉身出了房門。

「大虎兄、玉寧兄，仲卿，走好，走好，慢走不送啊。仲卿，大虎兄喝多了，路上照顧點。」蕭靖北笑著對這最後的幾個客人道別。

「為……為什麼……只……照顧大虎，我……我就不需要照顧了嗎？」白玉寧不滿地嚷道。

蕭靖北無奈地笑了笑。「你是有家室的人了，自有你家娘子和兩個兒子照顧你啊！」

白玉寧睜大醉眼矇矓的眼睛，看到吳氏和她的兩個兒子站在不遠處，正笑盈盈地看著自己。此時暮色已降，室內昏暗的微光映照在吳氏那張平凡無奇的臉上，居然有了幾分光彩，兩個兒子緊緊站在她的身旁，好似左右護法。白玉寧突然覺得，自己也是有家的人了，總算不再那麼孑然一身，形影相弔。

院子裡的喧鬧聲終於結束了，芸娘一人坐在已經燒得火熱的炕上，心裡又期盼、又緊張。

昨日傍晚，許安慧面紅耳赤、結結巴巴地對她「啟蒙」了幾句，她心中又慌又羞，只囫圇聽了個大概，現在隨著夜幕的降臨，她居然又生出了幾分懼意。

「四郎，這裡就交給我們吧，你快些回房去陪芸娘。」院子裡，傳來了李氏的聲音。

「是啊，是啊，春宵一刻抵千金，四爺，可別讓新娘子久等哦！」帶著戲謔的笑意，卻是王姨娘在應和。

「四哥，我看你喝多了，要不要喝點醒酒湯？一遇上你的那些個好弟兄，就喝個不停，連新娘子都忘了。」聲音輕柔，卻又剛好從窗戶傳進，讓芸娘聽得清清楚楚，話語中帶著幾分不懷好意的暗示和挑撥，卻是麻煩的小姑子——蕭靖嫻。

宋芸娘無奈地搖了搖頭，看來這蕭靖嫻不知怎麼的就和自己對上了，話裡話外不給自己添點堵就不舒坦；可她越是挑撥，芸娘偏偏就越是不在意、不動氣，不讓她的小心思得逞。

正想著，門簾已被掀開，蕭靖北大步走了進來，門外的寒意隨之湧進溫暖的室內，令芸娘有些昏沈的頭腦一下子清醒。

宋芸娘突然又忐忑、又緊張，她手足無措地站起來，喃喃道：「蕭……蕭大哥……」

蕭靖北已經三步併作兩步地走到芸娘身前，他身上帶著淡淡的酒味，俊臉通紅，一雙眼睛卻是清亮。

他眉眼彎彎，淺笑著看著芸娘，唇角微微翹起，帶著溫柔的，似乎可以讓人溺斃其中的笑意，柔聲道：「季寧，我的字。以後，妳喚我季寧。」

他的眼裡映著紅燭跳動的火光，目光熾熱，看得芸娘一陣心慌。她突然有些局促，只好羞澀地垂下頭，小聲道：「季……季寧……你……你……」你了半天，最後卻道：「你要不要喝醒酒湯？」

蕭靖北輕笑了下，看著芸娘羞紅的臉，低聲道：「妳看我可像是醉了？」

芸娘傻呆呆地看著他，卻見他的一雙眼睛亮得驚人，她傻傻地點了點頭，隨即又搖了搖頭，愣愣地說：「不知道，看你說話倒是很清醒，可是身上的酒味卻醺得慌。」

蕭靖北忍不住伸手捏了捏芸娘挺翹的小鼻頭，輕笑著戲謔道：「我怕醺著妳，剛剛洗了個澡，又換了身衣服，想不到妳還可以聞到酒味，真是個小狗鼻子。」

芸娘皺了皺眉，沒好氣地打下他的手。「那你定是喝得太多了，洗了澡、換了衣服還是一身酒味，我看你真的是喝醉了。」她想到自己孤零零一人坐在房裡，他卻在外面豪飲，不覺嘟起了嘴，有幾分委屈。

蕭靖北看著那紅灩灩的小嘴唇，目光暗了暗，忍不住傾身低頭偷了個香。芸娘一時怔住，又羞又惱地看著他。

蕭靖北臉上笑意更盛，他笑得燦爛，眼中俱是喜意，便有了幾分雲開天開、日煦風爽的感覺。「放心，這世上能讓妳相公喝醉的人還沒有出生呢！」他眨了眨眼睛。「他們幾個傢伙吵著鬧洞房，還偷偷謀劃半夜裡來聽牆根，我不將他們都灌趴下，今夜怎可以安生。」

芸娘忍不住噗哧笑出聲來。蕭靖北看著巧笑倩兮的芸娘，不覺心頭一動，他拉著芸娘在炕沿坐下，伸手輕輕撫著她柔美紅潤的面頰，只覺得細膩柔軟，心中又酥又軟、又熱又麻。蕭靖北不禁有些意動，他眼神暗了暗，啞聲道：「我的確是醉了，卻不是喝醉了，而是看到妳才醉了。」

芸娘臉色更紅，似乎可以滴下水來。她心中又羞又甜，又有些不知所措，便垂下了頭扭過身子不理他。

蕭靖北心中暗笑，他輕輕將芸娘柔軟的身子扳過來，柔聲問：「芸娘，妳餓不餓，要不要吃點兒東西？」

芸娘搖搖頭。「巧兒之前給我拿了些糕點，我吃了好幾塊，現在還不餓。」

「可是……我餓了。」蕭靖北突然一把抓住芸娘的手，低聲道。

芸娘不解地看著他，只見他深深盯著自己，眼睛裡帶著幽暗不明的火苗，嗓音低啞帶著磁性，手心也滾燙似火。他粗重的呼吸噴到芸娘的臉上，帶著熱意和淡淡的酒氣。芸娘不禁心跳加快，呼吸也不自覺地變得急促，她慌亂地站起來。「我……我……我這就去廚房給你做點兒吃的。」

「傻姑娘……」蕭靖北輕嘆出聲，一把扯住她，芸娘一時支撐不住，倒在火熱的炕上，蕭靖北順勢翻身覆了上去。

窗外，是呼嘯的寒風，身下，是火熱的土炕，身上，是比土炕更火熱的男人……在飄忽搖曳、忽明忽暗的燭火中，芸娘只覺得自己是汪洋中隨浪搖擺的一艘小船，又像是狂風中搖擺的柔弱柳條，昏昏沈沈地折騰了大半夜，臨近凌晨才迷迷糊糊地睡去。

第二十六章　蕭家婦的責任

次日早上，宋芸娘在滿室的白光中醒過來，不覺有些愣住，她只當已是正午，騰地一下子坐起來，只覺得一陣頭昏腦脹，渾身痠痛難忍。她愣愣地看著四周，突然驚覺這不是自己那間昏暗矮小的房間，室外的白光透過明亮的窗子照射進來，映著四周雪白的牆壁，一陣刺目的耀眼。

芸娘恍惚了下，猛然反應過來自己已不是宋家小院裡那個待字閨中的宋娘子，而是蕭家的新婦。

昨晚……芸娘想起了昨晚，不禁羞得面紅耳赤，恨不得鑽進被子裡，將自己裹成一隻繭，她看向蕭靖北睡的那一邊，卻見空無一人。

她心中暗道不好，莫非已是正午了，新婚第一日就起得這般晚，待會兒還要給李氏請安敬茶，芸娘忍不住埋怨蕭靖北居然不叫自己起床。

芸娘匆忙起床，穿了一件朱紅色窄袖對襟長袍，梳了桃心髻，她想著新嫁娘還是要裝扮得喜慶一些比較好，便又插了幾支金釵，戴上了耳飾和手鐲。

走出房門，寬闊平坦的院子裡，蕭靖北一身青色短打，正在虎虎生風地練拳，院子裡兩棵大樹枝幹上的積雪被蕭靖北的拳風震得簌簌往下掉。

東廂房的窗前，一株臘梅正開得燦爛，枝頭綻滿了小小的、淡黃色的臘梅，散發出沁人心脾的香味。芸娘便明白了，原來昨夜只覺得整間房都縈繞著淡淡的香氣，她還當是自己的幻覺，想不到香味的源頭卻就在窗下。

她站在臘梅樹旁，欣賞地看著專注練拳的蕭靖北，只覺得比自己那兩下花拳繡腿不知厲害了多少；她又氣惱地想著，蕭靖北居然有這麼好的精力，昨夜睡得那麼晚，現在還能神清氣爽地練拳。

宋芸娘站在樹旁靜靜看著，一樹一佳人，冬日清晨的風拂過，帶動裙襬飄飄，花枝微顫，好似一幅幽靜美好的畫卷。蕭靖北看到芸娘，急忙收住拳腳，走過來垂首看著芸娘，柔聲問道：「怎麼起來了，不多睡一會兒？」

宋芸娘掏出手帕擦了擦蕭靖北額上的細汗，嗔怪道：「季寧，你為何不叫我起來，現在只怕都已經不早了。」

「放心，娘她們都還沒有起來，累了這麼多日，昨日也忙得很晚，現在都睡著呢！」說罷握住她的手，深深看著芸娘。「妳……妳昨晚也累了，睡得又晚，不如再睡一會兒？」

芸娘紅著臉沒好氣地瞪了他一眼，帶著三分撒嬌、四分柔情，還有幾分埋怨。「你睡得更晚，怎麼現在還生龍活虎的在這裡練拳？」

「這是我幾十年如一日的習慣，改不了。」說罷又打趣地看著芸娘，一臉不懷好意地壞笑。「妳知道我昨晚什麼時候睡的？」

芸娘臉更紅，她只記得自己最後昏昏沈沈睡過去時，這個男人還精神得很。她瞪了他一眼。「我去廚房準備早飯。」隨後去了廚房。

蕭靖北自然是婦唱夫隨，笑嘻嘻地追隨著芸娘進了廚房。

小院的廚房又大、又寬敞，蕭家搬過來之後，又修整了一番，裡面乾淨整潔，比宋家廚房好上許多。

昨日剛剛置辦過酒席，廚房裡各色食材都齊全。宋芸娘略略打量了一番，便決定煮一鍋小米粥，再將昨日酒席上剩下的饅頭、包子蒸上幾個，熱上幾道小菜，等李氏他們起來了，剛好可以吃上熱騰騰的早飯。

芸娘挽起袖子便準備做飯，她是做慣了家務活的人，一舉一動都麻利幹練，不一會兒，需要的食材都整整齊齊地擺放在桌上。

蕭靖北欣賞地看著動作如行雲流水的宋芸娘，想幫忙卻也無法插手，便笑著說：「娘子辛苦了，可有為夫能幫得上忙的地方？」

芸娘也毫不客氣。「如此就有勞相公了，不如，你……你就幫著餵柴吧！」

蕭靖北從善如流地蹲在灶前，一邊慢慢餵著柴火，一邊看著芸娘忙碌的身影，只覺得心中一片安定，似乎這是他人生第一次有了如此平靜、安寧又充實的感覺。哪怕當年身處侯門大宅，卻不是寢食難安就是惶恐空虛，想不到在人生的最低谷，居然尋到了命定之人，尋到了真實的自己。

李氏他們起來的時候，芸娘已經做好早飯，見李氏走出房門，便和蕭靖北一起將小米粥、饅頭和幾碟小菜一一端到正房裡的飯桌上。

李氏走進正房，滿意地看著一桌的飯菜，笑著點了點頭。「芸娘，辛苦妳了。」

芸娘一邊擺放碗筷，一邊笑盈盈地回道：「娘，這些都是媳婦該做的。」時隔五、六年之後，這是芸娘第一次喚「娘」，這聲「娘」出口，芸娘心中突然湧出幾分傷感，她忙低下頭彎腰擺放凳子，掩飾自己的情緒。

王姨娘牽著鈺哥兒出來，忙滿臉堆笑地走過來幫忙，訕訕地笑著。「四奶奶，妳還是新媳婦呢，怎好讓妳一個人做這麼多；都怪我，今天睡得沈了些……」

「王姨娘，還是像以前一樣叫我芸娘吧！」宋芸娘笑著打斷了王姨娘。「叫什麼四奶奶，聽著怪怪的。」

「芸娘說得對。」蕭靖北端著兩盤菜走進來。「王姨娘，咱們家現在就是普通的軍戶，什麼夫人、爺、奶奶之類的就都不要再叫了吧。」

蕭靖嫻正好也梳洗完畢走過來，看到這一幕，忍不住噗哧笑道：「到底是新嫂嫂懂得調教，能讓我這個一向奉行君子遠庖廚的四哥進廚房幹活。」

蕭靖北皺了皺眉，還未開口，李氏已經淡淡道：「靖嫻，什麼時候妳也能夠像妳四嫂這樣準備一大桌子飯菜出來，我和妳姨娘也就不會這般為妳擔心了。」

蕭靖嫻臉一紅，她本想再爭辯上幾句，見王姨娘哀求著對她使眼色，暗暗擺手，便垂著頭坐在桌子旁不再言語。

吃飯時，鈺哥兒乖巧地坐在芸娘身邊，吃完了一碗粥後，高高舉著碗，嚷著還要再盛一碗。

李氏沈下臉。「鈺哥兒，你已經吃了兩個包子、一個饅頭，再吃一碗粥小心撐著了。」

「可是芸姑姑——不，是娘做的這個小米粥實在是太好吃了，又軟又稠，我還要再吃一碗嘛！」

芸娘便笑道：「鈺哥兒，不如就再加半碗吧，早上吃得太多的話，小心待會兒和朋友們玩的時候跑不動哦！」說罷，看了看李氏的神色，見她並無反對之意，便給鈺哥兒盛了小半碗粥。

鈺哥兒吃完了粥，舔了舔嘴唇，意猶未盡地說：「娘做的飯菜真好吃，我要天天吃娘做的飯菜。」

王姨娘忍不住打趣鈺哥兒，假裝委屈地說：「鈺哥兒，敢情你以前說姨奶奶做的飯菜好吃都是騙我的，有了娘就不要姨奶奶了？」

鈺哥兒忙放下碗，小胳膊在凳子上一撐，小身子便已經靈活地滑了下去。他跑到王姨娘身前，抱著她的腿，討好道：「姨奶奶做的也好吃，妳們做的我都喜歡吃。」

一桌子人都看著鈺哥兒笑了。李氏擦了擦眼角笑出的眼淚，嘆道：「這個機靈的小滑頭，他爹生性沈悶，他娘也不是八面玲瓏的人，也不知他這般嘴甜是隨了誰的性子？」

這場面突然提到了鈺哥兒的生母，蕭靖北等人都有些怔住，連李氏也驚覺自己剛才的話說得不好，正有些訕訕，芸娘已經笑道：「娘，我看鈺哥兒是隨您的性子呢，懂得顧全大局，說出的話就是讓人心裡熨貼。」

王姨娘也忙笑著稱是。李氏便笑罵道：「我看妳們一個、兩個的，明著誇我們，實則在說我們一個是老滑頭、一個是小滑頭吧？」

蕭靖北也笑著逗趣。「娘，芸娘她們可什麼都沒有說，這可都是您自己說的啊！」

一屋子的人便俱都大笑，連蕭靖嫻也不例外。

早飯後，宋芸娘便按著新婚的規矩給李氏敬茶，並送上了自己做的鞋襪。

李氏笑咪咪地看著跪在身前的宋芸娘和蕭靖北，遞給宋芸娘一個紅包。「芸娘，做了蕭家婦，以後妳要和四郎恩恩愛愛、互相扶持，妳要做好他的賢內助，讓四郎心無旁騖的在外面幹出一番大事業。」

芸娘恭恭敬敬地道：「媳婦謹遵娘的教誨，一定盡好本分。」

李氏滿意地點了點頭，她猶豫了一下，對蕭靖北他們說：「四郎，玥兒，靖嫻，你們帶著鈺哥兒到外面去，我還有幾句話要和芸娘交代。」

蕭靖北有些愕然地看了李氏一眼，又擔心地看著芸娘，見芸娘衝他微微搖了搖頭，示意他不必擔心，這才一步三回頭地出了房門。

「這臭小子，擔心我為難他媳婦呢？」李氏忍不住笑了笑，又對芸娘道：「放心，我可不是惡婆婆。芸娘，妳且坐下，我有幾句話要說。」

芸娘笑了笑，側身坐在下首的椅子上，安靜地看著李氏，一副洗耳恭聽的模樣。

李氏皺著眉凝神思量了片刻，似乎有些猶豫，也似乎不知從何說起。良久，輕聲開口問道：「芸娘，不知我們家以前的事情，四郎對妳說了多少？」

芸娘愣了下，恭謹答道：「略略說了些，我知道的不是很多，季寧既然不願意多說，我也就不會多問。」

李氏滿意地點了點頭。「妳做得很對，不多言，不妄言，方能家宅安寧，平順和樂。只是，妳現在既然已經嫁入蕭家，有些事情還是要讓妳清楚才好。」

芸娘心中微微有些訝異，但面上仍是帶著笑意，她略略向前傾了身子，凝神靜聽。

李氏便將蕭家的過往擇其要點慢慢講述了一遍。

正房裡既高且深，再加上門口放下了厚厚的門簾，遮擋住了外面的光線，室內越發有些昏暗不明。李氏背光而坐，面容隱藏在昏暗中，有些辨識不清，只聽到她平靜無波的聲音慢慢地述說。

一旁的炭盆散發著熱意，芸娘卻覺得陣陣寒意襲上身來。縱然李氏的敘述波瀾不驚，但其中的內容卻是驚心動魄，令人不寒而慄。這些往事，蕭靖北以前雖然也曾簡單地提過，但只是輕描淡寫帶過，其中的細節和內幕並未細述。

李氏卻講得詳細，透過李氏的講述，芸娘似乎看到了那悲慘的、血淋淋的一幕，她無法想像蕭家人是怎麼從那樣的劇痛中走出來，無法想像外表始終平靜淡定的蕭靖北內心深處隱藏著怎樣的悲痛。

李氏講完之後，似乎也沈浸在沈重的往事中久久不能自拔，沈默了一會兒，又繼續道：「芸娘，妳可知道，我說的這一切，離現在還不到一年；可是這些時日以來，妳可見我們一家人戴過一天孝，祭奠過一次親人沒有？」

芸娘愕然，不解地搖了搖頭。

李氏臉上浮現出深深的悲哀。「非是我無情無義，也不是四郎不孝不悌，而是當初我們離開京城之時，上面那位的聖意。」她伸手朝著京城方向指了指，手指微微顫抖，顯示出她內心的哀傷和悲憤。

「當時，皇上下令蕭家滿門抄斬在先，赦免我們在後。我們離京之前，他命太監給我傳來口諭，說蕭家滿門都是亂臣賊子，不准我們戴孝，不能行祭奠之事，更嚴令我們永世不得回京……」

李氏深深嘆了口氣，挺得筆直的腰背瞬間垮了下來，突然呈現了幾許老態。她冷笑了一聲，繼續道：「他不讓我們戴孝，我們便不戴，不讓我們祭奠，我們就連紙錢都不燒一張，連長公主、侯爺的牌位都未供奉；就連你們這場婚事，我們也要辦得熱熱鬧鬧、歡歡喜喜，讓上面的那位看看，我們是真的忘了前塵往事，要在這邊境扎下根來。」

芸娘半張著嘴，不發一言，眼中滿是驚愕之色。

李氏又淡淡笑道：「芸娘，和妳說這些，妳千萬不要多心。不論是四郎還是我們全家，都是真心誠意地迎娶妳進門，昨日的迎親雖然有特意誇張之嫌，但也都是我們真心喜歡妳、歡迎妳。」說罷又面色一沈，語氣一轉。「只是四郎心思太深，他自從家變之後，連眼淚都沒有掉過一滴，我擔心他抑鬱在心啊。」

李氏停下歇了口氣，飲了一口茶，繼續道：「侯爺的事情，我作為內宅婦人，雖然不是很清楚，但我知道侯爺雖然脾氣不好，有些跋扈，卻最是忠君愛國，絕不會謀反。四郎雖然沒有插手家裡的事情，但肯定也知道我們家這謀反的罪名實在有些冤枉，他雖然嘴上從未言語過，但我知道他一定有著報仇雪恨之心。

「只是，以我們今時今日的處境，活命尚且是上天垂憐，若想翻身，無疑是癡人說夢，若說要給侯爺他們報仇，那更是蚍蜉撼大樹，這樣的念頭連想都不要想。我告訴妳這麼多事情，是想讓妳勸慰和開導四郎，安心在這裡生活，真真正正忘了以前的事。」

宋芸娘重重點了點頭。「芸娘知道了，請娘放心。」

李氏面上露出幾分欣慰的笑容，轉瞬又面露沈重之色。「只是，我們雖然明面上不戴孝，不祭奠，不設牌位，但是我們心裡不能忘了他們，不能忘了蕭家幾代為國拚殺、立下的汗馬功勞，更不能忘了蕭家一門幾乎滅族的深仇大恨。

「不但我們要記著，將來，你們的子子孫孫也要記著。雖然我們現在沒有能力，只能隱忍，苟且偷生，但是，將來子孫若有一、兩個出息的，只要有機會，便一定要為我們蕭家正名、洗冤！」說罷，淌下兩行熱淚。

芸娘忙上前安慰李氏，鄭重道：「娘，老天有眼，您的這個願望一定可以實現。」

李氏含淚拉著芸娘的手，定定看著她的眼睛。「芸娘，我們蕭家雖然淪落至此，但是能娶妳進門，實在是老天開恩，說不定就是長公主、侯爺他們在天之靈的保佑。芸娘，我們家這麼複雜，妳……可後悔？妳現在身為蕭家婦，有著不一般的責任，妳……可願意挑起這重擔？」

芸娘屈膝跪下，重重點了點頭。「芸娘既然嫁入蕭家，便生是蕭家人，死是蕭家鬼，絕不會後悔。請娘放心，芸娘定不負您的信任和重託。」

窗外，一直站著偷聽的蕭靖嫻臉色煞白，李氏所說的這些內幕她也是第一次聽到。特別是當她聽李氏說到皇上命蕭家人永世不得進京之時，只覺得萬念俱灰，有如晴天霹靂打在頭頂，頃刻間，她的整個世界都是一片黑暗。

新婚第三日便是除夕，雖說宋芸娘頭天夜裡反覆叮嚀蕭靖北，早起時務必要叫醒自己；可是，早上起來時，蕭靖北見芸娘睡得香甜，蜷縮在自己懷裡好像一隻溫順的小動物一般，還打著細微的呼嚕，便不忍叫醒她。他想起昨晚的溫存，眉眼間不禁浮現幾分溫柔的笑意。

清晨的第一道光透過窗子照射進來，照著芸娘熟睡的容顏。她長眉入鬢，密密長長的兩排睫毛好像小扇子般蓋著眼簾，白皙的臉頰透著粉嫩的紅，好似熟透了的蜜桃，紅潤的小嘴微微噘著，泛著誘人的光澤，彷彿紅豔豔的櫻桃，蕭靖北癡癡看了一會兒，忍不住俯身在芸娘的香腮上吻了一下，吻著吻著，便滑到了唇上。

芸娘不自在地動了動，迷迷糊糊間，習慣性地伸出白潤光潔的手臂，緊緊摟住蕭靖北的脖子。

蕭靖北一時間心旌搖曳，有些頭暈目眩，意亂情迷間，他想著反正今日是除夕，他又有著半個月的婚假，可以好好休息，不如今日就懶怠一下。

外面天寒地凍，北風呼嘯，室內溫暖如春，蘭香襲人，又有軟玉溫香在懷，實在是不忍心放手。於是，蕭靖北堅持了幾十年如一日的早起練功習慣，終於在今日打破了。

芸娘徹底清醒時，外面的陽光已經透過窗子照進來，鋪了滿地的碎光，除了滿室刺目的亮光，還可以聽到院子裡傳來李氏和王姨娘的說話聲。

芸娘心道不好，她猛地坐起來，一邊慌慌張張地穿衣服，一邊埋怨蕭靖北，蕭靖北嘴上連連道：「娘子，對不住，我也是不小心睡過頭了。」心裡卻是在偷樂，眉眼間也是抑制不住的笑意。

兩人一前一後地出了房門，只見李氏正在院子裡陪著鈺哥兒玩耍，鈺哥兒撒開了腿在寬敞的院子裡跑著，李氏一邊叫著「跑慢點兒」，一邊氣喘吁吁地追趕著他。

鈺哥兒一頭撞上了蕭靖北，他抬頭看到父親虎著的臉，便立刻老老實實地站好，一看到隨後走過來的芸娘，便一邊親熱地喊著「娘」，一邊跑過去抱住芸娘的腿。

「鈺哥兒，你有沒有規矩？」李氏慢慢走過來，一邊教訓鈺哥兒。

鈺哥兒忙立身站好，恭恭敬敬地對著蕭靖北和芸娘行禮。「鈺哥兒給父親、母親請安。」

芸娘笑著摸了摸鈺哥兒的小腦袋，便和蕭靖北一同向李氏請安。

請過安後，芸娘有些難為情，微紅了臉，小聲訕訕道：「娘，媳婦一不小心睡過頭了……」

李氏倒是大度地笑了笑。「沒什麼。咱們家小門小戶的，沒那麼多規矩，什麼晨昏定省的，能免就免了吧，都在一個小小院子裡住著，只要和和樂樂，比什麼破規矩都要強。」

蕭靖北笑著拍李氏的馬屁。「我就知道娘是最大度、最開明不過的。」

鈺哥兒也機靈地應和自己的父親，嚷著道：「父親說得是，祖母是最好最好的。」

李氏忍不住笑彎了眉眼，彎下腰摟著鈺哥兒心肝寶貝地叫著。

芸娘見這祖孫三人說得熱鬧，便彎腰福了福，匆匆告退後向廚房走去。

廚房裡，王姨娘已經差不多做好了早飯。瓦罐裡的熱粥咕嚕地翻滾著，冒著濃濃的熱氣，蒸籠裡的包子也蒸熟了，散發出饞人的香味。王姨娘正站在鍋旁炒著菜，一旁的小桌子上，已經擺放著幾碗炒好的小菜。

芸娘看到這一幕，不覺有些羞愧不安，急忙快步走過去幫忙，一邊歉意道：「王姨娘，真不好意思，起得晚了。」

王姨娘善意地笑了笑。「沒關係，你們年輕，又是新婚，多睡一會兒也是應該的。」

芸娘聞言越發臉紅，默不作聲地幫忙準備早飯。

吃過早飯後，蕭氏一家人便開始準備晚上的年夜飯，宋芸娘帶著李氏、王姨娘一起包餃子。芸娘將白菜、香菇、薺菜等餡料各調製了一份，準備與肉餡混合後，將各種餡的都包上一些，準備一餐豐富的除夕夜餃子宴。

宋芸娘原是南方人，又是養在深閨裡、十指不沾陽春水的大小姐，以前在江南的時候，連南方菜都是只會吃，不會做，更不要說是北方菜。

只是，到了這北方邊堡之後，她迫於生計，跟著隔壁張氏，倒是學會了許多北方菜，這餃子就是其中一樣。芸娘包的餃子，皮薄餡多，大小一致，圓潤可愛，排列在一起像一個個挺著肚子躺在那裡的小胖子。

李氏和王姨娘以前自然更是沒有做過這樣的事情，此刻，都給芸娘打著下手。李氏調肉餡，王姨娘揉麵，連蕭靖嫻也不好意思閒著，坐在一旁裝模作樣地跟芸娘學著包餃子。

蕭靖嫻偷聽了李氏和芸娘的交談後，徹底斷了重回京城富貴生活的念頭。她是審時度勢之人，既然明白重回京城無望，便只能重新做新的打算。

她見宋芸娘深得李氏和蕭靖北的喜愛，又想著她以後在蕭家的地位只怕會越來越重要，便只好放下對宋芸娘的敵意，至少明面上不敢再冷言冷語，而是彆彆扭扭地裝出了一副親熱的模樣。

只是，她到底還是意難平，想著希望俱已破滅，人生無望，便生出了幾分心灰意冷之感，難免有些沈默寡言、鬱鬱寡歡，此刻坐在歡聲笑語的廚房裡，便顯得格格不入。她埋著頭狠狠地捏著餃子皮，發洩著自己內心的鬱悶。

一旁的李氏和王姨娘對視了一眼，李氏本想敲打她幾句，猶豫了下，想著總歸是大年夜，不願破壞這祥和的氣氛，便忍了忍，沒有搭理她。

廚房裡，除了幾個女人，蕭家唯一的成年男子蕭靖北正高高捲起袖子，在砧板上剁著餃子餡，將一把菜刀使得虎虎生風。

廚房裡忙碌的眾人裡，鈺哥兒是最歡快的一個，他臉上、身上都沾滿了麵粉，兩隻小手上是黏糊糊的麵團。

他原本興致勃勃地鬧著包餃子，包了幾個，不是破了皮，就是露了餡，芸娘怕他浪費糧食，便乾脆給他一小團麵團，讓他在一旁捏麵人。鈺哥兒坐在一旁的小凳子上，埋著頭忙得不亦樂乎。

餃子包得差不多的時候，芸娘突然想起了宋思年和荀哥兒。她想到往年的除夕夜，家裡雖然極其困難，但也會咬著牙買上一些麵粉和豬肉，包上幾十個餃子，除夕夜裡一家人熱熱呼呼地吃上一頓。

當時都是宋思年揉麵、調餡料，芸娘包餃子，荀哥兒在一旁幫忙。不知現在自己不在，他們父子兩人在家裡如何準備年夜飯，今年過年少了一人，又不知會是怎樣的冷清和孤單。

芸娘嫁入蕭家已是第三日，也就是和宋思年他們分別了三日。不論是在江南還是在張家堡，她從未離開過他們這麼久，雖然蕭家和宋家近在咫尺，但幾日未見，她又已是蕭家婦而不是宋家女，在心境上便覺得隔了很遠。

想著想著，芸娘便有些心酸，忍不住垂下頭，幾乎快滴下淚來。

蕭靖北雖然一邊幹活，一邊和李氏她們聊著天，但是他的心思卻時時放在芸娘身上，此刻見一直談笑風生的芸娘突然間低下頭，情緒低落，略想了一想，便省悟了過來。

到底是知妻莫若夫，他笑著對李氏說：「娘，我看岳父那裡只怕還沒有怎麼準備，不如將各種口味的餃子都裝上十幾個，再準備一些熟食和蔬菜，待會兒吃完飯後，我和芸娘一起給岳父送過去。」

芸娘猛然抬頭，感激地看著蕭靖北，一雙大眼睛亮晶晶的，臉上立刻綻放出期盼的笑容。

李氏卻毫不猶豫地拒絕了這個提議。「雖說兩家隔得近，但該講的規矩還是要講。按規矩應該是婚後三日回門，只是這第三日剛好是除夕，沒有出嫁的女兒在娘家過除夕的道理，所以當日和親家公說好的是五日後回門，也就是大年初二那一天。」她見芸娘面露失望之色，便道：「不如……不如就讓玥兒送去吧。」

王姨娘忙說「好」。蕭靖嫻眼珠子轉了轉，忙站起來笑道：「不如我和姨娘一起去吧，順便看一看張嬸嬸。」

李氏愣了下，遲疑地看了蕭靖嫻一眼，想了想，隨即笑道：「也是，不如將各色食材給張嬸子也準備一份，到時候一塊帶去。」

午飯過後，王姨娘和蕭靖嫻一人挎著一只小籃子，一起出門去上東村的宋家和許家。

蕭靖北見飯後無事，便出門去了城門。雖說他有半個月的婚假，但畢竟城門防守由他負責，他記掛著城門的防守事宜，想著幾日未去，不知手下那幫弟兄們有沒有盡忠職守，身為副總旗的張大虎又能否管得住那幫手下，便想著去看一看。

蕭靖北走後，李氏見午後的陽光正好，風也小了許多，便端了張凳子坐在院子裡曬太陽。

宋芸娘收拾完了廚房，想著左右無事，便也搬了凳子坐在李氏旁邊，一起共享這午後的閒暇時光。她是閒不住的人，順便拿了一副蕭靖北的鞋底，一邊納著鞋底，一邊和李氏說著話。

鈺哥兒一個人正在院子裡玩著自己的遊戲，這個小院寬敞平整，比之前蕭家在城牆外的住所不知好上多少，充分擴展了鈺哥兒的活動空間。他跑過來、跑過去，一會兒蹲在地上研究泥土，一會兒又跑到樹前觀察樹幹，忙得不亦樂乎。

蔚藍的天空飄浮著幾朵白雲，風和日麗的午後，四下安靜祥和，瀰漫出幾絲慵懶的味道。院子裡的那株臘梅，清香撲鼻，整個小院都縈繞著一股淡淡的清香，沁人心脾。

這午後的寧靜沒有持續多長的時間，院門外便傳來了嘈雜的聲音，嘰嘰喳喳的說話聲，車聲，馬嘶鳴聲，還有重物落地的聲音。

李氏和芸娘疑惑地對看了一眼，芸娘便放下手中的活計，好奇地走出院門。

卻見幾丈外的徐文軒家門口，停了好幾輛馬車，五、六個壯漢子正一趟趟地將馬車上的箱子往院子裡搬。

院子門口，除了一臉笑意的徐富貴，還站了一對中年男女。這對中年男女雖然身材瘦小，但精氣神十足，特別是那婦人，正大著嗓門嚷嚷。「小心點兒、小心點兒，別碰壞了，這裡面的東西，碰壞了你們可賠不起。」

芸娘便知道這一定是徐文軒的父母。他們之前一直住在靖邊城，照看那裡的生意，今日只怕是搬過來和徐文軒一同過除夕。

馬車的周圍，還圍了好些附近的居民，都好奇地看著這盛氣凌人的婦人，心中在暗自揣度，這徐家是何方神聖，看上去似乎極其富貴。有幾個鄰居家的大嬸已經和那婦人打過了招呼，正在熟絡地聊著。

宋芸娘站在門口，有些猶豫是否該主動上前打個招呼。張家堡民風純樸，鄰里和睦，待人熱情，一旦有新的住戶進來，都會主動招呼。

只是，宋芸娘骨子裡的規矩禮儀和教養束縛了她的腿腳，又見徐家門前雜亂，她不好意思貿然上前。再看看坐在院子裡的李氏，只見她仍然淡定地坐著，面上平靜無波，連一絲好奇都沒有，芸娘不禁在心中暗暗慚愧，自己的涵養還是比不上在深宅大戶裡歷練了幾十年的李氏。

宋芸娘略站了站，正準備進院，卻見蕭靖嫻氣沖沖地拎著籃子回來了。她面色通紅，鬢髮凌亂，咚咚咚地走進院子，經過芸娘身旁時略停了停，又氣又怨地瞪著她，眼睛裡似乎要噴出火來。

芸娘不覺愣住，還未開口，蕭靖嫻已經冷哼了一聲，氣沖沖地回了房。芸娘心中暗自嘆氣，也不知這蕭靖嫻又斷了那根神經，才好了兩日，現在又是這麼一副和自己有深仇大恨的模樣。

不一會兒，王姨娘也氣喘吁吁地回來了。她一路緊追著蕭靖嫻，追到門口，實在是走不動了，見徐家門口熱鬧，乾脆停下來看了會兒熱鬧。

此刻一進門，便大聲對李氏道：「姊姊，那徐文軒的父母從靖邊城搬來了，他們家端的是富貴，我看那些從馬車上搬下來的箱子，不是檀木就是黃花梨木，沈甸甸的，還不知道裡面是些什麼寶貝呢。那徐家夫人也和氣得很，周身的穿戴又富貴、又體面……」

「玥兒。」李氏淡淡地打斷了她。「妳也是富貴人家走出來的，怎麼眼皮子就這麼淺，這樣的東西妳以前還看得少嗎？」

「那是，那是，我們家以前的東西，隨便一件都是價值連城，這些個鄉紳的東西怎麼比得上。」她訕訕地走到李氏面前，對著蕭靖嫻的房間指了指，小聲道：「我這不是說給裡面那位小姑奶奶聽的嘛，人家徐文軒那麼好的人家，也不知她有什麼好挑的。」

芸娘也走了過來，小聲問道：「姨娘，靖嫻出門的時候還好好的，怎麼一回來就是一副受了氣的模樣？」

王姨娘也是滿臉的不解。「我也在納悶啊，去的時候還和我有說有笑的，出了許家門，就垮著一張臉。按說也不會是受了那張家姊姊的氣啊，她不是一向很喜歡我們靖嫻嗎？」

李氏淡淡笑了笑，不在意地說：「有什麼好奇怪的，靖嫻自從來到了張家堡，又有什麼時候正常過？三天兩頭地鬧鬧情緒，我們都習慣了。芸娘，妳剛嫁過來，又是嫂子，靖嫻有些衝撞的地方妳多包涵些，別和她一般見識。」說罷又加重了語氣。「我看她就是長大了，想嫁人了。女大不中留，留來留去留成仇，開了年尋個好人家嫁了就好了。」

王姨娘白著臉站在一旁，大氣都不敢出一聲。

芸娘也十分尷尬，沈默了一會兒，笑著問道：「我爹和荀哥兒怎麼樣？」

王姨娘露出了笑容，嗓門也提高了些。「都好著呢。我們去的時候，兩個親家公都在家，田姊姊也在，熱熱鬧鬧地包著餃子呢。那柳親家公的房子一時半刻不能修好，過年只怕就住在宋親家公家裡了，兩家四口人一起過除夕，熱鬧著呢。宋親家公託我帶話給妳，讓妳不要擔心他們。」

李氏聽她繞了半天，忍不住掩嘴笑道：「什麼柳親家公、宋親家公的，妳拗不拗口啊。」

鈺哥兒已經蹦蹦跳跳地跑過來，一本正經地說：「我知道，我知道，柳親家公就是柳爺爺，宋親家公就是宋爺爺。」

李氏笑著摸了摸他的腦袋。「鈺哥兒真聰明。不過，以後，你就要叫他們外公了。」

正說著話，蕭靖北回來了，手裡還拎著兩隻血淋淋的野兔，宋芸娘忙笑著迎了上去。

王姨娘也走過來，接過了野兔提進廚房。蕭靖北看著芸娘眼中的疑問，眼睛裡浮現出柔和的笑意。「城門那裡沒有什麼事情，上次一戰，令韃子元氣大傷，短期內應該不會有大的舉動。大虎他們幾個人跟著鳥銃隊一起上青雲山練習打鳥銃，打了些獵物，見我去了，便非要我帶兩隻回來。」

李氏聽了，感嘆道：「這張大虎雖然面色凶惡，實則是個有情有義之人。當時在充軍途中，他見我們家都是些老弱婦孺，一路上多有幫襯。我看他當年上山為匪，只怕也是有著不得已的苦衷。」

宋芸娘贊同地點了點頭。「來到這張家堡的，雖然有著各種各樣的罪名，但真正大奸大惡之人並不多，很多都是迫於生計，無奈之舉，再就是一些含冤受迫的……」她想到了自己家，情緒不覺有些低沈。

蕭靖北忙笑著開導她。「不管是什麼樣的原因，大家都來到這張家堡，就是緣分。」他看著芸娘，眼裡的笑意更濃，帶著化不開的柔情，低聲道：「不然，我怎能娶得妳這麼好的娘子？」

芸娘看了一旁笑咪咪的李氏，微紅了臉，啐了蕭靖北一口，便進廚房幫王姨娘收拾那野兔。

蕭靖北含笑看著宋芸娘的身影消失在廚房，聽到院子外傳來的嘈雜聲音，又對李氏說：「我剛才回來的時候，看到徐文軒的父母搬來了，好大的陣勢。」

李氏嘆了口氣。「我看這徐家還真是不錯，家境富裕，住得又近。你不是說徐文軒不但升了小旗，還調去守糧倉了嗎？那可真的是又輕鬆、又安全的活，看來徐富貴的路子是越走越廣了。他們家頭腦活絡，手頭又寬裕，只怕以後還會混得更好。」

王姨娘在廚房裡，豎著耳朵聽到李氏這一番話，急忙放下手裡的活，顧不得擦乾淨手便匆匆走出來，大聲道：「可不是呢！剛才在徐家門口，有好幾個婦人在問徐文軒有沒有婚配呢！」說罷又對著李氏討好地笑著。「姊姊，那徐文軒不是對我們靖嫻有意嗎？不如我們再去問問？」

李氏還未開口，蕭靖北已經沈下臉。「還問？當初是她求著我去一口回絕了徐文軒。就為了這事，當時我好一陣子見到徐文軒都不好意思說話，現在我哪還有臉去問？」

李氏也嘆了一口氣。「玥兒，妳的想法雖然好，但是，靖嫻的性子妳還不知道？就算我們拉下臉去問了，人家徐家也同意了，萬一她仍是不願意，豈不是更難辦？」

「誰……誰說我不願意？」一聲小小的、怯怯的、略有些憤憤的聲音從西廂房傳了過來。

李氏他們驚訝地看過去，卻見蕭靖嫻站在門口，雙目含淚，臉頰通紅，似乎剛剛在屋裡哭過。此刻見他們都吃驚地看著她，一張小臉脹得更紅，便扭身進了房門。
李氏和蕭靖北面面相覷，王姨娘愣了愣，立即綻放笑容，她雙眼放光，充滿希望地看著蕭靖北，哀求道：「四爺……」
蕭靖北扶了扶額，嘆道：「罷了，罷了，過幾日我尋機會去問問徐文軒吧！」
王姨娘謝過了蕭靖北，又急急地進了西廂房，只見蕭靖嫻正伏在裡屋的炕上哭著，雙肩不停地抖動。
「靖嫻，妳這是怎麼啦？妳想通了可是好事啊。那徐家確實不錯，家裡富貴，人口簡單，最最好的是和咱家住得近，以後妳哪怕是嫁過去了，姨娘也可以天天看到妳……」王姨娘小心翼翼地坐在一旁，伸出手輕輕撫著蕭靖嫻的背，一邊輕聲安慰。
「姨娘，我怎麼這麼命苦啊……」蕭靖嫻轉身撲在王姨娘懷裡，泣不成聲。
王姨娘只道是蕭靖嫻仍然不滿意徐文軒，便繼續輕聲細語地慢慢勸慰。「放眼整個張家堡，比徐家條件好的還有幾家？更難得的是徐文軒他鍾意妳，以後必定會對妳好。他現在雖是小旗，以後憑他家的能力，還怕不能升職？再說，他對妳四哥也甚是敬畏，妳若嫁給他，以後萬一有什麼委屈，妳四哥立刻就可以幫妳出氣……」
蕭靖嫻漸漸停止了哭泣，只是眼睛裡仍是不可抑止地無聲淌著淚，她的手攥得緊緊的，長長的指甲幾乎將手心掐破。她聽到院子裡傳來芸娘和蕭靖北的笑聲，心中便越發痛恨，眼睛死死地盯著窗外，幾乎要瞪出火來。

方才，她和王姨娘一起去上東村送東西。先去了宋家，王姨娘被宋思年留下說話，蕭靖嫻略坐了坐，便一人去了一牆之隔的許家。

許家的院門虛掩著，她熟門熟路地走到張氏門前，正準備進去，卻聽到裡面傳來張氏和許安慧的對話。

「安慧啊，安平前日託人帶話回來，說今年不但不回來過年，連元宵節也不見得回來，還讓我不要再給他說親了，他現在不想談婚事。我知道，這孩子從小就是一根筋，他心裡裝著芸娘，哪裡容得下別的女子。」

「娘，您以後快別說這樣的話了，芸娘已經嫁為人婦，安平他不死心也得死心，我們以後還是要慢慢勸慰他。」

「其實，我看那靖嫻……」

「誰都可以，就是不能是蕭靖嫻。娘，您想啊，蕭靖嫻是蕭靖北唯一的妹妹，是芸娘的小姑子，您讓安平娶蕭靖嫻，那他豈不是和芸娘成了一家人，以後該如何相處？」

蕭靖嫻聽完這幾句話，只覺得渾身顫抖，萬念俱灰。孟雲澤那邊的希望沒有也就罷了，現在連許安平這裡也沒有希望，偏偏還又是那個宋芸娘！為什麼這個宋芸娘老是成為阻礙自己幸福的人！

她轉身跌跌撞撞地跑出了門，正好撞到了剛剛準備進門的王姨娘。王姨娘愕然地看著花容失色的蕭靖嫻，顧不上進許家和張氏打招呼，便追著蕭靖嫻回了蕭家。

蕭靖嫻之前趴在炕上哭了半天，怨嘆自己可憐，恨上天對自己不公。聽到院子裡王姨娘大聲誇著徐家，又記得回來時的確看到徐家富貴的陣勢，便乾脆心一橫，心想著若只能在這裡待一輩子，許安平既然無望，這徐文軒勉強也可以，便顧不上羞澀，跑出去說了那一句話。之後，卻是又氣又悔又羞，忍不住又是一番痛哭。

夜幕降臨，張家堡家家戶戶點上了煤油燈，一家人團聚在一起，吃著年夜飯。

忙碌了一年的張家堡軍民們，在經歷了戰亂、勞役、饑餓等重重磨難之後，終於迎來了除夕。他們忙了一年，在這樣的時刻，只想和家人團聚，一起度過一個祥和安樂的大年夜，希望明年能夠風平浪靜。

此刻的張家堡，已是萬家燈火，和天上的點點繁星相映成輝。在這除夕之夜，再貧苦的軍戶也不會吝嗇那一點煤油，而是讓煤油燈火一直燃到天明。

蕭家的正房裡，也是燈火通明。八仙桌上，擺放了好幾盤熱氣騰騰的餃子，還有燒野兔、炒肉片、炒青菜等五、六樣菜餚，色香味俱全，十分豐盛。

李氏一人坐在上首，蕭靖北和宋芸娘坐在一側，王姨娘和鈺哥兒坐在另一側，蕭靖嫻一人坐在下首，一家人此刻都靜靜坐著，並未動筷子。

李氏沈默了一會兒，低聲道：「按規矩，吃年飯之前本應祭祖，只是聖上命我們不得祭奠。雖說天高皇帝遠，但聖上最是多疑，誰知道他有沒有暗中派人監視著我們，小心駛得萬年船，我們一起在心中默默祭奠一番吧。」說罷垂頭閉目不語。

宋芸娘他們也和李氏一樣，低著頭沈默了一會兒。芸娘突然覺得手一涼，卻是蕭靖北已經緊緊握住了她的手，她只覺得他的手冰涼，還微微發著抖。她知道蕭靖北平時冷靜的外表下必然蘊藏著洶湧的波濤，這樣的血仇壓在他的身上，他作為蕭家唯一僅存的成年男子，又豈能真的一派平靜。

芸娘也緊緊反握住他的手，似乎要給他溫暖和力量，告訴他，不論前路有多難，自己也會陪著他一同走下去。

默禱完畢後，一家人開始吃年夜飯。鈺哥兒最是歡欣雀躍，他知道芸娘包了三枚銅錢在餃子裡，便鬧著一定要吃到一個。

第一枚銅錢被李氏吃到了，她柔和了眉眼，露出了笑意，覺得這是一個好的兆頭，明年一定會萬事順利。

第二枚銅錢被蕭靖北吃到了，他是蕭家的頂梁柱，他吃到了這枚銅錢，就好似蕭家人都吃到了，芸娘她們紛紛笑著祝福他，說著吉利的話。

眼看著盤子裡的餃子越來越少，鈺哥兒卻還是沒有吃到銅錢餃子，他面露失望之色，小嘴巴已經高高噘了起來。

芸娘心中暗笑，挾了一個餃子放到鈺哥兒盤子裡，柔聲道：「鈺哥兒，嚐嚐這個三鮮餡的餃子。」

鈺哥兒挾起來咬了一口，嗑著了牙，高興得蹦了起來。「我吃到銅錢啦！我吃到銅錢啦！」

王姨娘他們都笑著誇鈺哥兒好運氣，連蕭靖嫻都笑著逗趣。她心情再不好，此刻也不得不強顏歡笑，陪著大家一起吃年夜飯。

只有芸娘心中明白，她包放了銅錢的餃子時特意留了心，和其他的略有不一樣，就是為了避免萬一鈺哥兒吃不到會失望。

蕭靖北心中也是了然，他側頭看著芸娘，眼中滿是柔情和讚許，芸娘便看著他微微一笑。

吃完年夜飯後，鈺哥兒雀躍地拉著蕭靖北去放煙火爆竹。前幾年的大年夜，因宋家所在的上東村大多貧苦，沒有多少人家捨得買煙火，便只能聽著其他村子裡傳來的煙火爆竹聲。

這上西村卻是不同，因富裕人家多，此刻幾乎家家戶戶都在門口放煙火。特別是徐文軒家的門口，許家老爺、夫人只怕從靖邊城搬來了一、兩箱子的煙火，正熱熱鬧鬧地放著。

芸娘和王姨娘將桌椅碗筷收拾完畢，聽到巷子裡熱鬧得很，便也走出去觀看，連李氏也饒有興致地一同出門去看煙火，蕭靖嫻不願一個人待在家裡，便也一起走到院子裡。

門外的巷子裡，幾乎家家戶戶都在門口放煙火，火樹銀花綻放在漆黑的夜裡，照明了黑沈沈的夜幕，閃亮了人們的眼。耀眼的光芒下，是孩子們燦爛的小臉，他們開心地拍著手蹦著跳著，帶來一種勃勃的生機和滿滿的幸福感。

芸娘看到，不遠處，許安慧和鄭仲寧正帶著兩個孩子在門口放煙火，燦爛的煙火下，鄭仲寧高大威武，許安慧俏麗高䠷，兩個孩子一個乖巧，一個活潑，實在是羨煞旁人，芸娘便忍不住對著許安慧揮了揮手。

殊不知在許安慧眼裡，宋芸娘、蕭靖北立在煙火之下，俊男靚女，一對璧人，他們身前的鈺哥兒也是玉雪可愛，耀眼的煙火下，他們每個人的臉上都綻著光，充滿了歡樂。

伴隨著春雷般的響聲，天空中突然綻放了更加絢爛多彩的巨形花朵。原來是王遠為了慶祝圍城大捷，同時也想一掃被圍城的晦氣，便趁著除夕夜好好放一放煙火，熱熱鬧鬧一番。巷子裡的孩子們看到天上的煙火，先是呆了一呆，片刻之後，都歡樂地又跳又叫，將這大年夜的氣氛渲染得既熱鬧又喜慶。

宋芸娘看著身旁的蕭靖北，只見在絢爛的煙火下，他俊朗的面容分外清晰，清亮的眼眸裡映著天上燦爛的煙火，反射出奇異的光芒。她忍不住輕輕握住蕭靖北的手，只覺得心中既溫暖又安寧，竟是從未有過的幸福和充實。

——未完，待續，請看文創風361《後妻》3（完結篇）

2015年12月出版

錦繡重生

文創風 355～358

前生端莊嫻熟，卻落得家破人亡，誰也守護不了；
如今既然重生，就算只是個八歲孩子，也要想辦法撐起家族！
她堂堂侯府嫡女，無論前方有什麼阻礙，必要保這一世榮華安順——

深情婉約的兒女情長 磅礴宏偉的宅門恩怨／迷之醉

父母誤中毒計，不久便撒手人寰，哥哥和她孤苦無依……
當江雲昭再次醒來時，發覺自己竟然回到八歲時闔家歡樂的那一天，
可再過一日後，寧陽侯府就將落入衰敗之境！
她必須要在厄運重演之前盡力阻止，但自己只有八歲啊，
該怎麼讓父母、哥哥相信？

2015年11月出版

吃貨嬌娘

文創風 346～349

聽說他的名字小兒聽了都能止啼……
聽說李姑娘與他訂親，在看見他的畫像不久就抑鬱而終了……
聽說他一有不順就殺人解氣……
嫁給這麼個男人，她倒覺得——百聞還不如一見呢！

小清新‧好幽默／夕南

聽說永甯伯喜吃生肉，每天還會喝幾碗敵人的血……
這回聖上召他回來，說是準備給他賜婚，用來獎賞這次的勝仗。
誰家姑娘不想活了，願意嫁給他啊，他都剋死了多少未婚妻了……
聽著關於永甯伯楚修明的各種可怕傳言，
沈錦怎麼也想不到，自己竟被賜婚給這麼可怕的男人，
但她就算再怕也不濟事，
誰教她是庶女，親娘是不得王爺寵愛的側妃，
她成了皇上手上的棋子，被嫁去邊疆牽制這天煞孤星一樣的男人。
才嫁去，她人還沒見到，就要先豁出生命去抗敵守城，
等終於見到他了，她萬分驚嚇，他怎麼跟聽說的那些完全不一樣啊……

2015年10月出版

吸金妙神醫

文創風 340～345

他知她、懂她，可她卻避他、逃他，
只因為面對他時，她的情緒極易波動，
她曉得這代表了什麼，所以始終不願正視啊……

嗔癡愛恨　化作一聲嘆／微漫

前世她拖著病重的身子，年紀輕輕就蒙主寵召，
幸好上天垂憐，給了她重生，但……重生就好了，為啥還得穿越呀？
她是不奢求穿成大富大貴啦，可穿成個窮得快死的小姐是哪招？
日子都這樣緊巴巴的了，據說之前的「小姐」還要求吃好的、喝好的，
虧得小丫鬟自己省吃儉用的，要不她們主僕倆早餓死在院子裡啦！
這樣下去不行，她難得中大獎獲得重生，豈能活活餓死？那簡直太虧了啊！
伙食問題無論如何都得先改善才行，家裡沒錢，那就賺唄！
上山採藥、做女紅兜售、出門猜謎贏賞金，只要能掙錢，她是來者不拒的，
她想買間大宅子，養一批奴僕護院伺候著，整天舒舒服服地過日子，
而要想實現這種生活，就得趕緊賺錢，賺大大的錢才是正經的啊！
雖說她真的沒啥生存技能，可她不還有一手針灸好本事嗎？
即便醫娘的身分卑微，還有男女之防的禮教大帽子在那兒，
但她是誰？她沈素年骨子裡那就是個現代到不行的現代人啊！
這些不過是雞毛蒜皮大的小事罷了，壓根兒都難不倒她的，
在她這個大夫面前，沒有男女之分，亦無性別之異，看到的就是一團肉啊～～

國家圖書館出版品預行編目資料

後妻 / 春月生著. --
初版. -- 臺北市 : 狗屋, 2015.12
冊 ; 公分. --（文創風）
ISBN 978-986-328-529-8（第2冊 : 平裝）. --

857.7　　104021384

著作者	春月生
編輯	黃暄尹
校對	沈毓萍　周貝桂
發行所	狗屋出版社有限公司
地址	台北市104中山區龍江路71巷15號1樓
電話	02-2776-5889～0
發行字號	局版台業字845號
法律顧問	蕭雄淋律師
總經銷	知遠文化事業有限公司
電話	02-2664-8800
初版	2015年12月
國際書碼	ISBN-13　978-986-328-529-8
原著書名	《军户小娘子》，由北京晉江原創網絡科技有限公司授權出版

定價250元
狗屋劃撥帳號：19001626
網址：love.doghouse.com.tw　E-mail：love@doghouse.com.tw